KB104051

요산요수

요산
요수

김지서 장편소설

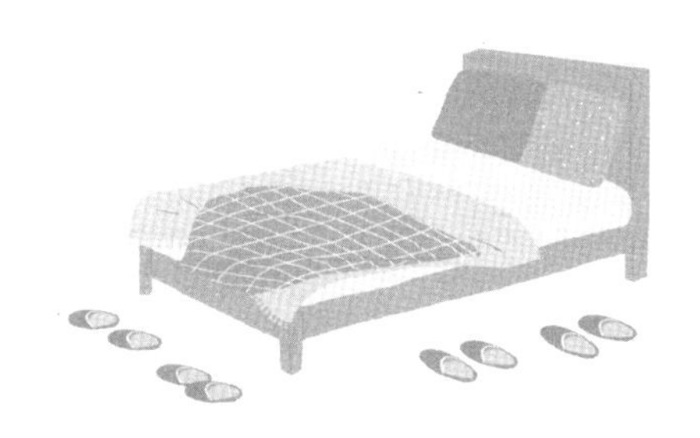

고즈넉
이엔티

요산요수

1쇄 발행 2022년 8월 24일

지은이 김지서
펴낸이 배선아
편 집 박미애
펴낸곳 고즈넉이엔티

출판등록 2017년 3월 13일 제2022-000078호
주소 서울특별시 중구 청계천로 40, 1203호
대표전화 02-6269-8166 **팩스** 02-6166-9199
이메일 gozknockent@gozknock.com
홈페이지 www.gozknock.com
블로그 blog.naver.com/gozknock
페이스북 www.facebook.com/gozknock
인스타그램 www.instagram.com/gozknock

ISBN 979-11-6316-328-2 03810

표지/내지이미지 Designed by Freepik, Getty Images Bank

그리하여 산은 우리네 인생과도 같다.
뱀이 나오면 지그재그로.

등장인물

박재수 (56세 남, 고졸, 침대 회사 과장)
김희선 (55세 여, 방통대 신방과 졸, 마트 캐셔)
박정희 (29세 여, 국문과 졸업, 국립공원관리공단 계약직)
박준희 (22세 남, 연영과 휴학, 구청 사회복무요원)

〈산이 좋아 산악회〉

이 여사 (이혜진, 52세 여, 주민센터 요가강사)
신 여사 (신미연, 43세 여, 자동차 회사 콜센터 계약직)
조 여사 (조희숙, 48세 여, 전업주부)
윤 여사 (윤여심, 62세 여, 영어 학원 원장)

김 회장 (김창석, 41세 남, 카페 사장)
배 회장 (배종혁, 44세 남, 농수산물 시장 과일 도매상)
구 회장 (구병우, 55세 남, 여자 고등학교 윤리 교사)
최 대장 (최욱환, 56세 남, 여자 중학교 체육 교사, 산이 좋아 산악회 회장)

때와 장소

지금, 남한산성 일대

차례

작가 인터뷰 · 393

하산(下山) · 309

제5코스 · 239

제4코스 · 203

제3코스 · 155

제2코스 · 115

제1코스 · 081

입산(入山) · 047

준비운동 · 009

준비운동

참고 참던 침대 스프링이 결국 터졌다.

희선은 누가 총부리로 제 등을 찌르는 듯한 느낌에 깜짝 놀라 잠에서 깼다. 침대가 그토록 흔들리는데도 재수는 코를 골고 있었다.

무능한 인간.

걸레짝처럼 늘어난 재수의 흰 메리야스가 희선은 징그러웠다. 그뿐인가. 허옇게 각질이 일어난 건조한 피부, 붉은 등 여드름, 허리께에 난 어른 엄지손톱만 한 왕점과 그 위에 난 길고 구불구불한 털 한 가닥까지 죄다 꼴도 보기 싫었다.

못 볼 걸 본 사람처럼 얼른 눈을 감은 희선은 반대편으로 고개를 돌렸고 벽을 본 채로 간단한 아침 스트레칭을 시작했다.

▲

국내 유수의 침대 회사에서 과장으로 근무하고 있는 박재수 씨는 1966년 병오생 말띠로 올해 쉰여섯이다. 임원을 달았어도 별스러울 거 하나 없는 나이지만 승진은커녕 60세 정년까지는 무사히 다 채우고 목이 잘리기만을 학수고대하고 있는 처지다.

이런 박재수 씨와 삼십 년 넘게 같은 방, 같은 침대를 쓰고 있는 빠른 1967년 정미생 양띠 김희선 씨는 올해 55세로 빠른 66인 남편 박재수 씨에게 야자를 한다.

부부는 슬하에 1남 1녀를 두고 있는데 결혼 전 궁합을 보기 위해 찾아간 아차산 점쟁이가 말하길 박재수 씨와 김희선 씨는 다른 날 다른 집에서 태어났으나 한날한시에 죽을 뭐 대충 그런 운명이라고 한다.

어쩌면 운명의 소산일 수도 혹은 단순 피임의 실패일 수도 있는 두 사람의 합작품, 맏딸 정희는 올해 스물아홉 살로 모친께서 흔들리는 침대 위에서 '옴—'을 외치며 아침 명상에 열중하고 있던 그 시각, 집 근처 국립공원관리공단 남한산성 지부로 출근하고 있었다.

10개월짜리 육아휴직 대체 계약직 자리로 월급은 196만 원, 실수령액은 183만 원쯤. 대신 주말 출근과 야근, 저녁 회식이 없었고 식대와 교통비는 따로 제공되지 않았지만 집에서 회사까지 버스로 겨우 15분 거리라 별다른 불만은 없었다.

신년 초에 근무를 시작한 정희는 올 10월 말, 계약만료를 앞두고 있었다.

물론 정희는 산이니 국립공원이니 하는 거엔 쥐뿔도 관심이 없었다. 정희만 그런 게 아니라 공단에서 사무 업무를 보는 젊은 직원들 대부분이 그랬다.

어려서부터 부모님과 집 근처로 주말마다 산행을 가서 자기는 또래들과 달리 산을 참 좋아한다고, 산에만 가면 마음이 편해진다고 그래서 만약 국립공원관리공단에서 근무하게 된다면 입사 후 아름다운 이 땅, 내 나라 대한민국의 삼천리 화려강산을 더욱더 아름답게 가꾸고 보전하는 데 이 한 몸 다 바쳐 보탬이 되고 싶다고 지원동기에 기계적으로 작성할 뿐.

산에 관해선 아무런 호오(好惡)도 없지만 어려서부터 유달리 책 읽는 걸 좋아했던 정희는 9년 전 아나운서를 많이 배출하는 것으로 유명한 서울의 한 여자대학교에 들어가 국문학을 전공했다. 뒤늦게나마 전과를 하든 중국어를 배우든 아니면 최소한 남들 다하는 경영학이라도 복수전공을 해야 했는데 아르바이트를 해서 등록금을 대고 자기 쓸 용돈까지 버느라 그만 때를 놓쳐버렸다.

졸업 후 줄줄이 대학원으로 도피하는 동기들 사이에서 답

없는 전공을 살려보겠다는 일념으로 파주 출판단지에 있는 작은 아동문학 전문 출판사에 취직했으나 3년간 박봉과 과로, 왕복 4시간이 넘는 출퇴근에 시달린 끝에 정희가 얻게 된 건 척추측만증과 인간혐오증, 12cm의 거대한 자궁근종뿐이었다.

정희는 동화작가들이 죽도록 싫었다.

청소년 소설을 쓰겠다는 인간들도 싫었고 매번 마감을 지키지 않는 삽화를 그리는 외주 작가들도, 〈구름빵〉 같은 한탕을 노리는 창자에 바람 든 그림책 작가들도, 졸렬한 출판사 사장도 모두 다 싫었다.

아니, 인간이 싫은 걸 넘어서 나중에는 그 인간들이 옥시글옥시글 모여 있는 파주라는 도시 자체가 싫어졌다. 그런데도 매일 아침 5시에 일어나 출근 준비를 마치고 마천역까지 걸어가 5호선을 타고 왕십리역으로, 거기서 다시 2호선으로 환승, 합정역에 내려서 2200번 빨간 버스, 자유로, 그리고 아마도 저 멀리 북한.

북괴들이 탱크를 몰고 내려온다면 파주에서 우글거리고 있는 그 빌어먹을 인간들이 제일 먼저 죽을 거라는 게 그나마 매일 아침 정희의 유일한 위안거리였다.

그러나 북괴들은 내려오지 않았고, 귀머거리 3년, 벙어리 3년, 장님 3년, 총 9년의 출판사 퀘스트를 다 깨지 못하고 정희가 먼저 1단계에서 나가떨어져버렸다.

그때가 스물여섯. 여자가 대기업에 들어갈 수 있는 마지노선 격인 나이였다. 하지만 자기계발서나 경영서를 내는 종합 출판사도 아닌 이름 없는 아동문학 출판사에서 막내 편집자로 근무한 3년은 어느 기업의 입사원서에도 쓸 수 없는 물경력이었다.

이제 남은 선택지는 대학원 진학 아니면 공무원 시험뿐이었으나 어쩐지 정희는 둘 다 자신이 없었고 돈도 없었다.

'대체 어디서부터 잘못된 걸까?'

출판사를 관두고 대학병원에 입원해 생애 네 번째 복강경 수술을 하기 전날 밤, 정희는 같은 병실 앞 베드에 누워 있는 아흔 살의 치매 할머니가 딸 이름인지 뭔지 모를 '애숙이'를 목놓아 부르짖는 걸 들으며 스스로 되물었다.

주산학원 대신 속독 학원에 간 것? 컴퓨터 학원 대신 피아노 학원에 간 것?

모든 게 다 잘못인 것 같았고 모든 게 다 잘못이었다.

정희는 아침 아홉 시에 출근해 저녁 여섯 시쯤 퇴근하고 야근은 아주 가끔 하면서 달에 세후 이백 정도 벌고 싶었다.

출판사에 다니던 시절 정희의 초봉은 2100이었다. 세금을 떼면 한 달에 겨우 백오십. 그 돈으로는 도무지 미래를 도모하는 게 불가능했다. 야근수당도 없었고 교통비도 지원되지 않았다. 학교를 1년 휴학하고 낮에는 편의점, 밤에는 동네 보습학원에서 국어 선생을 하며 투잡을 뛸 때도 그것보다는 더 벌었었다.

어느 날 대표는 직원들을 시켜 화장실 바로 옆에 있는 안 쓰는 창고를 청소하게 하더니 거기에 조그만 탕비실을 만들었다. 탕비실이라고 해봤자 중고 전자레인지와 물때 낀 커피포트, 컵라면과 햇반을 몇 박스 사다 놓은 게 전부였다.

식구(食口)란 무릇 같이 밥을 먹어야 참된 식구가 되는 거라며 그때부터 대표는 달에 이십씩 식대를 현찰로 걷어가기 시작했다. 그리고 자기 집에서 장모님이 보내주셨다는 맛대가리 없는 막김치와 삭아 곰팡이가 되기 직전인 장아찌, 맨밥과 건더기 없는 밍밍한 국을 가져와 직원들 식사로 내놓았다.

이토록 마음씨 좋은 정희의 첫 번째 사장님은 대학 시절 운동권이었던 걸 자랑스레 회고하는, 한국 사회에 대한 사명감(使命感)으로 똘똘 뭉친 시민단체 출신이었다. 1988년부터 오늘 이날까지 신문은 오직 한겨레 신문만을 구독하셨으며 새 식구를 뽑는 인터뷰 자리에서 지원자더러 댁에서 부친께서는 어떤 신문을 구독하시는지 은근히 떠보기를 잘했다(정희네 집은 종이신문을 보지 않아서 살아남았다).

학생 시절 시험 전날까지도 교과서 대신 소설책 아니면 시집 따위를 뒤적여 아버지께 매도 참 많이 맞았고 필사도 참 많이 했으며 대학에 들어가 사회현실에 눈을 뜨고 운동을 하면서도 인간을 인간답게 해주는 최후의 보루, 예술과 문학을 사랑한 피 끓는 문청이었노라고 누누이 말씀하셨다. 백골 부대에 있었을 때인지 복학한 후인지 조선일보인가 동아일보인가 신춘문예 최종심에 세 번 올라갔다는 확인할 수 없는 말도 마음대로 지껄였다. 그리고 대학 졸업 후에는 강원도에 있는, 같은 학교 노래패 선배가 운영하는 기숙학원에 들어가 재수생들 상대로 십여 년간 영어를 가르치며 출판사를 차릴 자본금을 모았다고 했다.

아무튼, 그는 참 전형적인 캐릭터였다.

그리고 그 전형성이 언제나 정희를 신물 나게 했다.

퇴원하던 날, 택시를 타고 마천동으로 돌아오며 정희는 하루빨리 컴퓨터 활용능력 1급을 따서 공기업에 들어가야겠다고 뒤늦게나마 자신의 인생 항로를 수정했다. 그리고 다시 3년간 몇몇 공기업의 계약직 자리를 전전했다.

한국사, 토익, 컴활, HSK, 오픽…….

서류 통과는 곧잘 했지만, 최종 면접까지 간 적도 두어 번 있었지만 끝내 정규직 채용은 되지 않았다. 정희가 하는 그 정도는 남들도 다 했기 때문이다.

국립공원관리공단의 10개월짜리 육아휴직 대체 계약직 공고를 보고 동네 카페에 앉아 입사 지원서를 쓰고 있는데 갑자기 비가 내렸다. 정희는 우산이 없었다.

멍하니 창밖을 바라보니 버스정류장에 내리자마자 손바닥으로 비를 피하며 허겁지겁 집으로 뛰어가는 사람들이 반, 비좁은 정류장 지붕 밑에 삼삼오오 모여 온몸으로 낭패감을 드러내는 사람들이 반이었다.

카페 창가에 앉아 남 일인 양 그 풍경을 보고 있는데 문득 그런 생각이 들었다.

대표님이 대학 시절 가장 좋아했다던 책은 아마도 조세희의 『난장이가 쏘아올린 작은 공』이 아니었을까.

우리 회장님은
마음도 좋지.
거스름돈을 쓸어
임금을 준대.*

맏딸 정희가 상념에 젖어 버스 차창에 머리를 기대고 눈을

* 조세희 「내 그물로 오는 가시고기」 중

감고 있던 그 시각, 아침 요가와 명상을 끝낸 희선 씨는 여태껏 제 방에서 퍼질러 자는 아들 준희 놈을 흔들어 깨우고 있었다. 일어나라고 살살 달래보기도 하고 협박을 하고 소리 지르기도 벌써 수차례. 못 참고 손바닥으로 엉덩이를 철썩 때리자 준희는 어미 얼굴에 대고 방귀를 뿡— 하고 꼈다.

이런 싸가지 없는 놈이 다 있나.

그런데도 희선 씨는 픽하니 웃음이 새어 나왔다. 아들이 부리는 마법이었다.

차갑기가 얼음장 같고 매사 행동거지가 군인처럼 딱딱해 새끼임에도 불구하고 범접할 엄두가 잘 안 나는 딸 정희와 달리 어려서부터 막내라고 오냐오냐 떠받들어 키운 준희에게는 바라보기만 해도 그저 사랑스럽고 애달프고 마음 한 귀퉁이가 뭉클해지는 구석이 있었다.

준희는 제 아비와 똑같은 포즈로 이불을 둘둘 말아 가랑이 사이에 끼우고 옆으로 퍼져서 벽을 보고 자는 습관이 있었다. 남편이 하면 꼴도 보기 싫은 게 새끼라 그런지 그것까지 귀여웠다.

때렸던 엉덩이를 한 대 더 때리자 준희는 강아지처럼 끙끙 앓는 소리를 내며 이쪽으로 돌아누웠다.

까까머리 군인 아저씨. 어느새 머리가 많이 자랐다.

희선이 국민학교에 다닐 적만 해도 군인은 무조건 덮어놓고 아저씨였는데 이제는 자기 아들이 그 군인 아저씨였다. 다행히 현역은 아니었지만.

"왜 안 일어나. 얼른 출근해야지. 응? 또 혼나려고?"

"아니, 아니라니까."

"뭐가 아니야."

잠꼬대인 줄 알았는데 짜증을 팍 낸 아들은 오늘부터 구청에 안 나간다고 더 자도 된다고 이불 안에서 항변을 했다. 나가! 엄마.

아아, 잊고 있던 게 그제야 퍼뜩 생각이 났다. 며칠 전에 그런 말을 했던 것도 같다. 요새 희선 씨는 누가 뭘 말해줘도 자꾸만 까먹었다.

"미안해, 미안. 응. 더 자."

들어오자마자 활짝 열어놨던 창문을 다시 닫을까 어쩔까 고민하던 희선 씨는 이불 안에서 또 짜증을 버럭 내는 아들한테 놀라 방문을 조용히 닫고 허둥지둥 나왔다.

대체 언제쯤 철이 들까.

희선은 아들이 얼른 철이 들었으면 좋겠고 또 한편으로는 영원히 철들지 않고 귀여운 내 새끼로 남아 있었으면 좋겠다. 이율배반(二律背反)의 그 심정은 모두 다 참이요, 하늘을 우러러 한 점 거짓도 없는 사실이었다.

그렇다고 또 준희가 영원히 저 방 안에서 지내며 깨워도 일어나지 않고 종일 퍼질러 늦잠을 자기를 바라는 건 아니었다. 아무리 사랑하는 내 새끼, 하나밖에 없는 내 아들이래도 그건 상상만 해도 숨이 턱 막혔다.

사실 희선은 자신이 아들에게 무엇을 바라는지 정확히 몰랐다.

그게 바로 희선 씨의 문제였다.

준희의 방 바로 옆, 두 뼘쯤 열려 있는 딸 정희의 방문 틈으로 책상 바로 위 창가에 감자꽃이 못 본새 많이 자라 있었다.

세상에 하고많은 꽃과 식물이 있는데, 향기로운 민트나 허브 뭐 그런 걸 키울 수도 있을 텐데 정희는 어느 주말 시키지도 않은 부엌 냉장고 정리를 하더니 그중 썩어서 싹이 나기 시작한 못생긴 감자 하나를 500cc 맥주컵에 넣고 제 방 창가에서 키우기 시작했다.

딸이지만 참으로 알 수 없는 취향이었다.

방바닥에는 머리카락 한 올 떨어져 있지 않았고 책상 앞 컴퓨터 의자에는 옷가지는커녕 그 흔한 젖은 수건 한 장 걸려 있지 않았다. 책상 위도 방금 정리를 하고 나간 것처럼 굴러다니는 볼펜 하나 없이 깨끗했다.

자기가 입은 속옷과 양말을 세탁기에 가져다 넣는 것 하나도 버거워 하는 준희와 남편과 달리 정희는 초등학교 때부터 제 방 청소를 스스로 했다. 책을 비롯한 모든 자기 물건에 제

나름대로 규칙과 질서를 부여해 정리정돈을 하는 것 같았다.

자연히 희선은 딸의 방에 들어갈 일이 거의 없었다. 자기 방에 들어온다고 뭐라 타박한 적은 한 번도 없었지만, 방 주인이 없는 새에 한 번 그 방에 들어갔다 나오면 정희는 그 사실을 바로 알아챌 것만 같았다. 아니, 알아차릴 것이다.

"엄마, 내 방 들어갔었어?"

퇴근하고 와서 그렇게라도 한 번 물어봐주면 응, 빨래한 거 침대 위에 올려놨어, 라고 대답하고 무언가 모녀 간의 친밀한 대화를 시도할 수도 있겠지만 정희는 절대로 먼저 입을 여는 법이 없었다. 절대로.

정희는 꼭 무슨 수행을 하는 사람 같았다. 말을 아주 안 하기로 작심한 사람 같았고 때로는 간첩 같았다. 과묵도 그 정도면 병(病)이었다.

문틈으로 잠시 딸의 방을 엿보던 희선 씨는 이 방에 이렇게 햇볕이 들지 않았나, 생각하며 조용히 방문을 닫았다.

국립공원관리공단은 환경부 산하의 공공기관으로 준정부기관이다.

지리산, 계룡산, 설악산, 속리산, 한라산, 내장산, 가야산, 덕

유산, 오대산, 주왕산, 북한산, 치악산, 월악산, 소백산, 변산반도, 월출산, 무등산, 태백산 국립공원과 한려해상 국립공원, 태안해안 국립공원, 다도해 해상 국립공원, 경주 국립공원과 기타 도립 · 군립공원이 모두 대한민국의 국립공원이다.

이중 한라산은 제주특별자치도에서 따로 관리하며 국립공원공단의 임직원들은 금감원 직원들과 마찬가지로 공무원은 아니지만 본인의 직무와 관련된 분야에 관해 특별히 사법경찰권 즉, 수사권이 부여됐다.

국립공원관리공단 직원들에게 부여되는 권한이란 이런 것이다.

관할 공원 구역 내에서 발생하는 ①쓰레기 등 등산객들의 무단투기, ②노상방뇨, ③자연훼손, ④물길의 흐름 방해, ⑤불안감 조성, ⑥음주소란, ⑦인근소란, ⑧물건 던지기 등의 위험 행위, ⑨인공 구조물 등의 관리 소홀, ⑩위험한 동물의 관리 소홀, ⑪무단소등, ⑫공중통로 안전관리 소홀, ⑬공무원 원조 불응, ⑭야간 통행 제한 위반, ⑮행렬 방해, ⑯무단출입 등 범칙행위에 관한 특별사법경찰관리의 직무 수행.

'사법경찰관리의 직무를 수행할 자와 그 직무 범위에 관한 법률 제7조의 2.'

점심시간마다 화장실에 앉아 똥을 쌀 때면 정희는 곧잘 중얼중얼 그 조문을 외웠다. 비문투성이의 똥글. 전형적인 나라 문서의 문체와 스타일을 따른 글이었다.

정희의 책상 유리 밑에 끼워져 있는 그 인쇄물은 누가, 언제, 왜 굳이 프린트까지 해서 자기 책상 밑에 끼워뒀는지는 모르겠지만 한눈에 봐도 몹시 오래된 물건 같았다. 종이는 이미 누렇게 변색하기 시작했고 잉크가 바래 색이 지워져 군데군데 잘 읽히지 않는 글자도 많았다. 그리고 무슨 이유에선지 숫자 1에서 10과 11에서 16의 글씨체가 달랐다.

국립공원관리공단은 이제껏 정희가 다녀본 공기업 중에서 업무 강도가 가장 낮은 편이었다. 입사 후 첫 일주일은 그야말로 날로 먹었다. 첫날에는 전국의 공공기관에서 발행하는 잡다한 팸플릿이나 읽으며 시간을 죽였고 이튿날부터는 얼른 이곳 분위기에 적응하라며 전 직원과 돌아가며 한 사람 한 사람 커피 타임을 갖게 했다.

정희는 건물 안의 아줌마, 아저씨들 앞에 앉아 차례대로 돌아가며 자신은 모 여대에서 국문학을 전공했고 부모님은 두 분 다 생존해 계시고 아버지는 회사원, 어머니는 전업주부, 집은 마천동이고 회사는 버스 타고 15분이면 금방 오며 자신은 올해 스물아홉 살, 남자 친구는 없고 형제로는 남동생이 하나 있으며 이전에 출판사에서 3년간 근무했고 그 후에는 이런저런 공기업에서 메뚜기처럼 한 철씩 계약직으로 근무했다는 보잘것없는 자신의 생애 경력을 한 스무 번쯤 되뇌어야 했다.

자꾸자꾸 말하다 보니까 정말 아무렇지도 않았다. 남의 이야기 같았다.

정희의 앞에 앉아 있는 어른들은 대화 상대가 필요한 외로운 노인네들이었다. 남의 이야기, 그것도 어린 사람의 말을 참고 듣는 문화에는 익숙하지 않았다. 이쪽에서 별로 떠들 것도 없이 대강 자기소개가 끝나면 어떤 식으로든 질문을 빙자한 그쪽에 자기 아는 사람 이야기가 시작됐기 때문에 딱히 까다로울 것도 없었다.

동화 작가들에 비하면 어쨌든 그들은 신사 중의 신사였다.

얼른 업무를 받아서 하루빨리 적응하고 싶었던 정희도 수요일쯤 되자 일을 달라고 하는 걸 포기했다. 옆자리에 앉은 과장님은 이제 막 새로 들어온 정희보다 더 할 일이 없어 보였다. 하품을 쩍 하고 기지개를 켜고 시간 참 안 간다고 중얼거리면서 종일 인터넷 쇼핑몰만 들여다보고 있었으니까.

대체 왜 이 기절하게 비싼 종이에 풀컬러 8도 인쇄까지 해서 배포하는지 모르겠는, 한국의 무의미한 공공기관 카탈로그들을 뒤적거리며 정희는 제발 민원전화라도 한 통 걸려오길 기다렸다.

공기업이라면 웬만큼 안다고 자부했던 정희는 출근한 지

2주째 되던 날, 자신의 그릇된 고정관념을 수정하는 수밖에 없었다.

이야, 세상에는 이런 회사도 있구나.

신(神)이 숨겨둔 직장이 있다면 그건 바로 여기였다.

그러나 달리 말하면 그건 이곳에서는 대여섯 사람이 해야 할 일을 한두 사람이 감당하고 있다는 뜻이기도 했다.

어차피 열 달 후면 날아갈 자리.

근무 시간에 대놓고 유튜브를 보거나 독서를 하거나 영어 공부를 하는 건 불가능했지만 계속 이렇게 멍 때리는 것도 못 할 짓이었다. 정희는 출판사에 다니는 선배에게 부탁해 교열 아르바이트를 받아 근무 시간에 짬짬이 원고를 손봤다. 종이에 인쇄해서 빨간색 플러스펜으로 교정을 보는 게 더 편했지만 아쉬운 대로 만족해야 했다.

한참 교정지를 들여다보던 정희가 인공눈물을 넣기 위해 고개를 천장으로 들었을 때 누군가 사무실 문을 노크했다.

"들어오세요."

준희였다.

속설에 의하면 말띠와 양띠는 최고의 궁합이다. 서로 의기

투합이 잘 되고 이상과 뜻이 잘 맞으며 평생 재물운과 복록, 부귀와 영화가 넘친다나.

박재수 씨는 사주명리학을 믿지 않았다.

오금동의 회사에서 돌아온 후 박재수 씨의 저녁 일상이란 대략 이런 것이다.

먼저 안방으로 가 옷부터 갈아입는다. 그다음 와이프가 차려 놓고 나간 식탁 앞으로 가 하늘색 나일론 반찬보를 걷어내고 밥이랑 국만 대충 퍼서 자리에 앉는다. 주방 식탁에 앉아 텔레비전을 모로 바라보면서 10분 안에 밥을 다 먹는다. 국그릇, 밥그릇, 수저를 싱크대에 대충 던져넣고 반찬보를 주워와 다시 상 위를 덮는다.

반찬 뚜껑을 일일이 닫아서 냉장고에 넣고 설거지까지 하지 않는 이유에 대해 자문해본 적은 아직까진 없다.

식사를 마친 박재수 씨가 러닝셔츠에 팬티 바람으로 소파에 가서 옆으로 퍼져 누워 텔레비전 채널을 돌리기 시작하면 딸 정희가 퇴근을 해서 막 집으로 돌아왔다.

정희는 현관에 들어오자마자 자기 신발을 신발장 안에 집어넣었고 곧장 거실 화장실로 들어가 손부터 씻었다. 그리고 방에서 갈아입을 옷을 가지고 나와 화장실로 들어가 바로 목욕을 시작했다.

그 안에서 대체 무엇을 하는지 박재수 씨는 상상조차 안 되지만 정희의 저녁 샤워는 40분 정도 걸렸다. 바쁜 아침에는 여러 가지 의례를 많이 생략하는지 20분. 딱히 때를 미는 게 아니어도 꼼꼼히 씻다 보면 한 시간 이상 걸릴 때도 많았다.

한 시간 후, 양 볼이 빨갛게 익어 나온 정희는 자기 방에 들어가 드라이기로 머리를 말렸고(이게 또 시간을 이십 분쯤 잡아먹었다) 밥을 먹은 뒤 식탁을 치우고 설거지를 했다.

설거지가 끝나면 정희는 곧바로 자기 방으로 들어갔다.

혹시나 텔레비전을 같이 보려나 싶어 내내 옆으로 퍼져 소파를 점령하고 있던 재수 씨가 이쯤 되면 설거지가 대충 다 끝났겠다, 싶은 시점에 슬금슬금 일어나 소파에 앉아본 적도 몇 번 있었지만 정희가 재수 씨 옆에 앉아 같이 텔레비전을 보는, 경천동지(驚天動地)할 만한 사건은 끝내 일어나지 않았다.

정희가 방문을 닫으면 소파에 멀뚱멀뚱 앉아서 흘끔흘끔 정희 쪽을 보던 재수 씨는 드디어 마음을 놓고 자신의 구역인 거실 소파 위에 마음대로 퍼져 누웠고 야구도 축구도 골프도 볼 게 없는 날에는 OCN, 채널 CGV, EBS 세 채널 사이를 줄기차게 오가며 혹시 오늘은 안 본 영화를 틀어주지 않으려나 기대했다.

박재수 씨는 소파에 모로 누운 채로 가끔 허리가 너무 아플 때는 포즈를 이리저리 바꿔가며 백 번쯤 본 〈쇼생크 탈출〉, 백 번쯤 본 〈라이언 일병 구하기〉, 백 번쯤 본 〈글래디에이터〉, 백 번쯤 본 〈매드맥스〉, 백 번쯤 본 〈쿵푸팬더〉, 백 번쯤 본 〈타이타닉〉을 다시 봤다.

화장실에 가서 오줌을 눌 때를 제외하면 재수 씨는 소파 앞을 떠나지 않았다.

희선 씨는 자정쯤 귀가했고 집에 오면 맨 먼저 물을 한 컵 마신 뒤 화장실에 들어가 씻었다. 여자들은 그 안에서 대체 뭘 하는지 와이프도 씻는 데 20분은 걸렸다.

반면 재수 씨는 저녁엔 씻지 않았다. 아침에 출근할 때 씻으니까.

하루에 두 번 씻는 건 솔직히 좀 물 낭비라고 생각했다.

희선 씨가 샤워를 마치고 나오는 걸 끝까지 기다려주는 법 없이 희선 씨가 화장실에 들어가면 재수 씨는 그걸 신호 삼아 비척비척 안방으로 걸어 들어갔다.

종일 바깥의 먼지와 균을 알뜰살뜰하게 묻혀온 몸뚱아리 그대로 부부 침대에 누운 재수 씨는 언제나 10분 안에 잠들었고 씻고 나온 희선 씨는 불 꺼진 거실 바닥에 앉아 골반과 허리를 활짝 연 나비 자세로 오늘의 명상을 시작했다.

그 시각, 방 안의 정희는 책상 앞에 앉아 낮에 보던 교정지

를 다시 보고 있었다.

일 좀 가려서 받을걸. 편집부에서 외주를 왜 준 건지 알 것 같았다. 말이 좋아 교정이지 실상은 처음부터 끝까지 싹 다 뜯어고치는 리라이팅이었다.

「선배 이거 돈 더 줘요.」

아까 낮에 보내놓은 정희의 메시지를 분명히 읽었을 텐데도 선배는 끝까지 읽지 않은 척했다.

공대 같은 과 한 학번 선배와 분당 38평 아파트에서 신접살림을 시작한 딩크족이자 자대 대학원에서 석사까지 마친, IT 업계에서 커리어우먼으로 잘 나가던 한 삼십 대 고소득, 고학력, 비혼주의자 여성이 아이를 갖지 않는 것을 조건으로 결혼하는 데서 이야기는 시작한다. 그러다 신혼 2년 차에 우연히 아이를 갖게 되고 고민 끝에 딸아이를 낳아 키우며 얼마나 많은 가치관의 변화와 행복감을 느끼게 됐는지에 관한 흔한 신변잡기 육아 에세이였다.

블로그에나 써야 하는 글이 요새는 마구잡이로 출판이 됐다.

원고지 600매 분량의 얄팍한 에세이를 한 장 한 장 읽어나갈수록 정희는 책과 핸드아웃의 경계가 점점 불분명해져 감을 가슴 아프게 실감해야 했다.

게다가 저자가 직접 써서 보낸 저자소개는 웬만한 자서전의 한 장(章) 분량이었다. 그걸 책날개에 들어갈 만한 분량으로 줄이는 것만 해도 보통 일이 아니었다. 여느 편집자가 다 그러하듯 정희는 읽은 것을 읽고 또 읽었고 그 덕에 얼굴 한 번 본 적 없는 저자의 몽타주를 그려보라면 그릴 수도 있을 것 같았다.

분당에 사는 이 신혼부부는 '룰루'와 '랄라'라는 이름의 스코티쉬 폴드 고양이를 두 마리 키우고 있으며 이 글은 남편이 아이를 케어해주는 밤늦은 시간, 맥북을 들고 집 앞에 있는 24시 스타벅스에 나가 혼자 따뜻한 카페라테 그란데 사이즈를 마시면서 썼다고 한다.

더불어 자기 부부가 세상에서 제일 좋아하는 커피는 결혼 전 함께 여행을 떠난 베트남의 노천카페에서 우연히 '만난' 카페 쓰어다라고.

초등학생 때 사생대회를 하는 날이면 백일장(글)과 사생화(그림) 중 한 분야를 선택해야 했는데 겨우 여덟 살이었던 자신은 8절지 도화지 위에 그림을 그리고 자작시까지 써넣은 시화로 당당히 금상을 받았다고, 그게 아마 이과와 문과의 감성을 모두 겸비한 오늘을 예견하는 사건 같다고, 그러나 그때는 자기도 미처 **몰랐다고**.

비 맞은 땡중마냥 저자소개에 쓸데없는 말을 중얼중얼 늘

어놓는 저자의 원고는 하나같이 다 개쓰레기라는 정희의 오래된 편견이 더욱더 굳어지는 순간이었다.

무표정한 얼굴로 정희는 '모두 겸비한'에서 '모두'를 빨간색 플러스펜으로 찍 그어 지워버렸다. '역전 앞' 같은 소리.

글쓴이는 심지어 각 챕터마다 자신이 그 글을 쓰는 동안 스타벅스 창가 자리에서 고독을 씹으며 에어팟으로 어떤 음악을 들었는지까지 써두었다. 그러나 그건 정말이지 아무 의미도 없었다. 어디서 뭔가 본 게 있어서 그걸 한번 흉내 내보려고 한 것 같은데 유감스럽게도 내용과 형식이 전혀 어울리지 않았다.

기지개를 켜는데 현관문 열리는 소리가 났다. 준희가 들어온 것 같았다.

삑— 삐익— 삑— 삑— 삐익—

도어락 누르는 소리에 공백이 많은 것으로 미루어 술을 꽤 마신 것 같았다. 쟤는 어디서 자꾸 돈이 나는 걸까. 책상 앞에 앉은 채로 목을 좌우로 까딱까딱하며 성의 없는 스트레칭을 하자 뚝뚝 뼈가 꺾이는 소리가 났다.

부엌으로 나가려고 방문을 열었는데 아마 현관에서 운동화를 벗는 중이었을 준희가 신발을 끝내 다 벗지 못하고 그대로 펴져 자고 있었다. 방으로 옮겨야 하나 잠깐 고민한 정희는 못 본 척 정수기로 가서 텀블러 가득 물을 받았다. 조용히 방문을 닫은 정희는 떠온 물을 반은 자기가 마시고 반은 창가에 있는 감자꽃에 주었다.

CASS DRAFT

마트에서 사은품으로 받은 500cc 비어잔에는 파란색 폰트로 그렇게 쓰여 있었다.

꽃이 피려나.

정희는 맥주잔의 손잡이를 잡고 감자꽃을 통째로 들어 올려 눈높이에 맞추고 물속을 관찰했다. 알 수 없는 뿌연 막과 얇은 뿌리 같은 게 둥둥 떠다녔다.

줄기는 자꾸자꾸 위로 솟는데 꽃은 여전히 감감무소식이었다. 인터넷으로 찾아본 '나도 할 수 있다! 감자꽃 수경재배 도전기'에 의하면 물속에서 피어난 감자꽃은 아주 예쁜 연보라색이었다.

새벽 3시경 현관과 거실 사이에 걸쳐 누워 있던 준희는 추

워서 깼다. 밤이 체온과 함께 알코올을 앗아갔는지 그쯤에는 이미 술도 다 깬 후였다.

구청에서 종일 악성 민원인이나 상대하며 소집해제 날짜만을 기다리던 준희는 지난주 갑자기 국립공원관리공단으로 복무기관을 재배치받았다.

누가 위에다 찔렀나.

재배치를 받을 때 꿀보직으로 빠지는 일은 없었다. 그런 곳은 알음알음 있는 집 자식들이 학연, 지연, 혈연을 동원해 우선 배치됐고 그러고도 남는 자리는 정보통을 끼고 있는 눈치 빠른 신청자들에게 돌아가 애저녁에 다 마감이 됐다.

산림청 소속 산불감시, 일명 산타는 보직은 업무 강도가 세기로 유명했다.

어제는 첫날이라 그런가 뺑이치는 일 없이 사무실에 앉아 있기만 했다. 산 중턱에 자리 잡은 국립공원관리공단에는 민원인이 찾아오지 않았다. 천국이었다.

준희를 비롯해 지난주에 이쪽으로 빠진 사람들끼리 우르르 돌아다니며 층마다 인사를 텄다. 퇴근 후에는 다 같이 방이동 고깃집에 모여 의기투합도 했다.

술을 짝으로 갖다 들이부어도 박씨 집안 사람들은 필름이 끊기는 법이 없었다. 방바닥에 오바이트를 하고 그 위에 벌렁 나자빠질지언정 기억을 잃지는 않았다. 일종의 가풍(家風)이었다.

뒤늦게 운동화 한 짝을 마저 벗고 비척비척 걸어 자기 방 침대에 드러누운 준희는 아까 집에 들어왔을 때 누나가 방문을 열고 막 나오던 게 기억이 났다.

몽달귀신 같은 창백한 얼굴. 그 위에 동글뱅이 김구 안경.

바로 몇 시간 전, 직장에서 우연히 마주친 두 남매는 본능적으로 서로를 모른 척했다. 원래도 나이 차가 좀 나서 서먹서먹한 편이긴 했지만 자기가, 그리고 자기 누나가 그럴 줄은 몰랐다. 바로 옆방, 벽 하나를 두고 생활하면서 남매는 하루에 한 마디도 하지 않는 날이 더 많았다. 그렇지만 그게 뭐 별일이라고는 생각하지 않았다. 누나는 원체 말이 없는 사람이었으니까.

침대에 누운 준희는 왼손으로는 SNS 속 헐벗은 여자들 계정을 돌아다니며 오른손으론 무성의하게 수음을 했다.

하루에 아홉 번, 열 번 이 짓을 해도 모자랐던 적이 있었다. 고등학교 졸업 후 입시에서 미끄러져 연기학원을 다니며 재수를 하면서 그 빈도수가 눈에 띄게 줄었다.

그러나 어찌 됐든 간에 하루에 한 번은 **반드시** 해야 했다.

남자 형제 없는 집안에서 사춘기를 보내며 깨우친 준희 나름의 예방책이었다.

이 나이에 가족들 몰래 새벽에 일어나 세면대에서 팬티를 빨 순 없으니까.

00년생인 준희의 나이는 올해 스물둘.

지지난 주에 받은 이번 달 용돈은 오늘 새벽 택시를 타고 집으로 돌아오면서 끝나버렸다. 공익 월급이라고 해봐야 한 달 커피값도 안 됐다. 돈이 몹시 궁했지만, 소집해제가 끝나기 전까지는 4대 보험이 잡히는 아르바이트는 할 수 없었다.

송파구청에서 근무할 때 친하게 지낸 연대 경영 다니던 형은 같은 아파트 단지 안의 얼라들을 상대로 국영수 과외를 한다고 했다.

그리고 그 형은 민원인 상대를 하지 않았다.

내일 아침 일어나자마자 아프다고 하루 병가를 내고 김 여사를 좀 졸라봐야지.

거기까지 생각했을 때 왼손에 들고 있던 스마트폰이 툭, 하고 이마 위로 떨어졌고 악 소리를 작게 낸 준희는 단말마와 함께 순식간에 잠 속으로 빨려 들어갔다.

이쯤에서 중대한 사실을 하나 밝혀야겠다.

박재수 씨와 김희선 씨 부부는 20년째 섹스리스다.

섹스리스가 무엇인가 하면 부부가 섹스를 안 한다는 뜻이다.

그렇다면 부부란 어떤 의미인가.

그건 그 사람이랑만 섹스해야 한다는 뜻이다.

영원히.

얼었던 대동강 물이 풀리고 겨울잠 자던 개구리가 깨어나며 만물이 기지개를 켠다는 3월 5일 경칩(驚蟄)을 지나 3월 20일 토요일. 결혼 31주년 기념일을 맞아 서울시 송파구 마천동에 거주하는 박재수, 김희선 씨 부부는 집 근처 남한산성으로 주말 산행을 나갔다.

박재수 씨야 주5일 나인투식스로 근무하는 속 편한 산송장, 언제 모가지가 날아갈지 모르는 침대회사 과장님이었지만 동네 대형마트에서 캐셔로 파트타임잡을 뛰는 김희선 씨는 주로 주말에 스케쥴이 잡혔다. 집에 손 많이 가는 어린애가 있는 것도 아니고 모시고 사는 시부모가 있는 것도 아닌 터라 주임은 월초 스케줄을 새로 짤 때면 고객이 가장 많고 바쁜 금, 토, 일 저녁 시간대에 김희선 씨를 우선 배치했다.

금, 토, 일 저녁에 일한다고 돈을 더 쳐주는 건 아니었지만 아무튼 그랬다.

이번 주 토요일도 당연히 일을 나가는 거였는데 '여사' 뒤에 도통 ‘님’ 자를 붙일 줄 모르는 시퍼렇게 어린 남자 주임 놈한테 귤도 주고, 떡도 주고, 껌도 주고 죽어라 알랑방귀를 뀌어서 겨우 근무표를 바꾼 거였다.

“왜 그렇게 요령이 없어, 요령이. 식구 누구 아프다고 하면 되잖아.”

탈의실 옆 코딱지만 한 사무실 의자에 다리를 쩍 벌리고 앉아 손발톱을 깎는 주임 앞에서 쉬는 시간마다 빌고 돌아오는 김희선 씨를 보던 언니들이 더 속 터져 했다.

하지만 김희선 씨는 거짓말은 하기 싫었다.

〈거짓말하지 말자〉

초등학교에 입학한 정희가 엄마, 우리 집 가훈이 뭐냐고 가훈을 알아 오라고 선생님이 숙제를 내줬다고 해서 하루 밤낮 고민 끝에 김희선 씨가 지어준 가훈이었다.

거짓말하지 말자.

뒤에 느낌표를 넣을까, 말까 망설이던 희선 씨는 빼기로 했다. 그러면 너무 가벼워 보이니까.

희선 씨는 그런 사람이었다.

주말 산행이라고 해봤자 어디 별장에 가서 하룻밤 자고 오는 것도 아니고 전날 냉동실에 얼려둔 삼다수 두 병을 들고 동네 뒷산을 올라갔다 내려오는 게 다였지만 시큼털털한 기운도 다 빠져 이제는 입에 넣어도 아무 맛도 안 나는 중년 부부에겐 나름 이벤트요, 밀린 숙제 해치우기, 관계의 빛잔치였다.

마트에서 캐셔로 일한 지도 어느새 3년. 딱 그즈음부터 동네 주민센터에서 하는 평일 요가반에 나가기 시작한 희선 씨는 체력이라면 자신이 있었다. 그에 반해 종일 사무실 책상 앞, 지하철, 거실 소파와 안방 침대 사이만을 시계추처럼 왔다 갔다 하는 박재수 씨는 등산로 초입부터 헉헉거렸다.

나름 근육이 탱탱하게 자리잡힌 김희선 씨와 달리 박재수 씨의 육신은 앙상하게 마른 팔다리에 배만 여덟 달 된 임부처럼 나온 전형적인 마른 비만이었다.

답답했는지 먼저 치고 나가는 김희선 씨를 뒤에서 바라보던 박재수 씨는 따라잡는 걸 포기하고 자기 페이스에 맞춰 느린 게걸음으로 슬금슬금 걷기 시작했다. 몇 번 불러도 대답이 없어서 뭐지, 하고 뒤를 돌아본 김희선 씨는 박재수 씨가 자기 시야 안에 들어오지 않는 걸 보고 도로 내려갔다.

설마 집에 간 건 아니겠지.

공상과학영화에 나오는 외계인처럼 머리통과 복부만 도드라지고 팔다리는 가는 이상한 체형의 늙은 남자가 저 밑에서 겨우겨우 올라오고 있었는데 갈 지 자였다.

술주정뱅이처럼 술에 취해 비틀거리는 게 아니라 아주 계산적인 갈 지 자.

언덕의 경사가 부담스러웠던 박재수 씨는 보행로 전체를 크게 지그재그로 걷는 방식을 택해 걷는 거리는 배로 늘어나지만 경사 각도는 줄이는 나름의 꼼수로 느리고 편하게 산을 오르고 있던 거였다.

위에서 그 꼴을 내려다보던 희선 씨는 당연히 기가 막혔다.

주말을 맞아 오붓하게 산행을 나온 가족 단위 등산객들도 박재수 씨의 놀라운 산보법을 곁에서 지켜보더니 다 같이 웃음을 터뜨렸다.

'그러게 같이 요가 수업 가자고 할 때 가지.'

마트에서 주4일, 한 주 걸러 한 주는 주5일 8시간 동안 캐셔로 일하면서 희선 씨는 한 달에 백오십 즈음 벌었다. 일은 고됐고 종일 계산대 앞에 서 있어야 했으며 또라이 같은 진상 고객도 많이 만났고 가끔은 별 치사한 꼴까지 다 봐야 했지만 매달 정해진 날, 내 계좌로 돈이 들어온다는 게 어마어마하게 기분이 좋았다.

희선은 그 돈으로 주민센터 요가반의 수강료를 내고 요가 매트와 요가복 같은 것도 구매했다. 적금도 들고 가끔은 새끼들 용돈도 주고 은행 빚도 갚아나갔다.

비유가 아니라 정말로 '백 년 과장'인 남편 박재수 씨의 월급으로는 도저히 네 식구의 생활비와 28평 방 세 개짜리 주공아파트의 대출금, 은행이자, 준희의 예술대학 등록금을 댈 수가 없었기 때문이다.

돈도 못 벌어, 밤일도 못 해, 산도 못 타.

우물쭈물 비틀비틀 갈 지 자로 경사로를 올라오는 재수 씨를 보고 있자니 가시 박힌 미운 말이 입안 가득 차올랐다. 아직 여기는 산도 아니었다. 산 입구였다. 힘들어 보여서 재수 씨가 들고 있던 그이 몫의 생수병도 희선 씨가 대신 들어줬었다.

뚜껑을 열어 얼음물을 한 모금 마신 희선 씨는 요가 클래스에서 배운 명상법대로 단전에서부터 차오르는 뜨거운 한숨을 후우— 하고 입 밖으로 뱉어냈다.

내 안의 모든 분노와 잡념, 일체의 집착을 떨쳐내야 했다.

무언가를 떨쳐내야 한다는 그 그릇된 마음마저도 떨쳐내야 했다.

과거도 없고 미래도 없다. 오직 지금만이 있을 뿐이다.

"옴—"

사관학교 교관처럼 허리춤에 양손을 짚은 자세로 재수 씨를 내려다보던 희선 씨는 옆에 있는 벤치를 발견하곤 주변 눈치를 좀 보다가 신발을 벗고 그 위에 올라갔다. 가부좌를 틀고 앉은 뒤, 천천히 두 눈을 감았다.

▲

내려오는 길에는 그 앞에 있는 꽁보리밥 집에 들어가 갈치구이와 계란 후라이, 구운 김과 나물 반찬, 달래장, 갓김치, 젓갈, 김치전에 청국장까지 나오는 보리밥 정식을 시켰다. 밥을 다 먹으면 숭늉에 식혜까지 나오는데 1인분에 겨우 칠천 원.

주말 점심시간, 밥집 안은 손님들로 미어터졌다.

보리밥은 환장하게 맛있었다.

분위기고 나발이고 오늘 하루 밥을 안 차려도 된다는 게 희선 씨는 행복했다.

부부답게 아무 대화 없이 각자 자기 앞의 밥그릇을 비우는 데에만 몰두해 있는데 남녀 섞인 등산객 한 무리가 우르르 들어오더니 금세 식당 안이 왁자지껄 시장통처럼 시끄러워졌다.

화려한 눈화장, 짙은 마스카라, 귀걸이, 반지, 팔찌, 구불구불한 파마머리에 형형색색 고가 등산복을 차려입은 그들에게서는 뭔가 불법적인 향기가 물씬 풍겼다.

등산복까지 차려입은 걸 보면 분명 정상까지 찍고 내려왔을 텐데 여자들의 화장은 온전했고 땀을 흘리는 사람이 하나도 없었다.

그들은 서로 반찬을 덜어주고 생선 살도 발라주며 회장님 아니면 누구누구 씨 하는 기이한 호칭으로 서로를 불렀다.

중년 남녀가 섞인 모임이면 부부동반일 텐데 그러면 남편들은 남편들끼리, 아내들은 아내들끼리 각자 테이블에 모여 앉아 저들끼리 수다를 떨며 밥을 먹는 게 보통이었다. 근데 그들은 젓가락 짝을 맞추듯 남자, 여자 교차로 앉아 있었다. 남자들은 여성분들은 찬 데 앉으면 절대로 안 된다며 여자들 엉덩이 밑에 방석을 두세 장씩 깔아주고 자기들은 맨바닥에 앉기를 꺼리지 않았다. 웃기는 짬뽕이었다.

"뭐야?"

희선 씨가 중얼거리자 재수 씨는 뭐긴 뭐야, 하며 대수롭지 않게 숭늉을 마셨다.

"그러니까 그거지, 그거. 불륜."

"아하."

재수 씨는 새끼손가락을 슬쩍 들어 희선 씨에게 보여줬다.

"산에서도 아주 지랄들을 하더만."

"그래?"

"응. 서로 손 잡아주고, 끌어주고."

희선 씨는 그게 자기한테 하는 말인가 싶었지만 별로 신경 쓰지 않았다.

"다 먹었으면 가자고."

자기만 다 먹은 재수 씨는 그 말을 하자마자 자리에서 일어나 신발부터 신었다.

여기까지가 31주년 결혼기념일 오전부터 점심 사이에 있었던 일이다.

오후에 재수 씨는 소파에 늘어져 텔레비전으로 돌고래 다큐멘터리를 보다가 스르르 낮잠을 잤고 희선 씨는 세탁기를 돌린 뒤 베란다에 빨래를 널고 욕실에서 간단히 때를 민 뒤 마스크팩을 붙인 채로 안방 침대에서 한숨 잤다.

저녁에는 중국 음식을 시켜 먹었고 섹스는 하지 않았다.

부부가 섹스를 하면 그건 더 이상 섹스리스가 아니니까.

그래도 최소한 생일날 아니면 결혼기념일에는 한 번 해야 하는 거 아닌가, 서로 그런 의무감에 사로잡혀 있었던 시절도 분명 있었다. 그러나 어쩐지 잘 되지 않았다. 모든 게 다 멀쩡한데 생식기능이 불구가 된 것도 절대 아닌데, 그냥 안 하게 되었다.

첫 아이를 가진 후에도 두 사람은 달에 걸러 한 번씩 주기적으로 했다. 부부 침대에서 아이가 자면 옆방에 가서라도 했다. 그러나 둘째가 생긴 후에는 거짓말처럼 딱 끊겼다.

그러길 이십 년.

4년 후면 재수 씨는 환갑이었다. 희선 씨도 십 년 후에는 지하철을 공짜로 탈 수 있었다. 십 년은 긴 것 같지만 실제론 아주 짧다는 걸, 그야말로 눈 깜짝할 새라는 걸 애 둘을 낳아 길러본 희선 씨와 재수 씨는 잘 알고 있었다.

준희를 낳았을 때 희선 씨는 서른세 살이었다. 아이가 크고 어느 정도 숨을 돌리고 난 후에도 재수 씨는 희선 씨를 건들지 않았다. 여기가 부부침실인지 회사 수면실인지 알 수 없을 때도 많았고 아, 그냥 이렇게 끝나는 건가. 내 젊음과 여성성은 이제 아주 시들어버린 건가, 다 져버린 건가 자문할 때도 왕왕 있었다.

남편은 알아서 밖에서 풀고 들어오는 걸까.

처음에는 그런 생각도 가끔 했지만 남편 월급이라고 해봐야 쥐꼬리였고 매일매일이 아가씨 접대인 영업직도 아니었다. 그리고 그럴 위인조차 못 됐다.

그냥 어느 순간부터 자기가 여자 아닌 엄마로만 존재하게 된 것처럼 남편도 남자 아닌 아빠로만 존재하기로, 인생의 어느 시기에 맞춰 번데기가 나비가 되는 것처럼 두 사람이 동시에 존재 자체를 탈바꿈한 것 같았다.

물론 그건 나비가 다시 번데기 속으로 들어가 숨는 역(易) 탈바꿈이었지만.

이젠 아무래도 좋았다. 여자라니.

내가 여자이긴 한 걸까?

희선 씨는 육 년 전 봄에 지긋지긋한 생리로부터 마침내 해방되었다. 그리고 그와 동시에 모든 고민도 다 내려놓았다.

이런저런 상념에 잠겨 희선 씨가 뒤척이고 있을 때 옆자리의 재수 씨는 낮게 코를 골며 달콤한 잠 속에 흠뻑 취해 있었다. 낮에 고거 잠깐 산 올라갔다 내려온 게 자기 딴에는 무지 고단했던 거다.

자기 옆자리에 누워 있는, 이제 정말 늙어 가루가 되어 유골함에 들어갈 일 밖에는 더 안 남은 한 인생이 몹시 애처로워지려는 찰나 재수 씨는 이불 안에서 탕수육 냄새가 나는 방귀를 뿍— 하고 꼈다. 이 인간 팬티에 똥을 지린 건 아닐까, 싶을 정도로 축축하고 무거운 독가스였다.

"아이 씨."

낮에 이불 빨았는데.

힘들게 이불 빨래를 한 희선 씨는 당연히 성이 났고 뿔난 걸 표 내기 위해 이불을 자기 쪽으로 있는 힘껏 끌어당기며 벽 쪽으로 돌아누웠다.

한숨이 나왔다.

망가진 매트리스 때문에 겨우 반 바퀴 돌아눕는 작은 움직임에도 부부 침대는 해일을 만난 난파선처럼 크게 출렁거렸고 그때마다 스프링 삐걱거리는 소리가 귓전을 때렸다.

낮과 밤의 길이가 똑같다는 춘분(春分)날 하루가 그렇게 지나가고 있었다.

입산(入山)

일 년 중 산불이 가장 많이 나는 날은 아이러니하게도 4월 5일 식목일이다. 식목일과 청명(淸明), 한식(寒食) 세 날은 보통 하루 이틀 차이거나 날짜가 겹친다. 그래서 '청명에 죽으나 한식에 죽으나'라는 속담도 있다. 들어봤는가?

오십보백보(伍十步百步)

나쁜 일은 조금 일찍 일어나거나 늦게 당도해도 어차피 별반 차이가 없으니 안심하라는 의미다.

국립공원관리공단 직원들에게 4월은 잔인한 달이다.

이런 기관이 있는 줄도 모르고 여태 사는 사람들이 태반이겠지만, 일 년 중 업무가 가장 많이 몰리는 때가 바로 이때였다. 건기(乾期)라 빽하면 산불이 났고 등산객들이 산에 와서 저지르는 기이한 사건 사고도 거의 매일같이 보고 들을 수 있었다.

오늘도 출근해서 커피나 한잔하며 모니터에 엑셀 파일 하나 띄워놓고 그 뒤에서 사부작사부작 몰래 알바나 하려고 했던 정희는 기존 계획을 전면수정해야 했다.

반은 공무원이나 다름없는 공공기관답게 딱히 성과가 눈에 보이는 실무는 거의 없었지만 4월 들어 각종 보고와 기타 답안 나오는 회의, 일을 위한 일—일명 페이퍼 워크—은 해도 해도 끝이 안 보였다.

파티션 뒤, 창가를 등지고 앉은 나이 많은 직원들은 젊은 직원들이 일일이 문서수발을 해줘야만 겨우 윗선에 보고를 올릴 수 있는 대단한 위인들이었다. 인원충원보다는 인력충원이 시급했으나 이런 내부 사정과는 관계없이 어떻게든 조직은 굴러가기 마련이었고 덩치만 큰 무능한 조직을 앞으로, 앞으로 나아가게끔 하는 값싸고 힘센 연료는 대학을 갓 졸업한, 젊고 팔팔한 사원 대리급이었다.

위에서 아래로 흐르는 물처럼 당장 처리해야 할 급한 업무와 나중 업무는 직급을 타고 아래로, 아래로 떠밀려왔다. 그리고 맨 밑바닥엔 우리의 주인공, 10개월짜리 육아휴직 대체 계약직 박정희 양이 있었다.

바쁜 아침 출근길, 버스정류장에 앉아 버스를 기다리며 업무 메일을 확인하는데 왼쪽 골반뼈 가까이 아랫배가 또 기분 나쁘게 묵직했다.

익숙한 통증.

과거 정희는 자궁근종으로 네 번이나 수술대 위에 누운 전력이 있다. 고등학교 2학년, 대학교 2학년, 출판사에 다니던 시절과 회사를 때려치우고 나온 26살.

수술 전날 초음파로 혹의 크기와 위치를 다시 체크하고 한나절 동안 금식, 밤에는 관장을 한 뒤 면도기로 거기 털을 다 밀어야 했다. 그 후 전신마취를 한 뒤 배에 작은 구멍을 내 복강경으로 자궁에 붙은 혹을 제거했다.

수술 자체는 까다로울 게 없고 수술 시간도 쌍꺼풀 수술만큼 짧았지만 재수 없게 배 안에서 물혹이 먼저 터져버리면 그때부터는 골치 아픈 일이 됐다.

다행히 아직 그런 적은 한 번도 없지만.

핸드폰 달력을 보니 이번 달 생리가 오십일 째 아직이었다.

몸의 주인이 병이 병이란 걸 인식하고 내심으로 인정까지 해주니 병은 옳다구나, 더 활개를 쳤다.

아까보다 더 무거워진 것 같은 기분 나쁜 왼쪽 아랫배를 왼손으로 지그시 누른 채, 스물아홉 살 박정희 씨는 천천히 마을버스에 올라탔다.

정희가 버스에 올라타 심란한 표정으로 창밖을 바라보던

그 시각, 모친 김희선 씨는 요가반 여자들과 매트 위에서 몸을 풀며 수다를 떨고 있었다.

희선 씨는 벌써 3년째 평일 오전 요가반 개근이었다. 은둔 고수들이 곳곳에 포진해 있는 평일 오전 수업이라 아직 안방마님까지는 아니었지만 그래도 군대로 치면 막 진급한 상병쯤은 됐다.

그런가 하면 김희선 씨가 다니는 주민센터 요가반 강사인 52세 이혜진 씨는 희선 씨보다 세 살 연하로, 갈비씨였다. 언젠가 선생님은 오전 수업과 오후 수업 사이 비는 시간에 무엇을 하시냐는 고참 수강생의 질문에 오금동에 있는 다른 요가원까지 차를 몰고 가 또 요가를 하고 온다고 대답했으니 갈비씨인 게 당연했다.

혜진 씨는 새로 등록한 신입생들을 챙기느라 번다한 월초보다 우리끼리 몸 선과 마음에 더 집중할 수 있는 월말이 자기는 더 좋다고 일전에 수강생들에게 고백했다. 그리곤 우리끼리만의 비밀이라는 듯 해쭉 웃으며 혀를 쏙 내밀었다. 토끼 같았다.

몸매는 끝장이지만 얼굴은 좀 추물인 혜진 씨가 처음으로 예뻐 보인 순간이었다.

말은 안 했지만 희선 씨는 사실 마음속 깊은 곳으로는 강사님을 좀 깔봤다. 왜냐하면 자기는 얼굴이 먹어주는 스타일이었기 때문이다. 게다가 요가 수련도 벌써 3년이나 했으니 강사만큼은 아니어도 몸매에 꽤 자신이 있었다.

희선 씨는 몸에 군살이 하나도 없었다. 나이를 생각하면 대단한 일이었다.

종일 계산대 앞에 서 있어서 다리에 알이 박힐 때가 많았지만 집에 오면 잊지 않고 폼롤러와 마사지로 근육을 잘 풀어줬다. 준희가 연극영화과에 다니며 영화배우를 지망하는 것도 사실은 다 자신의 우월한 유전자 덕이라고 희선 씨는 생각했다.

정희가 날 닮았으면 좋았을걸.

그러나 정희는 희선 씨도 재수 씨도 닮지 않았다. 김희선, 박재수 부부는 모두 짙은 쌍꺼풀이 있었는데 정희는 외꺼풀이었다. 김희선, 박재수 부부는 여드름이 나지 않은 축복 받은 유전자였는데 정희는 어려서부터 아토피를 달고 살고 대학을 졸업한 지금도 성인 여드름으로 고생하고 있었다.

정희는 착한 딸이었다. 대학교 학비도 자기 힘으로 댔고 부모가 돈을 어디서 포크레인으로 퍼오는 줄 아는 준희 녀석과 달리 용돈 좀 달라고 어미 옆구리를 찌른 적도 없었다. 서울에 있는 멀쩡한 4년제 대학에 자기 앞가림을 저렇게 번듯하게 하는 착실한 아이인데, 생리통이 심하고 말수가 좀 적은 것만 빼면 만점, 이날 이때껏 부모 속 한 번 썩인 적이 없는데 왜 내 새끼 모셔가겠다는 회사도 데려가겠다는 남자도 없는지 희선 씨는 참으로 의문이었다.

그렇다고 딸을 헐값에 넘길 생각은 절대로 없었다. 직장도, 시집도.

오전반 요가 수업 후 혜진 씨는 늘 5분간 릴렉스 타임을 가졌는데 수강생들을 각자 매트 위에 누워 천장을 보게 하고 불을 끈 뒤, 느린 템포의 인도 음악을 틀고 손바닥 위에 아로마 오일을 한 방울씩 떨어뜨려 줬다.

그러면 아줌마들은 좋다고 그 좁쌀만 한 오일 한 방울을 자기 얼굴과 목, 귀, 팔다리에 마구 문대며 행복해했다.

향기로운 아로마 오일로 열심히 팔다리를 비비는 와중에도 희선 씨는 자식 걱정을 했다. 자궁이 약한데 시집은 갈 수 있을까. 사실 희선 씨는 그게 제일 걱정이었다.

이윽고 불이 켜지고 야시꾸리한 인도 음악이 꺼졌다. 다시 매트 위에 나비 자세를 하고 앉은 수강생들과 강사는 서로 마주 본 채로 마무리 인사를 나눴다.

"오늘도 좋은 기운 나눠주셔서 감사합니다. 나마스떼."

혜진 씨는 스님처럼 합장을 하며 수강생 한 명 한 명과 눈을 맞추고 인사했다.

고참들이 각자 자기 매트를 둘둘 말아 들고 신발을 신고 자리를 뜨는데 맨 마지막에 나가던 희선 씨를 혜진 씨가 살짝 불러세웠다.

"회원님. 혹시 주말에 남한산성 오셨나요?"
"네. 어떻게 아세요?"
"아, 꽁보리밥집에서 뵌 것 같아서요."
"아, 네. 강사님도 근처 사시나 봐요?"

그러고도 한참 동안 쓸데없는 대화가 빙빙 이어졌다. 두 여자는 사람들이 빠져나간 텅 빈 요가 교실에서 사는 곳이 어디, 실례지만 나이가, 어머 언니네요! 하는 일련의 교리문답 과정을 수행해나갔다.

자연스레 같이 밑에 있는 카페에 나가 차나 한잔 마셨고 사실 자기는 요새 산에 푹 빠져 있다며 혜진 씨는 슬슬 본론을 꺼냈다. 은근하게.

"언니도 저희 산악회 같이 나오시면 좋을 텐데."
"산악회요?"
"예. '산이 좋아 산악회'라고. 초보자들끼리 올해에는 겨울 오기 전에 남한산성 코스길 순례하기로 했거든요."
"그래요?"
"아이, 언니 말 놓으시라니까."

“저는 이게 편한데. 그럼 같이 놓아요.”

“하나, 둘, 셋 하면요?”

“네. 아니, 응!”

그리고 두 여자는 동시에 웃음을 터뜨렸다.

마트에서 같이 일하는 언니들과 쉬는 시간마다 간식을 나눠 먹으며 죽자 살자 떠들어대긴 했지만 그거 말고, 이렇게 자연스럽게 여자친구를 사귀어본 게 너무너무 오랜만인 희선 씨는 모처럼 가슴이 떨렸다.

전화번호를 교환한 두 여자는 일주일 내내 문자와 통화를 주고받으며 긴긴 수다를 떨었고 반쯤 애인이나 다름없을 정도로, 급속도로 가까워졌다. 그리고 목요일, 김희선 씨는 마침내 동생 혜진이를 따라 산이 좋아 산악회에 한번 나가보기로 했다.

금요일에는 주임한테 가서 내일모레 우리 딸이 수술을 해서 못 나온다고 스케줄을 바꿔달라고 뺑카를 쳤다. 다른 여사님들과 달리 희선 씨가 그런 적은 처음이었기에 주임은 군말 없이 정말인가 보다, 바로 근무표를 바꿔줬다.

때는 바야흐로 4월 4일 청명(淸明). 문자 그대로 천지가 맑은 공기로 상쾌하게 가득 차오르는, 아름다운 봄날이었다.

혜진이가 말하길 한번 산행을 나가면 보통 8시간 정도 걸리는데 내일은 첫날이고 여자들끼리 끝나고 노래방이라도 한 번 달려야 하지 않겠냐며 집에는 아주 안 들어가겠다고 단단히 말하고 나오라고 했다.

희선 씨는 웃으면서 '남편은 그렇다 치고 우리 아들 밥은 어쩌고.'라고 문자를 치자 혜진이는 '영화배우는 말라야 해. 그게 섹시야.' 하며 답문을 보내왔다.

"언니, 그게 섹시야."

그건 혜진이의 말버릇이었다. 게다가 섹시를 꼭 **색시**로 발음해서 혜진이가 진지한 얼굴로 그 멘트를 칠 때면 희선 씨는 배꼽을 잡고 웃을 수밖에 없었다.

여자친구가 좋긴 좋구나.

이 좋은 걸 왜 모르고 살았을까, 희선 씨는 문득 그런 생각이 들었다.

그러고 보니 나는 등산복이 하나도 없다고 하니까 혜진이는 겨우 남한산성 올라가는 건데 무슨 등산복이냐며 그냥 언니 입던 요가복 레깅스에 위에 좀 긴 윗도리를 입고 나오라고 했다.

일요일 아침. 일어나던 시각에 일어나보니 남편과 아들은 여태껏 퍼 자고 있었고 언제 일어났는지 모르겠는 정희는 부엌에서 혼자 토스트를 구워 자기 방으로 막 들어가던 참이었다.

"그거 가지고 아침이 되겠어? (차라리 밥을 먹지…….)"

"네."

"그래, 이따가 동생 밥 좀 챙겨줘. (엄마 이따 저녁에 약속이 있는데…….)"

"네."

가스레인지를 끈 정희는 접시를 달랑 들고 자기 방으로 들어갔다.

기집애, 말 좀 더 하면 어디 덧나나.

괄호 안에 있는 것 말고도 못 한 말이 한참 더 남았지만 정희는 두 마디 이상 자기 말을 하는 법도 엄마 말을 들어주는 법도 잘 없었다.

일이 바쁜가?

그러나 무뚝뚝한 딸이 희선 씨는 별로 섭섭하지가 않았다. 친구가 생겼으니까.

룰루랄라 엉덩이를 흔들면서 공복에 물을 한 컵 마신 희선 씨는 혜진이의 산이 좋아 멤버들, 미연이와 희숙이를 만날 생각에 벌써 들떴다.

뭐, 혜진이 말을 듣자 하니 자기처럼 요가 클래스 수강생과

강사님으로 만났다가 친해진 희숙이랑만 의자매고 어디 콜센터에 다닌다는 미연 씨랑은 사이가 별로인 것 같았지만.

"언니가 나와서 걔 좀 보고 판단을 해줘. 언니, 걔 성격 진짜 이상해."

▲

산이 좋아 멤버들은 서로를 회장님 아니면 여사님으로 불렀고 이 모임을 맨 처음 결성한 여기 산악회 회장만 따로 구분하기 위해 '대장님'이라 불렀다.

남한산성 초입에 있는 산할아버지가 손수 쌓았다는 돌다리 앞에서 만난 여자 회원과 남자 회원들은 먼저 인사부터 텄다.

"자, 여기 아리따운 미녀분은 요번에 새로 오신 김 여사님, 내 친한 언니."

"안녕하세요."

"반갑습니다!"

짝짝짝.

희선 씨를 데려온 혜진 씨가 그렇게 소개를 하면 희선 씨가 회원들을 향해 한 바퀴 인사를 하고 기존 회원들이 환영한다며 짝짝짝 박수를 쳐주는 식이었다.

"이번에 신입이 많이 들어와서 저, 최 대장은 너무너무 기뽑니다! 회원님들.”

인근에 있는 여자 중학교에서 교편을 잡고 있다는 최 대장은 자기를 지칭할 때도 꼭 ‘대장님’이라고 했다.

초반에는 어색하기도 하고 여자 회원들은 여자 회원들끼리, 남자 회원들은 남자 회원들끼리 붙어서 갔다. 그러다 삼십 분쯤 지나면 무리에서 슬슬 뒤처지는 여자 멤버가 나왔다. 그러면 남자 회원 중 하나가 그녀 곁에 다가가 팔도 붙잡아주고 끌어주고 밀어주고 말도 붙이는 게 아주 물 흐르듯 자연스러웠다.

불륜이라는 느낌은 전혀 없었다.

혜진이 말대로 좋은 사람들도 만나고 주말에 맑은 공기도 쐬고 운동도 하는, 건전한 모임. 산이 좋아 산악회.

“무슨 과목이래?”

여자끼리 갈 때 슬쩍 혜진이 귀에 대고 소곤소곤 묻자 최 대장은 여중 체육선생, 구 회장은 같은 재단에 속한 여고 윤리 선생이라고 했다.

생긴 대로 논다더니 둘 다 과목도 꼭 지 같은 걸 맡았다.

구 회장은 이미 머리가 8할쯤 벗겨져서 멀리서 봐도 한눈에 대머리 독수리였고 둥그렇게 달걀을 드러낸 정수리 옆 소박한 주변머리를 매일 아침 고운 참빗으로 한 올 한 올 빗어 내리는 광경이 눈앞에 그려졌다.

최 대장은 남자들이랑도 붙어가지 않고 여자들 무리보다도 한참 떨어져 맨 뒤에서 천천히 산을 탔다. 희선은 무릎이 안 좋은가, 했는데 무릎은 이 중에서 제일 좋고 그냥 회원 중에 혹시 낙오하는 사람이 있을까, 지레 그런다는 거였다.

여기가 에베레스트인 줄 아는 것 같았다.

최 대장은 올해 56세, 65년 뱀띠로 이름은 최욱환.

대머리는 55세, 66년 말띠로 이름은 구병우.

66년 말띠, 하니까 갑자기 집에 있는 어떤 물건 하나가 번뜩 생각이 났지만 희선 씨는 고개를 휘휘 저었다.

산이 좋아 원년 멤버였던 사람 하나가 와이프가 암 투병을 해서 얼마 전 강원도로 이사를 갔는데 그때 꽂아주고 간 신입이 오늘 처음 나온 배 회장이라고 했다.

넉살이 좋은 건지 아니면 낯을 많이 가려서 자기랑 친한 사람이 하나 있었으면 한 건지 배 회장은 평소 가까이 알고 지낸다는 친한 동생, 김 회장도 데려왔다.

배 회장은 77년 뱀띠, 최 대장과는 띠동갑이었고 농수산물 시장에서 과일 도매상을 한다고 했다. 그리고 시장에서 오며 가며 마주쳐 어쩌다 같이 당구도 치고 밥도 먹고 하며 친해진 김 회장, 창석이는 80년 원숭이띠! 카페 사장!

“팔공? 너무 애기잖아!”

“언니, 쉿!”

희선 씨의 방댕이 한 짝을 손바닥으로 찰싹, 하고 때리며 혜진이는 낄낄거렸다.

아니, 앞자리가 7인 것도 부담스러운데 8이라니.

소리를 죽이고 산을 타며 동시에 뒤에 오는 남자들 안 들리게 여자들끼리 비밀 이야기를 속닥거리느라 혜진이의 뜨거운 숨결이 볼 바로 옆에서 느껴졌다.

정희가 93년생이니까 셈을 해보면 희선 씨가 첫 아이를 낳았을 때 창석이는 국민학교 6학년이었던 거다. 80년생이면 국민학교 맞나? 초등학교면 안 될 것 같았다.

그 밖에 혜진이랑 의자매라는 조 여사, 희숙이는 74년 호랑이띠, 올해 마흔일곱으로 희선 씨보다 8살 연하였다. 요 앞 힐스테이트에 살고 전업주부라고 했다.

"언니, 혜진 언니한테 이야기 많이 들었어요. 너어무 보고 싶었어요. 정말."

정이 많은 건지 아니면 혜진이 소개로 희선 씨가 와서 오면 잘해주라는 당부를 미리 받은 건지 만나자마자 희선 씨를 와락 끌어안았다. 그걸 보던 남자 회원들은 여사님들의 우정, 눈물이 난다며 박수를 또 짝짝 쳤다.

혜진이는 빠른 70, 희숙이는 74.

희선 씨와 정확히 띠동갑인 79년 양띠도 하나 있었다.

그게 바로 신 여사였다. 혜진이가 꼭 좀 와서 언니가 보고 판단해달라고 한 애.

미연이는 자동차 회사 콜센터에서 오 년째 계약직으로 일하고 있으며 허리가 안 좋아서 한의원에 침을 맞으러 갔는데 원장이 등산을 강력추천해서 나오기 시작했다고, 묻지도 않은 말을 먼저 쏠랑쏠랑 했다.

희숙이가 맑고 투명한 피부에 살집이 약간 있고 머리가 길어서 어떤 남자든 한 번쯤 침대 옆에 뉘여보고 싶은 스타일의 여자라면 미연이는 보자마자 한눈에 애가 좀 으스스했다.

뱀 눈깔이었다.

희선 씨는 사람을 볼 때 이목구비도 보고 체형도 보고 피부도 보고 사실 다 봤지만 그중에서도 눈매, 인상을 가장 중요시했다. 미안한 이야기지만, 얼굴을 보고 있으면 미연이는 그냥 기분이 좀 나빴다.

남한산성에 양이 두 마리.

콜센터에서 일한다더니 목소리는 또 죽이게 섹시했다. 낮고 허스키한 데다가 일부러 그러는 건지 뭔지 꼭 작게 말해서 귀를 기울이게 했다. 그리고 뱀 눈깔답게 눈매에 잔잔하게 색기가 어려 있었다.

왼쪽 눈 밑에 찍은 저 눈물점은 아무래도 아침마다 네임펜으로 찍는 걸작 같았다.

자연적으로 저렇게 완벽한 야한 눈물점이 눈가에 생길 확률은 희박했다.

"어머, 눈물점 있네. 왜 안 뺐어?"

희선 씨는 한 번 찔러줬다. 푹—

"어머 어머, 언니 저도 양띠예요. 와, 너무 반갑다."

에 대한 뒤늦은 대답이었다.

나이가 나이니 미연이에게 비벼보긴 어려울 것 같았지만 어쨌든 산이 좋아 여자 멤버들 중에 자기가 최소한 2등, 잘하면 1등일 것도 같았다.

희선 씨는 이렇게 자기 파악이 꽤 냉정했다.

혜진이가 자기를 왜 굳이 모셔왔는지 알 것 같았다. 자기가 여자들 중에 나이가 제일 많으니까 부른 것 같았다. 비교용으로.

그런데 네가 더 비교될 텐데, 어떡하지 혜진아?

속으로 그런 생각으로 하고 겉으로는 하하호호 웃으면서 산을 타는데 뒤쪽에서 여사님들 쉬어갑시다! 하는 남자 회원들의 목소리가 들렸고 그러기로 했다.

여사님들이 싸 온 도시락은 그야말로 아트였다.

새벽같이 일어나 가족들 몰래 목욕재계를 하고 화장을 하고 머리에 구르프를 말고 도시락을 싸는 열정. 겉보기엔 남자 회원들한테 떠받들리며 여왕님 놀이를 하는 것 같았지만 사실 이 짓도 쉬운 게 아니었다.

남한산성의 초입, 맨 처음 나온 약수터에서 약수를 한잔씩 떠 마신 회원들은 옆길로 수풀을 헤치고 좀 들어가면 나오는 평평한 곳에 자리를 깔고 앉아 다 같이 도시락을 까 먹었다.

김밥, 샌드위치, 주먹밥, 삶은 달걀, 불고기, 만두, 과일, 막걸리, 떡.

유일하게 오늘 처음 온 희선 씨만 빈손이었고 민낯이었다.

요가 수업에서만 봐서 늘 로션만 바른 맨 얼굴에 옷은 면티 아니면 요가복 차림이었던 혜진도 오늘은 울긋불긋 화장이 진했고 등산복은 산 지 얼마 안 된 새것, 그것도 아울렛 이월 상품이 아니라 백화점 물건 같았다.

신입회원들이 온 첫날이라 평소에 비하면 그래도 등반을 꽤 한 터였다. 그 덕에 여자 회원들의 마스카라는 군데군데 떡 져 있었고 화장도 살짝 지워져 있었다.

더 이상 올라가지 않을 거란 걸, 다들 말은 안 해도 한마음으로 동의하고 있었다.

쓸데없이 여기서 힘을 빼면 안 됐다. 산행은 최소 8시간 정도 소요됐으니까.

구 회장의 배낭에서 나온 느린 마을 막걸리가 두 통쯤 비워지자 남녀 회원들은 서로서로 입안에 김밥과 과일을 손으로 막 집어 넣어주기 시작했고 처음에는 빼던 회장님들도 '아잉, 팔 아파요, 회장님' 소리에 모이 받아먹는 둥지 안의 새 새끼마냥 주둥이를 활짝 활짝 벌렸다.

대충 도시락도 다 먹고 소화를 시킬 겸 남자 회원들은 각자 여사님 뒤에 한 명씩 달라붙어 어깨를 살살 주물러주기 시작했다.

"아이, 괜찮아요."

처음엔 튕기던 김 여사도 어린 창석이의 손길에 무너져내리기 시작했다.

"누님, 제가 싫으세요?"

"아니요오— 그럴리가요오—"

사실 희선 씨는 술이 무지 셌지만 그냥 약한 척하는 게 나을 것 같다는 걸 본능적으로 깨쳤다. 우리 누님 취하셨네, 흐흐.

"여기서 누님이 젤루 이쁜 것 같아요."

희선 씨의 귓가에 대고 어린 창석이는 그렇게 속삭였다.

산만 아는 낯부끄러운 이야기를 일일이 열거하자면 정말

밑도 끝도 없을 것 같아 이쯤에서 그만 줄인다. 총총.

뭐, 그래도 대강 요약을 하자면 그 후 남녀 짝을 맞춰 수풀 주변을 1:1로 살살 산책하며 김밥을 소화 시켰고 삼십 분쯤 서로 토킹을 하다가 최 대장의 지시에 맞춰 다 같이 산을 내려왔다.

"누님은 취미가 뭐예요?"

누가 자기한테 취미를 물어본 게, 주말에 뭐 하냐고 물어본 게 얼마 만인지.

아까 잠깐 여자들끼리 화장실에 갔을 때 희숙이를 찔러 급하게 입술에 분홍립스틱을 바른 희선 씨는 눈앞이 다 아찔아찔했다. 사실 희선 씨는 분홍색보단 오렌지빛 립스틱이 더 잘 받았지만, 혜진이와 희숙이는 오렌지 립스틱이 없었다.

"언니 재밌어?"

"응, 다들 좋은 사람들이네."

"맞아. 여기 회장님들 다들 참 신사분들이셔."

등산로 중턱에 있는 여자 화장실 세면대 거울 앞에 주르르 일렬로 서서 세 여자는 그런 대화를 했다. 미연이는 칸 안에 들어가 오줌을 누고 있었다.

그 후 텔레비전에도 몇 번 나왔다는 유명한 한방 오리 백숙 집에 들어가 신입회원 환영 회식을 했고 1차에서 반주 삼아 맥주도 마시고 소주도 마셨다. 2차로 근처에 있는 노래방에 갔고 여덟 명의 중년들은 제일 큰 방을 잡았다.

거기서 노래 부르고 싶은 사람은 노래 부르고 블루스 추고 싶은 사람은 블루스 추고 피곤한 사람들은 서로 의자에 누워 무릎베개도 해주고 또 시끄러운 노랫소리를 핑계 삼아 귓속말로 대화도 나누고 은근슬쩍 귓불을 터치하기도 했다.

2차가 끝나고 만취한 이 여사를 조 여사가 데리고 먼저 귀가했고 노래방에서부터 사라진 건지 아니면 백숙집에서 나오자마자 집으로 간 건지 기억도 안 나는 구 회장은 보이지 않았다. 짝이 안 맞았기 때문에 짝이 없는 최 대장은 집에 갔다.

신입회원들의 날이었다.

과일 판다는 배 회장은 미연이와, 귀여운 창석이는 김희선 씨와 방을 잡았다.

4시간에 이만 원. 그런데 오늘은 주말이라 오만 원이라고 했고 창석이가 긁었다.

그날 오전, 토스트와 커피로 대충 아침을 때운 정희는 책상 앞에 앉아 내내 교정지를 들여다보다가 점심 즈음 병원 예약 시간에 맞춰 집을 나섰다.

주말이지만 돈이 다 떨어진 준희는 어디 놀러 가지도 못하고 자기 방 안에만 틀어박혀 롤이나 하고 있었고 부친은 거실 소파 위 당신 지정석에서 옴짝달싹하지 않은 채 OCN에서 틀어주는 〈반지의 제왕〉 시리즈를 몰아보고 있었다.

밥솥에 밥 있고 냉장고에 반찬 있고 가스레인지에 국 있어서 배가 고프면 배고픈 사람이 알아서 밥을 차려 먹든지 그게 귀찮으면 라면이라도 끓여 먹으면 됐지만, 현관문을 나서기 직전 오늘 아침 모친의 당부가 기억난 정희는 신었던 신발을 벗고 다시 집 안으로 들어섰다.

딱 그때 오줌을 싸기 위해 자기 방 밖으로 나온 준희와 마주쳤고 정희는 지갑에서 삼만 원을 꺼내 줬다. 대충 짜장면 같은 거 시켜 먹으라고. 아버지 것도 같이.

"누나 어디 가?"

"응."

"아싸."

생각지도 않은 공돈이 생긴 준희는 오늘 밤 친구들을 만나 오랜만에 적실 생각에 들떴고 준희가 들뜰수록 이상하게 정희는 자꾸만 가라앉았다.

"실례지만 성 경험이 있으신가요?"

간호사는 소곤소곤 작은 목소리로, 그러나 너무 유난을 떠는 것처럼 보이지는 않게 가능한 한 사무적인 태도로 정희에게 물었다. 이게 질 초음파로 할지, 항문 초음파로 할지 정해야 해서요.

그때까지 딴생각을 하고 있던 정희는 정신을 차리고 없다고 대답했다.

정희는 또래들보다 초경이 조금 늦은 편이었다. 열네 살, 중학교 2학년 여름방학 때 시작했는데 그때부터 한 달에 한 번 정희는 꼬박꼬박 지옥을 경험해야 했다.

생리 시작 사흘쯤 전부터 온몸이 으슬으슬 떨리거나 이유 없이 체온이 올라 해열제를 복용했다. 열감이 지나가면 손톱으로 땅을 파고 그 아래 지하로 기어들어 가고 싶을 정도의 심한 우울감이 온몸을 덮쳤고 그 지랄 같은 우울감에서 겨우 해방되면 단 음식을 먹거나 폭식을 했고 몸이 부었으며 동시에 허리가 아팠다.

인터넷 검색과 몇 번의 산부인과 검진을 통해 그 모든 증상이 전형적인 생리 전 증후군임을 알게 됐다.

생리는 여자가 애를 낳기 때문에 겪어야 하는 일이었다. 정희는 여자였다.

같은 반 여자애들은 모이면 자주 생리 이야기를 했고 자기는 나중에도 아이를 낳을 생각이 없는데 대체 왜 생리를 해야 하는지 모르겠다고, 솔직히 자궁 같은 건 수술을 받아서 확 떼어버리고 싶다고 말하는 애들도 심심치 않게 있었다.

나도! 나도!

그러면 여자애들은 공모자처럼 까르르 웃었다.

정희는 생리통이 심한 편이었다. 한약도 먹고 침도 맞고 뜸도 들이고 자궁 건강에 좋다는 석류나 뭐 그런 것도 다 먹어봤지만 소용없었다. 가족력이었다. 정희의 외할머니, 친할머니 모두 자궁암으로 돌아가셨고 정희의 큰이모는 유방암 2기로 항암을 하는 동안 손발톱이 모두 빠졌다. 운 좋게 김희선 씨만은 그 저주에서 우연히 제외됐지만 그의 딸은 적중했다.

고등학교 2학년 때 처음으로 자궁근종 수술을 받았다. 동네 산부인과에서 항문으로 기구를 넣어 초음파를 받았는데 8cm였다. 대학병원에 입원해 수술 전날 다시 체크해 보니 3주 만에 15cm로 커져 있었다.

의사는 자궁근종은 모든 여성에게 다 있으며, 생겼다가 어느 날 자연적으로 사라지기도 한다고 했다. 생리통이 심한 여성들은 대부분 자궁근종일 거라고. 하지만 자궁근종은 수술을 받는다고 끝나는 게 아니었다. 대부분 재발했다.

대학교 2학년 때는 여자 의사가 아닌 남자 의사에게 수술을 받았다. 여자 의사한테 수술을 받기 위해서는 오랫동안 기다려야 했다.

의사는 정희의 아버지뻘 되는 남자로, 수술 전 상담을 하면서 정희에게 성 경험이 있는지 물어봤다. 간호사가 이미 물어본 거지만 집도의가 환자 상태를 다시 체크하는 건 당연했다.

정희는 없다고 했고 두 번째 수술이니만큼 덤덤했다.

의사는 이게 항문 초음파로 검사할지, 질 초음파로 검사할지 결정해야 해서 물어본 거라고 설명했다. 알고 있었다.

초음파를 한 뒤 다시 진료실로 돌아와 수술 일정을 잡았다.

의사의 탁상달력에는 두 달 동안 빈칸이 하나도 없었다.

6월은 또 대학교 기말고사 기간이라 다이어리를 가만히 바라보던 그는 그러고 보니 이제 의대 시험문제를 내야 한다며 걱정을 했다. 그리곤 정희의 나이가 자기 딸하고 같다며 씩씩해서 아무 걱정도 없다, 수술이 잘 될 거다, 같은 인사치레가 이어졌다.

자신이 너무 예민한 건지도 모르겠지만 일전에 수술을 받은 여자 선생님과 느낌이 좀 달랐다. 자기 앞에 있는 환자가 스물한 살 여대생임에도 처녀라는 게 담당의가 좀 더 나긋나긋해지는 데 한 가지 원인으로 작용한 것 같다는 생각이 들었다.

원래 친절한 사람일 수도 있고 정말 그의 말대로 그의 딸과 나이가 똑같아서 더 상냥하게 응대해준 걸 수도 있겠지만.

그 후로도 몇 번 아랫배가 이전처럼 묵직해질 때가 있었지만 몇 번은 모른 척하며 지나갔다. 생리는 그 자체로 살아있는 지옥이었지만 또 아랫배 한쪽이 묵직하고 뻐근해질 때마다 정희는 얼른 다음번 생리를 하기를 손꼽아 기다렸다.

정상 생리 주기 안에 생리를 하면 어쨌든 괜찮다는 뜻이었으니까.

그러나 대학을 졸업하고 바로 들어간 출판사에서 근무한 지 2년쯤 됐을 때 자궁근종은 재발했다.

직원이라곤 사장을 제외하고 딱 4명인 코딱지만 한 회사.

막내 편집자가 사흘 병가를 내면 왜, 어디가, 얼마나 아파서 병가를 내는 것이며 수술은 어느 병원에서 어느 의사한테 받는지 병원비는 얼마나 들며 실비 보험은 들었는지 모든 걸 다 시시콜콜 회사 사람들에게 말해야 했고 걱정을 빙자한 끝없는 수다의 소재로 동료의 병(病)은 재활용됐다.

어차피 나중에 입원 확인서를 제출해야 하니 속이는 것도 불가능했다.

자궁근종 수술이라고 하니 대표는 군말 없이 알겠다고 했다. 그리고 며칠 뒤 점심시간, 탕비실에 모인 여직원들 앞에서 대표는 다들 병원에 가서 하루빨리 가다실을 맞으라고, 자기가 오늘 아침 출근해서 신문을 봤는데 젊은 사람들 사이에 요새 에이즈가 어쩌고, 성병이 어쩌고 하는 일장 연설을 또 한바탕 늘어놨다.

아아—

정희는 그 출판사를 나온 직후 또 수술을 받았다. 네 번째

였고 스물여섯 살이었으며 이번에도 항문 초음파였다.

정희에게 처녀성은 일종의 숙제였다. 지금이야 그렇다 쳐도 서른이 되고 마흔이 되어도 자궁근종은 재발할 텐데 그때마다 간호사와 담당의 앞에서 경험이 있냐는 질문에 아니오, 라고 대답하는 건 자기가 생각해도 좀 부자연스러운 것 같았다.

게다가 내년이면 서른이었다. 정희는 이제껏 남자 친구가 단 한 번도 없었고 당연히 경험도 없었다. 경험은커녕 요즘은 초등학생들도 다 해봤다는 그 흔한 키스조차 해본 적이 없었다.

대학에 다닐 때, 아르바이트하는 곳에서 다른 남자 알바생한테 고백 비슷한 집적거림을 당해본 적은 두어 번 있었지만 그때마다 개무시로 일관했었다. 남자를 한심하게 여겨서도 경멸해서도 공포를 느껴서도 아니었다. 자위는 정기적으로 하니 성 공포증도 아니었다.

그냥 말 그대로, 정말 어쩌다 보니 그렇게 된 것이다.

한때는 사실 내가 레즈비언인데 정체성을 자각하지 못하고 있는 건가, 심각하게 고민도 해봤지만 남자, 여자 성별을 떠나 정희는 이제껏 그 누구도 좋아해본 적이 없었다. 연예인조차 좋아해본 적이 없었고 연애는커녕 남들 다해보는 짝사랑조차 못 해봤다는 건 알게 모르게 정희의 내면에서 콤플렉스로 작용하고 있었다.

초음파로 확인한 자궁근종의 크기는 9cm였고 일전에 수술을 한 곳과 또 비슷한 위치였다. 다리를 쩍 벌리게 고정해주는 산부인과 의자 위에 거대한 키친타월 같은 흡수 종이를 깔고 누워 정희는 담당의와 함께 옆에 붙은 모니터를 바라봤다.

이쪽에 하얀 거 보이시죠? 하며 그가 물었지만 솔직히 봐도 봐도 뭐가 다르다는 건지 구분이 잘 안 됐다. 정희는 대충 네, 하고 대답하며 빨리 수술 안 하면 터질 수 있고 그러면 골아파진다는 의사의 진단을 한 귀로 듣고 한 귀로 흘렸다.

"또 생길 수 있는 거죠? 수술해도?"

정희는 아는 걸 물었다.

"네. 가임기 동안은요. 그래서 재수술하는 분 많아요."

의사는 위치가 좋지 않다며 만약 지금보다 더 커질 경우, 상황을 봐서 한쪽 난소를 제거해야 할 수도 있는데 그래도 임신에는 전혀 문제가 없지만, 환자분들이 아무래도 그 경우 정서적으로 좀 충격을 받을 수 있기에 그런 일은 최대한 없도록 노력하겠다며 천천히 초음파 기구를 뺐다.

의자에서 내려온 정희는 간호사가 건네준 거대한 휴지를 들고 어기적어기적 걸어 초음파실 옆에 붙어 있는 탈의실로 들어갔다.

탈의실 안에 비치된 티슈로 항문에서 흘러나온 투명한 체액을 닦은 뒤 손목에 걸려 있던 열쇠로 라커를 열어 팬티를 입고 바지를 입었다.

▲

수술 날짜를 잡지 않고 바로 집으로 돌아온 정희는 자기 방 침대에 누워 자궁적출 수술, 자궁 제거 수술 등의 키워드를 포털검색창에 넣어 수술 후기, 부작용, 금액, 회복 시기 등에 대해 알아봤다.

▲

산이 있으면 계곡이 있고 계곡이 있으면 물이 흐른다.

산이 높으면 계곡이 깊고 산이 낮으면 계곡이 얕다.

오르막길이 있으면 내리막길이 있고 오르막보다 내리막이 더 힘들다.

오르막길을 오를 때보다 내리막길을 내려가는 게 더 위험하다.

더 많이 다친다.

그리하여 산은 우리네 인생과도 같다.

뱀이 나오면 **지그재그**로.

남한산성 인근 평일 이만 원, 주말 오만 원짜리 모텔방은

사방이 온통 거울이었고 천장에도 거울이 붙어 있었다.

이십 년 만, 정확히는 21년 만의 섹스를 끝낸 후 희선 씨는 천장 거울을 바라보며 아까 최 대장인지 구 회장인지 아무튼 남자 회원 중 누가 다 같이 도시락을 까먹을 때 지껄였던 일장 연설을 기억해냈다.

뱀이 나오면 지그재그로.

뱀은커녕 지렁이 한 마리 제대로 보지 못했지만.

희선 씨한테 재수 씨가 첫 남자였던 건 아니다. 재수 씨가 알고 있는지 어떤지 모르겠지만 희선 씨는 결혼 전 연애를 총 세 번 했고 마지막 남자가 하필 박재수였다.

따라서 창석이가 먼저 들어가 씻고 알몸 상태로 욕실에서 나왔을 때 희선 씨는 오십오 년 인생에서 네 번째로 남자의 거시기를 본 것이다.

첫 경험을 했던 그 교회 오빠랑은 불을 전부 끄고 커튼도 치고 깜깜한 방에서 하느라 제대로 보지 못했고 원래 결혼을 하려 했던 두 번째 남자는 남편과 엇비슷했다. 그래서 희선 씨는 마트의 여사님들이 쉬는 시간마다 여자 휴게실에서 남자 크기로 수다를 떨 때 관심 없는 척 쫑긋 귀를 세울 뿐, 본 바가 없어 아는 바가 없었고 따라서 입심을 발휘할 수도 없었다.

비교할 표본 자체가 없었으니까.

물론 아들을 낳고 신생아 때 기저귀를 갈아주거나 초등학교 들어가기 전까지 목욕을 시켜주며 아, 남자는 저렇게 자라는구나 알게 됐지만 콩 심은 데 콩 나고 팥 심은 데 팥 난다고 남편과 별반 다른 점이 없었다.

한국 남자들의 평균치라는 게 대체 얼마쯤인지 희선 씨는 감도 잡을 수 없었다.

근데 오늘 창석이를 통해 알았는데 남편도 준희도 평균보다는 좀 작은 축 같았다.

"저기…… 나 사실 이십 년 동안 안 했어."

우물쭈물 씻고 나온 희선 씨가 샤워가운을 입은 채로 침대 위에 걸터앉아 그렇게 말하자 침대 헤드에 등을 기대고 앉아 핸드폰을 하며 기다리던 창석이는 농담으로 누님의 긴장을 풀어줬다.

"누나, 전 오늘 처음이에요."

하하하호호호깔깔깔.

피임은 하지 않았다. 옛날옛적에 생리가 끝났기 때문에.

그거 안 해도 돼, 라고 하자 창석이는 몹시 기뻐했고 요가 수련으로 다져진 희선 씨의 탱탱한 몸매와 고운 피부에 대해 구체적으로 요목조목 짚어 칭찬했다.

처음엔 그런 립서비스가 기분이 좋았는데 나중엔 별로였다.

웃긴 일이었다. 칭찬은 고래도 춤추게 한다는데.

1회차가 끝나고 삼십 분쯤 누워서 이런저런 이야기를 나눈 후 2회차를 했고 그건 1회차보다 훨씬 짧았다. 창석이는 같이 씻자고 했고 희선 씨는 다음에, 라고 하며 거절했다.

자정 즈음 두 사람은 모텔에서 나왔는데 창석이가 차로 집 근처(좀 멀찍이)에 희선 씨를 떨어트려줬다.

그게 다였다.

아까 모텔에서는 물 샤워만 해서 희선 씨는 좀 찝찝했다. 얼른 집에 가서 익숙한 향이 나는 샴푸와 바디워시로 오늘 하루 땀을 많이 흘린 지친 몸을 씻고 싶었고 동시에 불 꺼진 깜깜한 집에 혼자 들어가기가 싫었다.

뱀이 나오면 지그재그로.

주공아파트 앞 지상 주차장을 크게 지그재그로 걸어가며 희선 씨는 오늘 자신이 단 한 순간도 아들이나 딸, 남편에 대해 생각하지 않았다는 것을 기억해냈다.

박재수, 박정희, 박준희. 그 세 인간은 오늘 내 생각했을까? 단 한 순간이라도?

아니, 아니…….

어쩐지 희선 씨는 좀 쓸쓸했고 약간 뿌듯했다.

모순(矛盾)이라는 단어의 뜻을 이젠 알 것도 같았다.

제1코스

고3 시절 준희는 자기가 **천재**인 줄 알았다.

칭찬은 고래도 춤추게 한다는 교육철학 아래 잘한다, 잘한다만 연발하는 연기학원에서 입시를 준비했기 때문이다. 그러나 수시로 넣은 여섯 개 대학의 연영과와 한예종 연기과, 붙을 것이라 100% 장담했던 호원대와 청운대, 여기는 붙어도 안 갈 거라 건방을 떨었던 몇몇 전문대에서마저 연이어 불합격 통보를 받자 열여덟 살 준희의 자존심은 걸레짝이 됐다.

박씨 집안 사람들은 하나 같이 1월생 아니면 2월생, 빠른 생일이었다. 종일 자기 방 밖으로 통 나오지 않는 막내를 걱정하던 박재수, 김희선 씨 부부는 없는 형편에 허리띠를 졸라매 아들놈을 재수시키기로 결심했다. 어차피 남들보다 한 해 일찍 학교를 들어갔으니 재수를 해도 손해 볼 거 없다는 조삼모사식 셈법이었다.

선생님이 무섭고 관리가 빡세기로 유명한 곳으로 부랴부랴 연기학원을 바꾸고 재수학원에서 수능 공부를 병행하며 준희는 19학번으로 인서울 4년제 대학의 연영과에 당당하게 입학했다.

입시를 두 번 치르면서 알게 된 건데 연영과는 학교마다 선호하는 얼굴 스타일이 달랐고 교수들이 중점적으로 보는 요소도 다 달랐다. 그걸 두 눈으로 확인하기 위해 준희는 각 대학에서 연영과 학생들이 해마다 올리는 공연을 보러 지하철을 타고 순례를 떠났다.

어떤 학교는 학생들이 전부 맨몸으로 2m씩 날아다녔다. 연영과가 아니라 에너지 드링크를 과용한 남사당패 같았다.

준희는 몸 쓰는 일에는 자신이 없었다. 그 학교는 제외.

또 어느 학교는 뮤지컬과도 아닌데 애들이 노래를 너무너무 잘했다.

준희는 자기 목소리가 꽤 듣기 좋다고 생각했지만 바이브레이션은 자신이 없었고 대사 칠 때 듣기 좋은 목소리와 노래할 때 듣기 좋은 목소리는 다른 거였다.

그런데 춤과 노래를 다 제외하니 실기에서 자유 연기와 당일 대사 다음에 하는 '특기'에서 자기는 대체 뭘 보여줘야 할지 갑갑했다.

현역 때는 학생들 공연을 보러 다니지 않아서(왜냐하면 자기는 연기 천재라 대충해도 그냥 다 붙을 줄 알았다) 자기 얼굴이 어느 학교에서 선호하는 스타일인 줄도 몰랐고, 자신의 노래 실력이 반 친구들이랑 시험 끝나고 노래방에 가서 민경훈이나 엠씨더맥스를 불러제끼고 박수를 받는 정도지 연영과 입시장에서 특기로 쓸 만한 건 절대 아니라는, 냉정한 자기평가가 불가능했기 때문이다.

다행히 여섯 번째 보러 간 공연에서 준희는 자기의 잃어버린 쌍둥이 형 같은 어떤 남학생이 감초격 조연으로 등장한 것을 보고 할렐루야! 작게 외쳤다.

여긴 합격.

그리고 준희는 바로 그 대학에 합격했다.

준희가 재수를 하던 해에 한예종 연기과 수시에는 37명을 뽑는데 6100명의 지원자가 몰렸다.

164.8대 1.

핸드폰 계산기로 경쟁률을 계산해본 뒤 절망하는 제자들을 보며 호랑이 스승님은 모든 인생의 시험에 경쟁률은 언제나 2:1, 되냐 안 되냐, 투비 올 낫투비일 뿐이라며 그딴 걸 계산할 시간에 연습이나 더 하라고 다그쳤다.

준희는 좋게좋게 상냥하게 말해서 듣는 스타일이 아니었

다. 준희는 매섭게 다그치기만 하는 연기학원 스승님이 무섭고 싫었지만 한편으론 좋았다. 마음속 깊이 믿고 따랐으며 얼른 자신이 배우로 대성해 아카데미 남우주연상 시상식 인터뷰 자리에서 스승님의 존함을 말할 수 있었으면 좋겠다고 진심으로 생각했다.

이런 준희가 희선 씨를 물로 보는 건 당연했다.

희선 씨는 아들을 끔찍이 사랑했다. 대다수의 한국 가정의 어머니들이 그러하듯 희선 씨가 아들을 생각하는 절절한 모정, 그 사랑은 종교요, 맹목(盲目)이었다.

여자는 마음에 방이 딱 한 개인데 희선 씨에게 자식은 정희, 준희 둘이었고 희선 씨의 마음의 방은 오래전부터 준희가 독차지하고 있었다.

준희는 희선 씨가 종일 마트에서 서서 일해 벌어온 돈으로 강남 유명 피부과에 갔고 헬스 개인 PT를 받았다. 국어와 영어, 탐구과목 인강을 결제하고 미용실에 갔으며 가끔은 피부관리실에서 마사지도 받고 대학로 공연 또한 줄기차게 보러 다녔다.

덕분에 아파트 대출금 상환일은 뒤로, 뒤로 자꾸만 연장됐지만 희선 씨는 아들 앞에서 돈 없다는 소리 하기가 죽기보다 싫었다.

평소 직업에 귀천 없다는 입에 발린 말을 잘하는 재수 씨는 사내놈이 무슨 얼굴에 분칠하는 딴따라냐며 마음 잡고 공부해서 지방에 있는 4년제 공대를 가거나 아니면 일찌감치 자격증을 따서 기술을 배우고 취업이나 하라고, 제법 아버지다운 위엄으로 아들의 진로에 대해 조언했다.

그때마다 희선 씨가 방패막이였다. 이번엔 모순이 아니었다.

희선 씨는 자기가 번 돈으로 아들 재수를 시킬 테니 괜히 애 기죽이는 소리 하지 말라고, 김 좀 빼지 말라고, 아이가 꿈이 있으면 부모는 책임을 지고 그걸 밀어줘야 한다며 두 부부는 참으로 오랜만에 자식 교육을 두고 기나긴 대화를 나눴다.

대화라고 해봐야 배우들에겐 집단독백, 관객들에겐 방백이었지만.

편의점 알바와 학원 알바를 마치고 온 맏딸 정희는 자기 방 안에서 부모님의 독백을 다 들어야 했다.

희선 씨의 무지막지한 노력과 뒷바라지로 어쨌든 준희는 꽤 유명한 대학의 연영과에 입학했다. 이제는 스타가 될 일만 남았다고, 컴퓨터 모니터 화면으로 총장 명의 직함이 당당히 찍힌 합격증서를 확인한 그때만 해도 두 모자 모두 그렇게 믿었었다.

유명한 기획사에서 캐스팅도 오고 좋은 감독의 천만 영화 대본을 받아 대성할 일, 전 세계에서 자기를 불러대는 통에 전세기를 타고 날아다니며 돈을 갈퀴로 쓸어 담을 일만 남았다고 희선 씨는 꿈에 잔뜩 부풀었다.

아, 이래서 자식을 키우는구나.

희선 씨에게 준희는 자신의 평범하고 재미없는 삶을 한 큐에 보상해줄 삼십 년 만기 장외채권, 일종의 백지수표였다.

그러나 입학 후 한 학기가 채 지나가기도 전에 준희는 이번 생에서 자기가 맡은 배역이 별 볼 일 없는 아주 작은 역할임을 깨달았다.

준희는 **캐릭터**가 없었다.

5월은 가정의 달. 어린이날, 어버이날, 스승의날, 부처님 오신 날이 며칠 간격을 두고 돌아올 뿐만 아니라 박재수 씨가 졸업한 국민학교, 중학교, 고등학교의 개교기념일이 이때 다 몰려 있어 주말마다 동창회였다. 저녁 여섯 시 땡 하면 곧장 집으로 돌아와 와이프가 출근 전 차려놓고 나간 밥을 대충 먹은 뒤 소파 위에 늘어지던 재수 씨는 오랜만에 밖으로 나가 사람들을 만났다.

"제수씨는 잘 지내지?"

"제수씨는 모르겠고 니 형수님은 잘 지내."

영종도가 바로 보이는 인천시 동구 만석동에 본적을 둔 박재수 씨는 태어나자마자 곧바로 온 가족이 서울로 이주, 서울시 강동구에서 유년기를 보냈다.

공부에 뜻이 없을 뿐만 아니라 중학교 다닐 적에 아버지가 돌아가셔서 대학에는 진학하지 않았고 고등학교 졸업과 동시에 아는 분 회사에 취직해 이날 이때껏 월급쟁이 생활을 하고 있었다.

물론 이렇게 한 번씩 친구들을 만날 때마다 중년 남성의 고질병이라는 사업병이 재수 씨에게도 슬금슬금 마수(魔手)를 뻗쳤지만 다행인지 불행인지 속이 간장 종지만큼 작은 심약한 양반이라 그쯤에서 끝났다. '사장님' 소리를 들으며 운전기사 딸린 검은 세단을 타고, 어리고 예쁜 세컨드에 샤바샤바 잘하는 부하직원들도 여럿 거느리며 한 번 사는 인생 폼나게 살아보고 싶다는 헛된 소망을 그저 꿈으로만, 마음 한 귀퉁이에 고이 접어둘 수 있었던 거다.

고등학교 졸업 후 처음으로 들어간 회사는 영종도에 있었고 재수 씨는 회사 근처에서 하숙을 하며 사회생활을 시작했는데 그 하숙집 딸이 바로 김희선 씨였다.

그러나 그때 희선 씨의 곁엔 이미 사귀는 애인이 있었고 두 사람은 거의 결혼 직전까지 갔었다. 재수 씨는 한 일 년을 가슴 아픈 외사랑 때문에 밤마다 혼자 방에서 소주를 마셨고 무슨 이유에선지 둘의 사이가 잠시 틀어진 그 틈을 술기운을 빌려 파고들어 마침내 결혼에 골인했다.

희선 씨가 재수 씨의 첫 여자는 아니었지만 첫사랑은 맞았다.

재수 씨의 첫 여자는 회사에서 남자 사원들끼리 회식을 하고 2차를 간 곳에서 만난 오른손 새끼손가락이 없는 직업여성이었다.

산전수전 다 겪은 장모는 처음부터 재수 씨를 마뜩잖아 했다.

너 저놈한테 시집가면 평생 죽도록 생고생만 할 거라는 어머니의 협박 비슷한 예언을 귀에 못이 박이게 들은 희선 씨는 오래 사귄 애인과 헤어지자마자 번갯불에 콩 구워 먹듯 다른 남자한테 시집가는 여성들이 대개 그러하듯 전 애인에 대한 복수심과 재수 씨에 대한 사랑을 쉬이 혼동했고 이미 불이 붙은 복수심에 모친의 카산드라식 예언은 손바닥만 한 화톳불을 산불로 키워줄 기름밖엔 되질 않았다.

희선 씨와 장모는 죽이 잘 맞았다. 세상에 둘도 없는 착하고 어여쁜 내 딸 희선이가 모친에게 반항을 한 건 재수 씨에게 시집을 갈 때 딱 한 번뿐이었다.

그리고 그 한 번이 모든 것을 바꿔놨다.

두 사람은 결국 하숙집에서도 쫓겨나 인근 여관방에서 장기투숙하며 신혼살림을 시작했고 답 없고 불쌍한 신혼부부의 사연을 전해 들은 재수 씨 고등학교 선배의 넉넉한 아량과 낭만파적 기질 덕에 지금의 회사로 이직, 두 부부는 재수 씨가 유년기를 보냈던 강동구로 연어처럼 되돌아왔다.

그 후로도 몇 년간 셋방과 전셋집을 전전했으나 둘은 무슨 지박령에 씐 사람들처럼 강동구 천호동에서 송파구 장지동 사이에서만 이사를 다녔고 정희가 학교에 들어간 후에는 아이 전학 문제 때문에 송파구 안에서만 이사를 다녔다.

준희를 가졌을 때 로또처럼 주택청약에 당첨되어 송파구 마천동, 지금 사는 집에 네 식구는 완전히 정착했고 두 사람은 그럭저럭 중산층 끄트머리에 안착했다.

따라서 준희는 이날 이때껏 이사를 다녀본 경험이 한 번도 없었다. 자기 집이 없어 2년마다 주거지를 옮겨야 하는 서민층의 불안에 대해 전혀 모르는 유약한 왕자님으로 준희가 이날 이때껏 남아 있을 수 있었던 사연이란 바로 이런 것이었다.

유치원에 다닐 적부터 돈 걱정하는 엄마의 궁시렁 소리를 자장가처럼 들어온 정희는 자기 집이 실제보다도 더 가난하다고 생각했지만 일곱 살 터울이 지는 그 아래 준희는 자기 집에 실제보다도 훨씬 더 부유하다고 착각했다.

제 엄마가 마트에서 일하는데도.

국민학교 동창회라고 해봤자 이 나이쯤 되면 자기 이야기는 없었다. 누구 와이프 무슨 암으로 죽었다, 장인어른이 돌아가셨다, 아버지를 어디 요양원에 모셨다, 머리가 다 빠져서 이번에 아예 가발을 하나 맞췄다, 뭐 이런 이야기를 제하면 남자 나이 쉰여섯 살은 성공도 실패도 재기도 더는 기회가 없는 나이였다.

좋은 이야기, 남들한테 자랑하고 떠벌리고 싶은 이야기는 오직 자식 자랑뿐이었다.

그게 또 재수 씨가 아무 말 없이 혼자 자작하며 술을 물처럼 마시게 하는 원인으로 작용했다. 이제 서른이 코앞인 딸은 번듯한 직장도 모아둔 돈도 결혼하겠다는 남자도 없었고 아들은 군대 가서 좆뺑이라도 치면 정신을 좀 차리겠지, 기대했는데 운명의 장난인지 뭔지 해병대도 특공대도 육군 현역도 아닌 공익으로 빠져서 아직도 칠렐레팔렐레 정신을 못 차리고 있었다.

"우리 막내놈, 이번에 서울대 들어갔잖아."

"무슨 관데?"

"경영학과. 그놈이 그래도 날 닮아서 머리가 좋아."

세상에는 서울대생이 왜 이렇게 많은 걸까, 재수 씨는 그것도 짜증이 났다.

개나 소나 다 서울대였고 다 과학고였고 다 판검사였다.

그러다 부동산, 주식 이야기로 화제가 넘어갔고 골프, 낚시, 등산, 와인, 자전거 같은 취미 이야기도 나왔다. 요새 배가 자꾸 나온다는 걱정, 합당한 임플란트 가격에 대한 논쟁, 의사 새끼들은 하나같이 다 돌팔이 아니면 사기꾼이라는 저주, 누구 막내딸이 이번에 결혼하는데 사위가 어디 대학병원 레지던트라는 시기와 질투, 안 그래도 작년에 그 대학병원에 가서 건강검진을 받았는데 위에 혹이 있어서 내시경으로 제거했다는 사연이 테이블마다 돌림노래처럼 이어졌다.

재수 씨네 테이블에 그때 어떤 남자가 와서 재수 씨 옆자리에 있던 친구 동석이의 팔뚝을 툭 치고 반갑게 인사를 하더니 자리 주인이 밖에 통화를 하러 나가 잠시 빈 재수 씨 오른편에 자연스레 착석했다.

처음 보는 얼굴이었다.

"응, 너랑 반이 달라. 인사해, 얘 6학년 3반 욱환이."

재수 씨와 욱환 씨는 인사를 했다. 이름, 직업, 그다음은 나이였다.

국민학교 동창이니 나이야 같지만 '얘는 뱀띠가 아니라 말띠야. 어린놈이 자꾸 형들한테 맞먹는다니까' 하는 빠른년생이 평생 들어온 레퍼토리가 또 한 번 흘러나왔다. 그러나 욱환 씨는 '빠른은 무슨' 하며 '친구면 그냥 다 친구지' 하는 중얼거림과 함께 소주잔을 들고 재수 씨에게 짠—을 제안했다.

"만나서 반갑다! 친구야!"

욱환 씨는 인근 여자 중학교에서 체육선생을 한다고 했다.

학교 선생…….

재수 씨는 딸이 국문과 말고 교대나 사범대에 가서 교사가 되기를 바랐다. 여자 직업으로는 그게 와따니까. 하지만 남자 직업으로는 글쎄올시다.

이거 순, 샌님이구먼.

재수 씨는 이렇게 쉽게 욱환 씨를 얕봤다.

다시 화제는 낚시와 골프 중 무엇이 더 좋은 운동인가로 옮겨갔고 낚시파와 골프파의 입장은 모두 강경했다.

욱환 씨는 대뜸 자기는 산이 더 좋다고 했다. 체대 나온 자기가 보기엔 등산이 세상에서 두 번째로 좋은 운동이라고. (그러면 첫 번째로 좋은 운동은 뭐냐는 질문에 욱환 씨는 진지한 표정으로 엄지와 검지로 동그라미를 만들고 반대쪽 손 검지로 구멍 안을 왔다갔다하는 시늉을 했다) 그러면서 자기가 산악회 회장이라며 너희들도 혼자 산타지 말고 이참에 우리 산악회나 들어오라고 했다.

조용히 술이나 축내던 재수 씨는 저번에 가족들이랑 같이 남한산성에 갔는데 참 좋았다고, 그냥 말을 한마디 얹었다. 아무 말 없이 고기 굽는 연기 속에 잠겨 골똘히 혼자 술만 마시면 친구 놈들이 무슨 일 있냐고 자꾸만 캐물었으니까. 그러나 그 말 한마디에 욱환 씨는 지나치게 반색했고 골프파와 낚시파에 밀려 쭈그려 있던 등산파들이 속속 그 테이블에 합류했다.

그리고 껍데기 집에서 나와 3차로 노래방까지 갔고, 노래방에서 나와 다시 포장마차까지 갔을 때 재수 씨는 어느새 산이 좋아 산악회의 신입 멤버가 되어 있었다.

내가 남을 얕보면 그도 나를 얕본다. 이것은 만고의 진리다.

5월의 어느 토요일, 와이프 김희선 씨가 갑자기 시고모가 아파서 오늘 출근 못 한다는 다른 직원을 대신해 오전부터 나가 땜빵을 뛰느라 자정 넘어 집에 돌아온 그날, 박재수 씨는 첫 산행을 나갔다.

김희선 씨와 마찬가지로 이런저런 사정으로 안 나온 회원들이 많아 5월의 첫 번째 산이 좋아 정기산행은 남녀 3:3으로 제법 단출했다. 성실 회원인 이 여사와 조 여사는 오늘도 출석했고 나머지 한 사람은 저번에 안 나왔던 윤 여사였다.

할머니.

윤 여사를 보자마자 박재수 씨는 그렇게 생각했다.

최 대장은 박재수 씨를 산이 좋아에 가입시킬 때 남녀 섞여 있는 혼성 동호회라고 미리 고지하지 않았다. 일부러 속이려고 그랬다기보다는 그냥 이 모임에 나오는 인간들 자체가 남자 따로, 여자 따로, 따로국밥처럼 따로따로 산을 타거나 정기모임을 갖는 상황 자체를 잘 상상하지 못하는 부류들이었기 때문이다.

사과는 같은 바구니에 담긴다고 했던가.

박재수 씨는 여자 회원들이랑 주말마다 이런 건전한 모임을 갖고 운동을 하는 게 전혀 나쁘다고 생각하지 않았다.

무슨 우리가 불륜도 아니고.

성인병이나 고지혈증, 당뇨, 암 뭐 이런 인생의 후반기에 불쑥 찾아오는 무시무시한 놈들을 고려해보면 오히려 찬사받을 일이었다.

토요일인데 카페 장사는 아주 내팽개친 건지 김 회장, 창석이도 출석했고 최 대장, 신입 남자 회원 박재수까지 남회원은 이렇게 총 세 명이었다.

"자, 이쪽은 우리 박 회장님. 이분은 저, 최 대장의 학교 동창입니다."

그 회장님 소리, 과연 듣기에 나쁘지 않았다.

실은 입이 찢어질 정도로 좋았다.

"아이, 박 회장님."

특히 궁합도 안 본다는 4살 차이, 자기보다 네 살이나 어린 몸매 죽이는 혜진이가 박 회장님, 하고 싱긋 웃으며 부를 때면 귓바퀴가 녹아 흐르는 것 같아 달아오르는 붉은 귀에 자꾸 손을 가져다 대 확인해보게 됐다.

게다가 산이 좋아 여회원들 중에는 심지어 재수 씨보다 아홉 살이나 어린 여자애도 있었다. 요 앞 힐스테이트에 산다는 48세 희숙이.

그러나 희숙이는 이미 어린 김 회장(이라고 부르기도 싫었지만 아무튼) 새끼랑 짝짜쿵이 맞아서 벌써 자기들끼리 둘만 다른 세상에서 시시덕대고 있었다.

얼굴은 희숙이가 혜진이보다 나았고 나이도 훨씬 더 어렸지만 집에서 논다는 희숙이는 평소 운동은 전혀 안 하는 건지 몸에 군살이 제법 붙어 있었다. 똑같이 집에서 노는 자기 와이프도 탄탄한 몸매를 그 나이까지 잘만 유지하는데 박재수 씨는 이건 좀 자기관리가 안 되는 게으른 여자 아닌가, 하며 희숙이와 혜진이를 나란히 놓고 군데군데 조목조목 점수 매겼다. 심사위원처럼.

오늘은 혜진이가 더 나았다.

초등생 대상 영어 학원 원장이라는 윤 여사는 자기보다 나이가 더 많았다.

할머니여도 하여튼 여자는 여자라 숙녀분의 나이를 묻기 좀 그랬는데 나중에 남자들끼리 오줌을 싸러 가서 물어보니 쉰아홉이라고 했다. 자기랑 욱환이가 겨우 쉰여섯인데 그보다 세 살이나 더 많았다.

"오늘 안 나온 신 여사가 제일 어려. 79년생."

"야 이 미친놈아. 이거 순 도둑놈이네."

남자들은 자기들끼리 히히덕거리며 누가 어느 공주님을 차지할지 의논했다.

아이고 형님 먼저, 아이고 아우 먼저 하며 더 어리거나 예쁜 여자를 서로 먼저 잡숴보시라 양보하기도, 뺏어오기도 했는데 그런 의미에서 창석이는 참으로 싸가지가 없는 새끼였다. 아무리 그래도 형님한테 한 번 권하지도 않고. 심지어 나는 오늘 처음 나왔는데! 배려심도 없고 장유유서도 모르는 머리에 피도 안 마른 놈!

오줌을 싸고 손에 묻은 소변을 바지에 쓱 하고 닦으며 재수 씨는 말은 안 해도 친구 욱환이가 좀 불쌍했다. 자기가 혜진이랑, 창석이 새끼는 조 여사랑 짝이 되면 별수 없이 그 늙은 할머니는 욱환이가 처리해야 했으니까.

"여기, 나이 제한은 안 두냐?"

슬쩍 묻자 사람 좋은 욱환이는 또 말없이 허허 웃었다. 착한 녀석.

착하게 살면 손해 본다니까.

화장실을 나와 여자들이 있는 곳으로 돌아가며 박재수 씨는 오늘 하루, 아주 나쁜 남자가 되기로 멈출 줄 모르는 한 마리 야생마가 되어 끝까지 달려보기로 불끈, 다짐을 했다.

그리고 지지난주에 있었던 일이 오늘도 있었다. 진보란 환상일 뿐. 역사는 그저 반복된다.

여섯 명의 중년 남녀는 길에서 옆으로 살짝 빠져 수풀을 헤치고 좀 들어가면 나오는 평평한 공터에 가서 여자 회원들, 우리 사랑하는 여사님들이 이른 아침 일어나 정성껏 싸 온 도시락을 빼놓지 않고 맛봤다.

맨날 집에서 와이프가 대충 냉장고에 있는 반찬을 꺼내 차려놓고 가는 뻔한 계란말이, 뻔한 된장국, 마트에서 산 김, 화석이 된 멸치볶음, 천 년 묵은 장아찌, 자반 고등어 그딴 것만 처먹었던 재수 씨는 간만에 신혼 초로 돌아간 기분을 느꼈다.

신접살림을 인천의 한 여관방에서 시작한 사실은 물론 까맣게 잊고 있었다.

"여러분. 안전이 제일입니다. 내려갈 땐 관절조심! 안전제일!"

"안전제일!"

그리고 밥 다 먹은 재수 씨는 자기 짝인 혜진이를 거의 껴안듯이 부축하며, 옆구리도 만지고 귀여운 엉덩이도 슬쩍 만지고 땀 냄새도 맡고 하하호호 웃으며 거의 하나의 덩어리가 되어 산을 내려왔다.

오늘은 등산이 하나도 힘들지 않았다.

와이프랑 왔을 때는 지옥 같았는데.

재수 씨 스스로 생각해도 그게 참 마법 같았다.

섹스리스는 부부 사이에만 사용되는 용어다.

희선 씨가 21년간 안 했다는 건 재수 씨와 희선 씨가 21년간 안 했다는 뜻이지 그동안 정말 아무 일도 없었다는 의미는 아니다. 따라서 오늘, 21년 만에 처음으로 벗은 여자 몸을 보는 건 당연히 아니었다.

재수 씨가 과장으로 있는 재무팀은 영업부보다는 접대가 적었지만, 가끔 조 이사 기분 좋은 날에는 강남에 룸살롱까지 가서 회식을 하고 2차를 나갔다. 조 이사, 박 이사, 최 이사. 그리고 대표의 사촌 동생인 오 이사 등등 침대 회사 임원진들은 자기 부하직원들이 다양한 침대의 스프링과 탄력을 실제로 경험해보기를 바랐다.

그게 다 회사의 발전을 위한 일이라고.

지금은 완전히 끈 떨어진 뒤웅박 신세라 언제 잘려도 할 말이 없지만 나름 사내 정치에 가담을 했던 몇 년 전만 해도 그런 회식이 보름에 한 번씩은 꼭 있었다.

그밖에 회사에서 오 년에 한 번씩 장기근속 사원들만 보내주는 동남아 여행도 있어서 못해도 한 달에 두세 번은 여자 냄새를 맡았다.

그러나 그게 와이프에 대한 죄책감으로 작용한 적은 단 한 번도 없었다.

재수 씨가 생각하기에 업소는 불륜이 아니었다. 이 주제로 대화를 나눠본 적은 없지만 이 점에 대해서는 자기 와이프도 100% 동의할 거라고 믿는다. 희선 씨는 그래도 다른 집 여편네들과 달리 말이 좀 통하는 상식적인 여자니까.

남자, 여자 서로 첫눈에 반해 밥도 먹고 차도 마시고 술도 먹고 간도 보고 감정을 나누고 떡도 치고 연락도 하고 질투도 하고…….

그렇게 젊은 애들 하듯 정말로 연애를 해야 진정한 불륜이지 공공 변소와 별 다를 바 없는 업소 출입은 그냥 단순한 남자의 배설일 뿐.

업소에서 만난 아가씨한테 코가 꿰어 아가씨와 연애를 한다, 어쩐다 하며 월급 가져다 바치는 등신 같은 놈들도 종종 있었고 업소에 들락날락한 걸 마누라한테 들켜 이혼을 하니 마니 각서를 쓰니 어쩌니 하는 친구 놈들도 젊었을 적엔 많았지만 참 남자가 봐도 하나같이 졸렬한 녀석들, 어디 하나 모자란 놈들이었다.

쯧쯔. 저렇게 감정적이라니. 그거 하나 제대로 깔끔하게 뒤처리를 못 하다니.

그따위 감정놀음은 어디까지나 집에서 애 보는 여자들의 것. 차갑고 냉철한 이성과 빠른 판단력만이 남자의 것이라고 재수 씨는 굳게 믿었다.

바깥 여자한테 미쳐 집구석에도 안 들어오고 새끼도 다 나 몰라라 내팽개쳐버리고 여자랑 어디 오피스텔에 살림까지 차린 뒤 본처한테는 생활비 한 푼 안 가져다줘야 진정한 **러브**, 순도 100%의 불륜이 완성되는 거였다.

재수 씨는 절대로 그러지는 않았다. 그럴 기회도 없었고.

희선 씨는 그냥 언젠가부터 자연히 재수 씨와 섹스리스가 됐다고 생각하고 있지만 준희가 태어난 이후 두 사람이 21년째 섹스리스인 데에는 명백한 이유가 있었다.

첫째 정희 때는 분만실 밖에서 얌전히 기다리기만 했는데 둘째 때는 재수 씨도 수술복을 입고 손을 씻고 분만실에 같이 들어갔다.

가림막을 쳐놔서 아이의 수박만 한 대가리가 와이프의 회음부와 아래를 찢고 피를 철철철 흘리며 나오는 광경까지는 보지 못했지만, 너무 힘을 주느라 눈 흰자위에 핏발이 다 터지고 땀인지 눈물인지 침인지 모를 것에 얼굴이 흠뻑 젖은 채

암소처럼 울부짖으며 몸부림을 치는, 마치 악마 들린 것 같은 아내의 몰골은 재수 씨의 심약한 정서에 깊은 상처를 줬다.

그날 이후로 재수 씨는 와이프의 몸을 만지기가 두려웠다.

첫째 때는 아빠가 된다는 실감도 별로 없었고 말단사원이라 회사일 만으로도 바빠서 병원에도 거의 가보지 못하고 재수 씨의 어머니가 희선 씨 산후조리를 맡았었다.

반면 둘째 때는 장모와 재수 씨 어머니 두 양반이 모두 돌아가신 후라 휴가를 낸 재수 씨가 매일 미역국을 끓여 침상에 누워 계신 아들 낳은 마누라에게 바쳐야 했다.

그런데 둘째 아이를 낳고 나온 희선 씨의 배는 여직 꺼지지 않은 채였다.

애는 이미 나왔는데 왜 남산만 한 와이프의 저 배는 꺼지지 않는 것인가?

남편이 태어나서 처음 끓여본 미역국을 후루룩 떠먹으며 간이 안 맞는다, 마늘은 대체 왜 이런 걸 넣었느냐 타박하는 와이프의 옆얼굴을 재수 씨는 몰래 훔쳐봤다.

기미가 낀 초췌한 누런 얼굴에 뱃살과 양 허벅지, 가슴팍에는 무슨 처녀 귀신 손톱으로 할퀴고 지나간 것 같은 붉은 튼 살 자국이 있었고 와이프의 명령에 따라 튼 살 크림도 매번 발라드려야 했다.

와이프의 꺼지지 않는 배를 볼 때마다 재수 씨는 애를 막 낳고 혼절해서 쓰러진 와이프의 뱃속에 준희가 빠져나온 딱 그 무게만큼 솜뭉치와 플라스틱 아기 모형을 집어넣고 다시 배를 꿰매는 미친 변태 싸이코 산부인과 의사가 상상되었다.

이 여사와 일이 끝나고 침대에 누워 천장을 바라보며 박재수 씨는 참으로 오랜만에 이런저런 생각을 했다. 케이블 영화에서 보던 것처럼 잘 피지 않던 담배 한 대까지 멋들어지게 피면서.

산이 좋아 산악회를 비롯해 사실 불륜 커플들 사이에서 가장 일상적인 대화 주제는 가족이었다.

와이프, 남편, 아들, 딸, 부모님, 장인어른, 시누이, 집에서 키우는 개…….

재수 씨는 미련한 남자였다.

방금 일 치른 혜진 씨와 알몸으로 낯선 여관 침대에 누워 있으니 갑자기 미칠 듯이 아내가 그리웠다. 자기 아내가 얼마나 사랑스럽고 좋은 여자인지, 어린 나이에 어머니와 의절하고 자기한테 시집와서 얼마나 고생했으며 자기 같은 하잘것없는 남자에게는 얼마나 과분한 여자인지 혜진 씨한테 떠들고 싶어 미칠 것 같았다.

용서받고 싶었다.

그러나 와이프한테는 목이 떨어져도 말할 수 없는 비밀.

재수 씨는 대신 혜진 씨를 통해 고해성사를 하고 그녀에게 죄 사함을 받아 마침내 가벼워지고 싶었다. 대대로 신과 왕과 영웅을 낳은 건 언제나 여성들, 어머니들이 아니었는가.

그러니까 용서해줘야 한다.

"뭘 그렇게 고생시켰는데? 오빠 와이프는 무슨 일 해?"

"아…… 그냥 집에서 살림."

"뭐 고생시킨 것도 없네. 남편이 밖에서 벌어다 준 돈으로 애 키우고 집에서 살림하고. 오빠 와이프 아주 팔자가 찢어지는구만. 세상에 지가 밖에 나가 일해서 벌고 지가 살림하고 지가 애 낳고 지가 애 키우고 친정부모 시부모 혼자 다 모시고 똥오줌 치우고, 그러고 사는 여자들이 더 많아. 오빠."

나처럼.

혜진 씨는 작은 눈으로 찡긋 눈웃음을 쳤고 데구르르 굴러 재수 씨 위로 올라탔다.

"순진한 박 회장님. 운동이나 더 하자구요. 나 요새 통 운동을 못 해서."

불륜과 바람질을 들키는 때는 핸드폰을 제대로 간수하지 못

했을 때가 아니다. 향수 냄새가 달라졌을 때도 아니고 속옷을 뒤집어 입었을 때도 아니다. 요즘 들어 부쩍 외모에 신경 쓴다는 걸 들켰을 때도, 갑자기 파트너의 스킨십을 피했을 때도 아니다. 우연히 어디서 봤다는 친구의 제보가 들어왔을 때도 아니며 신용카드 내역서가 집으로 날아왔을 때도 아니다.

불륜과 바람질을 들키는 때는 바로 당사자가 배우자한테 죄책감을 느낄 때이다.

그 진한 죄의 냄새는 침대를 같이 쓰는 사람에게는 무슨 수를 써도 숨길 수 없다.

남한산성 인근 모텔에서 나와 이 여사와 그 앞에서 헤어진 뒤, 자정 넘어 집에 들어간 재수 씨는 저 멀리 자기가 사는 주공아파트 건물이 보이자마자 쫄기 시작했다.

안 자고 있으면 어떡하지. 기다리고 있는 거 아닌가.

말하지 않아도 부처님 손바닥 보듯 와이프가 이미 모든 걸 다 알고 있을 것 같다는 기분이 골수에 스며드는 찬바람처럼 재수 씨의 정신을 서서히 장악해나갔다.

게다가 이번 거는 업소가 아니었다.

제기랄.

사람이 손바닥으로 하늘을 가릴 수는 없는 거였다.

혜진이를 사랑하는 건 절대 절대 아니지만, 자신이 사랑하는 여자는 이 세상에 김희선과 박정희 두 여자뿐이지만, 핸드폰 배경화면도 카톡 배경 사진도 다 마누라 아니면 애들과 찍은 사진이지만 어쨌든 방아쇠는 당겼고 싸기는 쌌으며 불륜은 불륜이었다.

재수 씨는 엘리베이터가 꼭대기 층에 멈춰서 있는 걸 보고 잠시 생각할 시간을 벌었다는 것에 신께 감사했다. 그리고 만약 집에 들어갔는데 와이프가 안 자고 자신을 기다리고 있다면 무릎을 꿇고 오늘 벌어진 모든 일을 가감 없이 실토하고 어떤 처분이든 달게 받기로, 와이프가 세상모르고 쿨쿨 자고 있다면 이번 한 번으로 끝내기로, 아무 말 없이 아무 일 없던 것처럼 넘어가기로 자기 자신과 합의를 봤다.

공을 희선 씨에게로 던진 거다.

재수 씨는 엘리베이터 안의 더러운 거울에 왼손바닥을 가져다 대고 〈대부〉에 나오는 알파치노처럼 사뭇 고뇌에 찬 표정으로 그 안에 있는 세상에서 제일 어리석은 사나이의 얼굴을 남의 얼굴인 양 흘겨보며 욕을 했다.

바보같이! 바보같이!

생각보다 박재수 씨는 윤리적인 남자였다.

일전에 여자의 마음은 방이 한 개고 남자는 여러 개라는 말을 했었다. 그 말인즉슨 재수 씨의 마음에 있는 여러 개의 방 중 어느 방 하나는 이날 이때껏 김희선 씨가 쭉 차지하고 있었다는 의미다. 비록 첫 여자는 아니지만 재수 씨의 첫사랑은 하숙집 딸, 김희선 씨가 확실하니 그의 마음의 방의 최장기 투숙객은 바로 와이프였다.

재수 씨는 거울 속의 자신을 죽여버리고 싶었다.

못난 놈. 못난 놈. 못난 놈.

그러다 자기혐오가 극에 달하자 이내 이 분노를 대신 받아줄 희생양이 필요했고 그건 당연히 와이프였다. 박재수 씨의 어머니는 이미 오래전에 돌아가셨으니 죽은 양반 탓을 할 순 없었다.

하여튼 와이프가 문제였다.

왜 와이프는 무심한 남편을 달달 볶으며 사랑해달라고 하지 않았던 걸까? 왜 다른 집 여편네들처럼 핸드폰 검사도 하고 팬티 검사도 하고 그러질 않았을까? 왜 울고불고하지 않았을까? 질투하지 않았을까?

왜 그렇게 자신에게 무심했을까? 왜 사니 마니 하지 않았을까?

왜 김희선은, 지가 뭐 어디가 얼마나 그렇게 잘났길래 자기 남편은 구석에 내팽개친 채 똥침 막대기만큼도 취급을 안 해주고 벌레 보듯 하며 만져주지도 않고 오직 아들 하나만 바라보며 살다가 좋은 시절 다 보내고 폭삭 늙어버렸을까?

왜! 왜! 왜!

엘리베이터가 자기 집 1004호가 있는 10층에 멈추자 재수 씨는 아직 안 자고 있으면 어쩌고 자면 어쩌고 했던 30초 전의 굳은 맹세와 결의를 헌신짝 버리듯 폐기해버렸다.

겁이 났다.

까치발로 불 꺼진 집안에 살금살금 들어가 보니 와이프는 안방에서 쿨쿨 자고 있었고 그걸로 끝난 거였다.

잠시 후 현관문 센서등이 재수 씨 등 뒤에서 꺼졌고 삽시간에 집 안은 어둠 속에 잠겼다.

그날 밤, 박재수 씨는 온 우주에서 자기 혼자 외따로 떨어진 것 같은 진한 외로움을 느끼며 와이프가 자는 안방에 들어가지 않고 거실 소파 위, 자기 지정석에 누워 천장 무늬를 바라보다가 얼마 못 가 그대로 뻗어버렸다.

5월은 가정의 달.

같은 침대를 쓰는 사람에게 차마 말 못 할 비밀을 하나씩 가슴에 품은 김희선, 박재수 부부는 5월 8일 어버이날을 맞아 자식들에게 밀린 효도를 받았다.

준희는 아직 학생에, 군인에 철없는 막둥이라 맏딸 정희가 집 근처 룸 있는 요릿집을 예약하고 선물까지 준비했다. 형만 한 아우 없다더니, 그 말은 참말이었다.

"필요하신 거 사세요. 바빠서 백화점은 못 갔어요. 죄송해요."

식당에 들어와 자리에 앉자마자 엄마 앞에 삼십만 원짜리 백화점 상품권 봉투를 슬쩍 밀어드린 정희는 그 순간 자기에게 몰리는 부모님의 시선과 '아이고 이런 걸 뭐하러, 네가 돈이 어디 있어서' 등 끝이 안 나는 입에 발린 말에 벌써부터 신물이 올라와 팔꿈치로 준희의 옆구리를 툭 쳤다.

"케이크도 샀어요."

먼저 도착해서 핸드폰 게임을 하며 기다리던 준희가 테이블 아래에서 파란색 케이크 상자를 슬며시 꺼냈다. 그리고 자그마한 1호짜리 생크림 케이크를 꺼내 아직 음식 주문도 안 한, 텅 빈 커다란 상 가운데에 올려두며 준비해 온 대사를 쳤다.

누나가 아침에 지갑에서 오만 원짜리를 한 장 꺼내 주며 사오라고 시킨 거였다.

케이크는 네가 사 왔다고 하라고.

조용히 차나 마시며 자기 건너편 벽에 걸린 싸구려 관념 산수화를 루브르 박물관의 모나리자라도 되는 양 뚫어지게 쳐다보며 정희는 자연스럽게 대화에서 빠졌다.

딸한테 상품권을 받아서 모처럼 기분이 업 된 김희선 씨와 안 그래도 용돈이 다 떨어져 가난하게 연명하던 차에 케이크를 제일 작은 1호로 사 와 오만 원에서 돈을 꽤 삥땅 쳐 숨통이 트인 준희가 메뉴판을 처음부터 끝까지 샅샅이 훑어보며 어떤 걸 시킬지 진지하게 의논했다.

그 대화의 장에서 의도치 않게 소외된 박재수 씨가 결국 상한 기분을 참지 못하고 아무거나 빨리 시켜, 버럭 짜증을 내자 왜 이 좋은 날 당신은 짜증을 내냐고 정말 나는 당신 짜증 나고 이해 안 된다고 희선 씨가 또 짜증을 냈고 눈치 빠른 준희가 테이블 옆의 벨을 눌러 웨이터를 호출하며 상황을 종료시켰다.

"누나 나 비싼 거, 비싼 거 시켜도 되지?"

"우리 오늘 그냥 대충 짜장면 먹자. 엄마는 짜장면도 좋아. 당신도 좋지?"

"그럼. 중국집은 짜장면이 최고지."

그때까지 침묵을 지키며 산수화 속의 폭포수 물줄기를 바라보고 있던 정희는 짜장면은 매일 먹는 거고 오늘은 어버이날이니 비싼 걸 시키시라고, 세 사람 모두가 듣고 싶어 한 만점짜리 대답으로 다시 한번 부모의 마음을 흡족하게 해줬다.

그렇게 어렵게 어렵게 시킨 청요리가 하나둘 테이블에 나왔다.

대충 눈으로 계산을 한 박재수 씨는 아무리 그래도 새끼가 힘들게 번 돈 벗겨 먹을 수는 없다는 생각에 얼마 되지도 않는 자기 한 달 용돈의 절반을 오늘 이 자리에서 흔쾌히 쾌척, 아비답게 나가기 전 몰래 계산을 하려고 했는데 화장실 가는 참에 카운터에 슬쩍 가보니 아까 아까 이미 따님께서 계산을 하셨다는 거다.

아들 농사는 죽 쒀서 개 줬지만 자기가 딸 하나는 참 걸작으로 낳은 것 같았다.

근데 여자애가 어쩌면 저렇게 말이 없을까.

시종일관 입을 가만두지 못하고 제 엄마에게 알랑방귀를 뀌어대고 음식을 테이블 위에 질질 흘리고 그 나이까지 젓가락질 하나 제대로 못 하는, 음식을 씹으며 동시에 이건 맛이 어떻고 저건 어떻고 예전에 먹어본 중국 요리는 어떻고 끝없이 맛 평가를 해가며 오두방정을 떠는 준희 놈 옆에 딱 붙어 있으니 더 그랬다.

하긴, 여자가 말 많고 수다스러운 건 예로부터 칠거지악이니까.

말이 많아 남자를 피곤하게 하는 것보다는 차라리 말을 못 하는 게 더 나았다.

음식이 나오자 조금 먹던 정희는 금방 젓가락을 내려놨다.

왼쪽 아랫배가 또 아팠기 때문이다.

그러나 오랜만의 자식 효도에 행복감에 잔뜩 겨운 어머니 김희선 씨와 아버지 박재수 씨, 아무것도 모르는 동생 박준희 군은 정희의 상태를 눈치채지 못했고 비싼 청요리, 백화점 상품권 봉투, 초 꽂은 케이크, 웨이터에게 부탁해 찍은 네 사람의 가족사진을 준희가 SNS에 게시하며 어버이날은 끝이 났다.

#내가세상에서제일사랑하는우리가족

오직 정희만이 카메라가 아닌 다른 곳을 보며 어색한 표정을 짓고 있었다.

제2코스

어렸을 적부터 정희가 가장 손꼽아 기다려 본 프로그램은 마법 소녀 변신만화가 아니라 KBS1 다큐멘터리 〈동물의 왕국〉이었다. 자지러질 듯 울다가도 희선 씨가 미리 녹화해 둔 〈동물의 왕국〉 테이프만 틀어주면 신기하게도 정희는 눈물을 뚝 그쳤고 화장실에 잠깐 갔다 와서 보면 아이는 어느새 잠들어 있었다.

갓난쟁이에서 어린이가 된 후에도 정희는 사자, 표범, 하이에나, 코끼리, 기린, 코뿔소가 쫓고 쫓기는 사바나 초원의 평화로운 광경을 뚫어지게 관찰했다. 몸은 여기에 있지만 텔레비전 안에 혼(魂)이 반쯤 들어간, 놀라운 집중력이었다.

나중에 커서 수의사가 되려나.

밑져야 본전이라는 심정으로 한 번은 옆집에서 키우는 푸들 두 마리를 초대해 그 좋아하는 동물을 만져보게도 했지만,

정희는 살아있는 강아지, 고양이, 금붕어, 병아리에는 아무런 관심도 없었다.

"냄새나."

유치원에 다니는 정희는 놀러 온 옆집 개들을 보고 그렇게 말했다.

정희가 좋아하는 동물, 동물의 세계는 텔레비전 속에 있었다.

철저한 약육강식(弱肉强食)의 세계. 그러나 초원의 짐승들은 인간들처럼 쉬이 자기연민에 빠지지 않았다.

그냥 그렇게 사는 거였고 그게 바로 생(生)의 본질이었다.

의미 따윈 없었다.

무심함을 넘어 때론 무정하게까지 느껴지는 남자 성우의 내레이션을 가만히 듣다 보면 자기 주변의 모든 것으로부터 정희는 어느 정도 거리를 둘 수 있었다.

3인칭 관찰자 시점.

중학교에 들어가 1학년 국어 시간에 소설의 시점을 처음 배운 정희는 그중 3인칭 관찰자 시점이 가장 좋았다. 모든 것들로부터 적당히 거리를 둘 것.

그렇다면 약육강식의 논리가 그대로 적용되는 또 다른 세계, 한국의 작은 사바나 초원, 교실에서 정희는 과연 어떤 동물인가?

코끼리? 사슴? 사자? 얼룩말? 물소? 하이에나?

정희는 동물이 되기는 싫었다.

그 안에서 아등바등하기보다는 〈동물의 왕국〉 속 남자 성우처럼 약간 멀찍이 떨어져서 그들의 생태와 습성, 삶의 방식과 생존법을 관찰하고 서로의 관계우위를 점쳐보는 게 더 좋았다.

준희와 정희는 직장에, 재수 씨는 오금동 회사에 출근한 어느 목요일. 희선 씨는 오랜만에 오프였다. 오전에 밀린 집안일을 후다닥 해치우고 거실 바닥에 앉아 요가 수련에 힘쓰고 있는데 희숙이에게 문자가 왔다.

언니 뭐하냐고.

희선 씨는 답했다.

그냥 집에 있다고.

산악회 역시 하나의 작은 사회요, 회원들 간의 개인적인 호오와 감정, 기타 여러 가지 사정에 따라 파벌이 형성되고 관계가 뒤바뀌는 재미난 곳이다.

모든 게 다 밉고 슬프고 괜스레 눈물이 나던 여드름투성이 사춘기를 지나 어느 정도 인생의 안정기가 찾아온, 손 많이 가는 자식들도 다 커서 품에서 내려놓은 중년 남녀의 오춘기는 그러나 생각처럼 그렇게 간단치가 않았다.

간절해서 더 애달픈 중년의 성욕, 인정욕구, 골수에 사무치는 것처럼 때때로 뒤통수를 후려갈기는 원귀(冤鬼) 같은 외로움을 달래줄 수 있는 사람들은 피를 나눈 부모 형제가 아니라 주말마다 만나 같이 밥을 먹는 동호회 멤버들이었다.

그들은 서로 경쟁했고 질투했고 마음에 들지 않는 인간은 뒷담화해서 밀어냈다. 적의 적은 동지라는 대명제 아래 가끔은 썩 내키지 않는 인간과도 전략적 제휴 관계를 맺었으며 그 안에 우정이 있었고 배신이 있었고 사랑이 있었으며 서스펜스와 음모, 오해와 원망이 곳곳에 도사리고 있었다.

오늘 낮, 희숙 씨가 희선 씨에게 연락을 한 건 그냥 언니 얼굴 한번 보고 싶어서가 아니라 어린 신 여사 그 기집애를 밀어내고 친한 여자들끼리 뭉쳐보려는 혜진 씨의 책략 때문이었다.

혜진 씨는 산이 좋아 산악회의 여왕벌이 되고 싶었다. 자기랑 제일 친한 희숙이와 자기가 동호회에 데려온 희선 언니가 하루빨리 친해져야만 했다.

다행히 희숙 씨는 남편과 별거 후 별다른 할 일도 없이 혼자 심심하고 외롭게 집 안에서 지내던 처지라, 오늘 네가 희선 언니를 먼저 불러내서 밥도 먹고 살갑게 잘 대해주라는 혜진 언니의 지령이 싫지 않았다.

"둘 다 주부니까 잘 통할 거야."

정확히 짚고 넘어가면 희선 씨는 전업주부보다는 4대 보험을 꼬박꼬박 납부하는 성실한 근로자에 가까웠지만 일이 곧

생계인 미연이나 혜진 언니와 달리 희선 언니는 잠깐 용돈이나 버는 '파트타이머'라는 게 희숙 씨에게 상대적으로 깊은 동질감을 느끼게 해줬다.

그리하여 이 여사의 계획대로 집에 있던 두 여사님은 두 시간 후에 남한산성 앞에서 만나기로 합의를 봤다.

▲

참 끈덕기게 들러붙는다. 사냥꾼들 말이다.

산림청 조사 결과 월 1회 이상 산을 오르는 등산 인구는 한국에 1800만 명. 당연히 1800만 명 모두가 건강을 목적으로 경치를 즐기러 산에 오는 건 아니다. 그들만의 비밀암호로 특별한 목적을 갖고 산에 오는 화려한 차림의 여성들은 '산토끼' 그리고 산토끼를 만나러 온 남성들은 '사냥꾼'이라 칭했다.

세상은 두 명씩 다니는 여자들로 가득했고 그건 산도 마찬가지였다.

보통 목적이 있는 등산객들은 멤버가 고정되어 있는 산악회에 가입하기보다는 남자, 여자 동성 두셋끼리 짝을 지어 다니며 적당한 상대를 물색했다. 그러다 어머 내 낭군님을 중간에 만나면 정상까지 올라갈 것도 없이 곧바로 하산, 다음 단계로 넘어갔다.

산토끼 사냥꾼들은 여자가 아무리 예뻐도 남자가 한 명이라도 끼어 있으면 접근하지 않았다. '보디가드'라고 해서 귀찮게 껄떡대는 사냥꾼들 접근을 물리치는 토템 용도로 여성 둘에 남성 하나가 보디가드로 끼어 산행을 가기도 했다.

보통은 그 보디가드랑 또 눈이 맞았지만.

"아, 언니 저번에 남자 회원 또 새로 왔어."

"그래? 뭐 하는 양반인데?"

"뭐더라? 최 대장 친구라고 했는데…… 회사 다닌대. 순 숙맥이더라."

산이 좋아에 나온 첫날, 창석이랑 그러고 집에 들어가면서 희선 씨는 아주 무덤덤했다. 그러나 다음 날 아침이 되니까 사정이 달라졌다. 무엇보다도 분주하게 출근 준비를 하는 새끼들의 얼굴을 차마 바로 볼 수가 없었다.

한동안 희선 씨는 마음공부와 명상, 반찬 만들기에 힘을 썼다. 일종의 속죄였다.

희선 씨의 마음의 방은 딱 하나. 맨 처음 그 방에 들어왔던 사람은 젊은 나이에 과부가 되어 가정집에서 하숙생 치는 걸로 딸 셋을 길러낸 자신의 어머니였다. 그러다 사춘기가 된 후에는 당대 잘 나가는 영화배우—이영하와 주윤발, 장국영, 멜 깁슨, 실베스터 스텔론—들이 차례로 그 방을 거쳐 갔다. 그다음은 결혼 직전까지 갔던 그 남자였고 박재수 씨는 한 사흘쯤 희선 씨의 방에 묵었던 것 같다.

박재수 씨와 결혼하고 대충 주변이 정리되자 희선 씨는 정신을 차리기 시작했다.

내가 대체 무슨 짓을 한 거지.

아무리 생각해봐도 자신은 남편을 별로 사랑하지 않았다. 그래서 미안했다. 희선 씨는 재수 씨에게 미안해서라도 얼른 그의 아이를 가져야겠다고 생각했다.

정희를 가진 후에는 세상의 모든 엄마들이 그러하듯 첫 아이에게 온 마음과 애정을 쏟았다. 정희가 초등학교에 들어갈 무렵, 딱 맞춰 준희가 생기면서 이날 이때껏 희선 씨의 마음의 방은 준희 녀석이 독차지하고 있었다.

정희보다는 준희에게 더 미안했다.

정희는 다 컸고 같은 여자니까 엄마 마음을 충분히 이해해 줄 것 같았다.

반면 재수 씨에게는 별로 미안하지 않았다.

희선 씨가 지난 몇 주 동안 죽어라 해댄 갈비찜과 잡채, 만두, 꼬막무침, 식혜 같은 손 많이 가는 찬들은 다 준희에 대한 속죄의식이었다. 여자나 아내로서가 아니라 어미로서 죄의식을 느꼈기에 안 그래도 눈치코치가 중동에 간 박재수 씨가 아내의 내적 변화를 알아차리기란 불가능했다.

희숙이는 사회생활을 안 해서 그런지 확실히 푼수끼가 있었다.

소나무 그늘 아래 벤치에 자리를 잡고 앉자마자 묻지도 않은 자기 속 이야기를 다 까발렸다. 벤치에 쉬어 앉아 편하게 드라마 이야기나 하다가 슬슬 내려가서 같이 보리밥 한 그릇 먹고 헤어지려고 했던 희선 씨는 문득 지독한 함정에 빠진 느낌이었다.

공군 조종사였던 자기 남편이 띠동갑보다 더 어린 조카뻘 스튜어디스 년이랑 어떻게 놀아났으며 글쎄 그 물건들이 얼마나 뻔뻔하고 낯짝이 두꺼운지, 언니는 상상도 못 할 거라고 희숙이는 울분을 토해냈다.

똥은 똥끼리 모인다는 어른들의 말이 정말 참말이라며 남편이 자기 모르게 그년한테 돈을 얼마나 가져다 줬는지, 희숙이는 지금 당장 계산기라도 두드릴 기세였다.

아직 서류 정리는 안 했다고 했다. 해달라고 비는데 자기가 일부러 안 해줬다고, 누구 좋으라고 순순히 이혼해주겠냐고. 그럼 바보 아니냐고.

지금 지내는 아파트는 원래 세를 주던 건데 더러운 놈 더 곁에서 봐주기 싫어서 세입자 내보내라 그러고 자기가 차지했다고 했다.

이 정도는 위로금 아니겠냐고.

이혼을 하겠다는 건지, 말겠다는 건지 희선 씨는 들을수록 헷갈렸다.

자꾸 듣다 보니까 그 심정을 알 것도 같았지만.

희숙이는 조강지처가 눈 부릅뜨고 살아있는 지금 이날까지도 인천공항 옆 신축 아파트에 42평 전셋집을 얻어 그 년과 뻔뻔하게 불륜을 저지르고 있는 철면피 두른 남편에게 복수하고 싶어서 매주 산이 좋아에 나온다고 했다.

“언니, 난 훨씬 더 어린놈이랑 연애하려고 했거든. 그년보다 훨씬 어린놈. 그러면 피차일반, 도찐개찐이니까.”

그런데 나와 보니까 다 하나같이 중늙은이들이었다고 첫날 자신이 느낀 낭패감을 일부러 희화화해가며 희숙이는 설명했다.

“나는 사실 이런 데인 줄 몰랐어. 그니까…… 남자 여자 섞인 모임인 줄.”

희선 씨의 그 말은 처음부터 작정하고 나온 너와 달리 나는 몰랐다는, 일종의 선 긋기였는데 기표(記表)와 기의(記意)의 차이를 제대로 이해하면 그건 푼수데기가 아니었다. 대화를 하면 할수록 팔푼이도 아니고 이건 뭐 거의 반푼이였다.

희선 씨는 희숙이가 산이 좋아에 나오는 사람들 중 가장 외로운 사람이라는 걸 단숨에 간파했다. 그 외로움은 보통 외로움이 아니었다. 이제 그만 거기서 나와 같이 햇볕을 좀 쐬자고 위에서 동아줄을 던져주는 귀인(貴人)마저 끔찍하고 무시무시한 구덩이 속으로 끌어내리는, 자기 파괴적인 외로움이었다.

희숙이는 늪 같았다.

희숙이는 다른 사람들 없이 언니랑만 이렇게 단둘이 오붓하게 이야기할 수 있어서 **너무** 좋다고 했다.

'섹시'가 혜진이의 말버릇이라면 그놈의 '너무'가 희숙이의 말법 같았다. 뭐든 너무 좋고 너무 싫고 너무 밉고 너무 웃긴 거였다. 희숙이한텐.

묻지 않은 아픔마저 활짝 활짝 열어 보이며 제발 나 좀 봐달라고 엉겨 붙는 희숙이가 희선 씨는 슬슬 부담스러워지기 시작했다. 질렸다. 그렇다. 만난 지 삼십 분 만에 사람을 질리게 만드는 놀라운 재주가 바로 희숙이의 유일한 장기였다.

"언닌 참 부럽다. 자식이 둘이나 되네."

심지어 희숙이는 불임이라고 했다. 부적도 태워서 마시고 굿도 하고 시험관도 하고…… 그런데 무슨 수를 써도 아이가 안 생겼다고. 어쩌면 자기가 돌계집이라 남편이 다른 년을 만난 건지도 모르겠다고.

다행인 건 그 스튜어디스도 아직 남편과 사이에 애가 없다고 했다.

"아이고, 여사님들. 두 분이서 오셨나요?"

"됐어요."

보지도 않고 사냥꾼의 껄떡거림을 회피하는데 입 다물고 있어도 가지 않고 푸하하, 웃는 소리가 났다.

"안녕하세요? 김 여사님, 조 여사님."

배 회장과 창석이였다.

평일이면 그 시각 종일 직장에 묶여 있어야 하는 봉급쟁이들과 다르게 자영업자인 배 회장과 김 회장은 시간 운용이 자유로웠다. '산이 좋아'는 회장이 봉급쟁이 중의 봉급쟁이 학교 선생이라 배 회장은 모임이 주말에만 있다는 점이 불만스러웠다.

나오는 아줌마들은 썩 나쁘지 않았지만.

"아니, 형. 와…… 할머니가 다 나오더라니까."

같은 시장의 형님들이랑 다 같이 강원랜드에 다녀오느라 지난번 산행에 빠진 배 회장은 창석이를 통해 자기들 큰이모뻘 되는 할머님 한 분께서도 이 산악회 회원이란 걸 뒤늦게 알게 됐다. 가지가지 하는구나.

요양원이나 가시지.

근데 또 말을 들어보니까 그 할머니가 돈은 좀 있는 것 같았다. 배 회장도 차를 타고 오며 가며 본 커다란 상가건물 한 층을 전부 쓰는 영어학원의 원장이라고 했다.

짜기가 아주 염전 사돈 맺은 것 같은 졸렬한 학교 선생들에 대한 욕과 저번 산행에 최 대장 소개로 새로 온 역시나 봉급쟁이 회사원 박 회장에 대한 뒷담화가 이어졌다. 어찌나 샌님에 숙맥인지 모른다고. 근데 술은 또 꿀꺽꿀꺽 잘 마신다고.

이렇게 끝없이 입을 놀리며 동시에 눈으로는 둘이서 온 쓸만한 공주님들을 찾는 작업도 게을리하지 않았다.

화제가 떨어지자 이번에는 여자 이야기였다. 새로 들어온 여자 회원 김 여사가 참하니 괜찮았다고, 끈적끈적 들러붙고 다음 날 문자질 하지도 않아서 몇 번 더 먹어도 안전할 것 같다고 창석이가 형에게 시식 후기를 알렸다.

"미쳤냐? 주부는 건드는 거 아니야."

"주부 아니야, 형. 남편이 뭐 하는 새끼인지, 그 여자도 마트에서 알바 뛴대."

"그러고 산도 타? 체력이 좋은 아줌마구만."

"응. 말로는 자기 남편이랑 20년 안 했다는데, 그럼 집에서 키우는 개새끼랑 했으려나? 정기를 진짜 쪽쪽 빨아가더라. 시장 아지매들보다 더해."

그리고 화제는 주부와의 불륜에 대한 심도 있는 토론으로 넘어갔다.

배 회장은 주부는 두 번 먹는 게 절대 아니다, 아무리 맛이 좋아도 한 번으로 땡쳐야지 집에서 평생 애만 보던 여자가 뒤늦게 늦바람 들어서 머리 풀고 입에 식칼 물고 달려들면 절대로 남자는 곱게 못 빠져나간다, 신세 망친다는 쪽이었고 김 회장은 그건 형이 요령이 없어서 똥 밟았던 거지 직장 생활하는 여자들은 여우도 아주 상여우인데 주부들은 미련 곰탱이 같아서 다루기도, 돈 울궈먹기도 쉽다는 쪽이었다.

두 사람 다 입장은 강경했다.

주장의 근거는 다 자기들 나름의 경험이었다.

"아, 근데 그 조 여사는 미친 것 같더라. 제정신 아니야."

"그 좀 뚱뚱한 아줌마?"

"응. 막 울더라고. 자기 남편 이름 부르면서."

"거봐. 형 말 들어라. 그래도 또 먹을래? 한 번 먹은 건 또 먹는 게 아니야. 세상에 구멍이 얼마나 많냐? 근데 굳이? 장가갈 것도 아닌데?"

"아니 형. 주부라서가 아니라. 그냥 그 여자가 미친년이라니까. 진짜…… 와……."

창석이, 김 회장은 상상만으로도 갑자기 한기가 도는지 부르르 떠는 시늉을 했다.

"나는 김희선이랑 그 미연이? 걔나 한 번 더 먹어야겠다.

그럼."

그때 김 회장이 먼저 저쪽에 앉아서 떠들고 있는 공주님 두 명을 발견했고 이어서 배 회장도 방금 말하던 김희선 씨와 조 여사를 목격했다. 조용히 다른 데 가자고 붙잡는 동생 창석이의 손을 뿌리치고 배 회장이 목표물 쪽으로 돌진했다.

▲

여성들의 포르노는 AV가 아니라 드라마다.

남자들이 여자한테 바라는 모든 판타지가 야동 속에 구현되어 있듯 여자들이 남자한테 원하는 모든 판타지도 드라마 속에 재현되어 있다.

정희가 초등학교 4학년, 갓난쟁이였던 준희도 어느 정도 자라 한숨 돌린 희선 씨는 우연히 낮 시간에 케이블 채널에서 틀어주는 〈섹스 앤 더 시티〉라는 미국 드라마를 보게 됐다. 처음에는 제목이 너무 이상해서 채널을 돌리려고 했는데 다른 채널도 하는 게 없어서 계속 보다 보니 빠져들게 됐고 나중에는 중독 수준이었다. 특히 시즌 1, 2는 거의 스무 번쯤 돌려봐서 몇몇 대사는 아주 외우고 있었다.

한국 작가들이 쓰는 로맨스 드라마의 여자 주인공들이 하나같이 바보처럼 우물쭈물, 빽하면 질질 눈물이나 짜면서 왕자님이 구해주러 오기만 기다리는 멍청이들이라면 미국은, 역시 자유의 땅 미국은 달랐다.

캐리, 미란다, 사만다, 샬롯.

네 명의 여성 캐릭터 모두가 오롯이 자기 삶의 주인공이었다.

변호사, 작가, CEO, 큐레이터.

어지간한 남자들도 움찔할 만한 멋진 직업을 가지고 있었고 높은 수입을 올렸으며 아찔한 하이힐을 신었다. 무엇보다 언제 어디서나 자기가 원하는 걸 당당하게 표현하며 남자를 기다리지 않고 남자를 사냥했다.

그래, 그들은 남자를 사랑하지 않고 **사냥**했다.

희선 씨는 특히 사만다가 좋았다.

물론 처음에는 미친 여자인가 싶었다. 저러다 매독, 임질에 걸려 죽는 거 아닌가, 싶을 정도로 방탕하게 이 남자 저 남자 옮겨 다녔지만, 사만다는 아무리 잘난 남자도 쉽게 사랑하지 않았고 오직 자신만을 사랑했다. 다른 친구들처럼 남자한테 끌려다니지도 집착하지도 남자 때문에 울지도 않았다.

그로부터 세월이 한참 흘러 지금, 노래방 구석에서 생맥주를 마시며 희선 씨는 자기가 마치 〈섹스 앤 더 시티〉의 주인공이 된 것 같다는 기분이 들었다.

넷 중에 나는 어떤 캐릭터일까?

부자 남자한테 시집을 가서 아이를 낳고 전원주택에서 살며 개도 한 마리 키우고 남편과 백년해로하고 싶다는 소녀 취향의 결혼 판타지를 아직 못 벗어난 샬롯이나 골 아픈 변호사 직업에, 머리 짧고 무뚝뚝한 미란다는 희선 씨 취향이 아니었다.

캐리?

근데 캐리는 못생겼잖아. 결혼식장에서 신랑이 도망가는 것도 망신이고.

"무슨 생각 해요?"

대충 낌새를 보아하니 배 회장과 창석이는 이미 자기 짝을 정한 것 같았다.

저번에 그래도 같이 한 번 밤을 보낸 정(情)이 있는데 창석이는 자기 쪽에 눈길도 주지 않고 희숙이만 챙겼다. 약간 괘씸하긴 했지만 지겹게 엉겨 붙는 엉겅퀴 같은 희숙이를 떼어가 준 게 고마워서 희선 씨는 김 회장에게 그리 오래 삐쳐 있지는 않았다.

자기한테 집적대는 배 회장도 미연이처럼 뱁눈깔이었다.

관상은 별로였지만 나이는 희선 씨보다 11살 어렸다.

아까웠다.

1살만 더 어리면 띠동갑인데, 띠동갑이면 이 누나가 양팔

벌려 안아줬을 텐데.

산에서 내려온 네 사람은 근처 장어집에 가서 다 같이 민물 장어를 먹었고 배 회장이 계산했다. 그다음에는 수제맥줏집에 잠깐 들렀다가 마지막으로 노래방에 왔다.

카스, 하이트 말고 수제 맥주란 걸 먹어본 게 생전 처음이었고 역시 연애를 하려면 돈이 있어야 하는구나, 짠돌이 학교 선생님들이랑만 놀다가 젊은 사장님들이랑 노니까 먹는 메뉴가 때깔부터 다르다는 생각을 희선 씨는 했다.

처음이 어렵지 두 번째는 쉽다. 술이 그렇게 만들었고 밤이 등을 떠밀었다.

아까 노래방에서 헤어지고 나와 어떻게 됐는지 모르겠지만 창석이가 술에 취해 몸도 제대로 못 가누는 희숙이를 데리고 택시를 타고 사라졌고 둘은 방을 잡았다.

씻고 나온 배 회장은 무슨 남자와 여자가 침대 위에서 하는 이 일을 종교처럼 생각하는 사람 같았다. 더불어 시종일관 입을 가만두지 않고 〈섹스 앤더 시티〉에 가끔 나왔다 사라지는 웃긴 남자들처럼 변태스러운 멘트를 날렸는데 시장에서 과일 도매를 한다더니 희선 씨의 모든 신체 부위를 과일에 대고 비유했다.

요건 사과, 요건 체리, 요건 복숭아, 요건 망고.

입을 막아버리고 그냥 움직이기나 하라고 다그치고 싶었지만 이미 배 회장은 너무나도 열심히 움직이고 있었고 배 회장의 그것은 창석이 것보다도 재수 씨보다도 훨씬 더 작았다.

그 사실을 본인도 잘 알아서 전희와 애무에 더 공을 들이는 것 같았다. 그런데 그것도 처음 잠깐이나 기분 좋지 정말 아무런 기별도 없었다.

덩치 큰 남자가 위에 올라타서 별 생난리를 치니까 무겁기만 하고 땀도 나고 자꾸 감질만 나니까 나중에는 와락, 짜증이 났다.

"넣고 흔드는 게 전부가 아니에요, 김 여사님."

맞다. 근데 그게 또 중요한 거긴 했다.

밑에서 별 반응이 없자 배 회장은 초조함을 느꼈는지 자세를 자꾸 바꿨다.

"누님, 진짜 유연하시네요."

"누님이라고 하지 마."

"네. 아니, 응."

남자한테 명령하듯 말하니까 기분이 뭐, 나쁘지 않았다. 자기는 아무래도 캐리, 샬롯, 미란다 다 아니고 사만다 쪽에 더 가까운 것 같았다.

미국에서 태어났으면 내가 사만다야!

일이 끝나고 배 회장은 같이 샤워를 하자고 했다. 순간 솔깃했으나 오늘 하루 희숙이의 불행과 푸념을 다 받아주느라 좀 피곤했던 희선 씨는 웃으며 거절했다.

물로만 샤워를 하고 나와 헤어드라이어로 젖은 머리를 말리는데 거울 뒤편에 누워 있는 배 회장의 얼굴을 가만 들여다보니 왼쪽 턱 아래에 작은 흉터가 있었다.

"그거 왜 그래?"

"아, 이거요?"

사실 예전에 술 처먹고 계단에서 구르다 계단 모서리에 턱이 살짝 긁혀 몇 바늘 꿰맨 거였지만 배 회장은 여자들이 얼굴에 흉터 있는 남자에게 못 말릴 모성애를 느낀다는 걸 알고 있었다. 시장 안의 수많은 누님들을 상대하며 깨우친 진리였다.

여자의 성욕에는 양육의 성격이 언제나 몇 방울 섞여 있었다.

여자들이 자신의 마음의 방을 밀고 들어오는 사람이 생기면 꼭 그 남자의 엄마가 된 것처럼 알뜰살뜰 그 남자를 보살피는 건 바로 이 때문이었다.

겨울에 맨발이면 왜 추운데 양말을 안 신고 가냐고 잔소리하고 제발 밥 좀 잘 챙겨 먹으라 닦달하고 어쩔 땐 반찬까지 직접 해다 남자 자취방 냉장고에 차곡차곡 쌓아놓고 혼자 만족했다. 건강에 안 좋으니까 담배를 끊으라 하고 술 좀 작작 마시라 하고 연락을 자주 해달라고 구걸한다. 이 모든 것이 사실 어미가 새끼한테 매일같이 하는 잔소리였다.

처음엔 여자가 챙겨주는 게 싫지 않았던 남자들도 시간이 흐를수록 뭔가 판이 이상하게 돌아간다는 걸 느낀다. 고마움 대신 좀 갑갑하다는 반항심이 스멀스멀 피어오르기 시작한다.

우리 엄마도 나한테 뭐라고 안 하는데.

왜 이렇게 간섭이지?

알뜰살뜰 챙겨주고 돌봐주는 건 처음에만 달짝지근하지 그 다음부턴 파이였다.

그러나 어떤 여자들은 죽어도 그 빌어먹을 모성애를 버리지 못했다. 자기 애인과 자기 아들을 구분하지 못했고 자기가 남자 앞에서는 엄마가 아니라 여자여야 한다는 지당한 사실을 끝끝내 자각하지 못했다.

여자가 여자 역할을 해주지 않고 계속 엄마로만 남아 있으면 남자 역시 남자로 남아 있을 수 없었다.

자기 엄마랑 섹스하고 싶어 하는 새끼는 개자식이니까.

그래서 남자는 떠나고 여자는 남겨진다.

남자는 배, 여자는 항구.

배 회장은 아니, 아무것도 아니라며 말끝을 대충 흐렸다.

자, 이제 뭐냐고 다시 묻겠지.

"그래?"

하지만 그게 끝이었고 희선 씨는 피곤하다며 자기를 집 앞까지만 좀 태워다달라고 요구했다.

▲

희선 씨가 불만족스러운 섹스를 하고 있던 그 시각, 준희는 오랜만에 학교 후문 근처 호프집에서 대학교 친구들을 만나고 있었다.

"이 새끼 존나 신의 아들이라니까. 야, 어떻게 하면 공익으로 빠지냐?"

"닥쳐. 존나 맨날 산만 타. 산타야 산타."

"하, 시발. 나도 그냥 눈 딱 감고 십자인대 찢을까?"

"야 우리 그냥 눈 한번 딱 감고 트젠인 척 하자니까?"

"미친놈. 너나 많이 해라."

아직 영장이 안 나온 동기들은 물정 모르는 소리를 잘도 지껄여댔다. 하기사 준희도 공익으로 빠지면 지옥문이 닫히고 천국의 계단이 열리는 줄 알았다. 공익은 무조건 다 구청이나 주민센터 같은 데 앉아 우아하게 에어컨 바람이나 쐬며 가족관계증명서나 떼어주고 오는 전화 받고 가끔 엑셀이나 만지는 줄 알았다.

국립공원관리공단으로 근무지를 옮긴 뒤 준희는 생전 처음으로 '건기(乾期)'라는 단어의 뜻을 실감했다. 아프리카에만 건기가 있는 게 아니다. 한국도 있다.

건기가 무엇인가 하면…….

그건 우기(雨期)의 반대말이다.

칠팔월에 잠깐 며칠 퍼붓고 끝나는 장마 기간을 제외하면 한국은 일 년 열두 달 중 무려 열 달이 건기였고 매일매일이 초비상이었다.

초여름 날씨에 두꺼운 청바지를 입고 등산화를 신고 팔토시까지 한 뒤 일반 등산로를 벗어나 풀숲과 나뭇가지를 헤쳐가며 종일 산속을 돌아다녔다.

산에 들어와 맑은 공기를 마시며 담배를 피우는, 풍류를 아는 고집 센 할배들한테는 벌금을 운운하며 담뱃불을 끄게 했고 두릅 같은 비싼 나물이나 절벽 사이에 핀 야생화를 집에 가져가겠다며 길을 가다가 흙만 보이면 다짜고짜 호미질을 해대는 할머니들을 겁줘서 캐낸 나물을 빼앗았다.

등산객들이 망가뜨리고 간 각종 시설물을 보수했고 누가 계곡 아래에 버리고 간 200L짜리 금성 냉장고를 계곡 위로 다시 끌고 올라와 본부까지 돌아오는, 고난의 냉장고 행군도 했다. 산 위의 산불감시초소나 대피소에서 푸르른 먼 산을 멍하니 바라보며 온종일 산불 감시를 서는 것도 주된 일과 중 하나였다.

그리고 그런 도 닦는 순간이면 자연히 송파구청에 매일같이 찾아오던 악성 민원인들의 얼굴이 하나둘, 머릿속에 떠올랐다.

냉장고는 시발 어떻게 여기까지 끌고 온 걸까?

인간의 심연이란 정말 그 끝을 알 수 없는 것 같았다.

매달 초 받는 용돈이 6월 중순인 지금까지 고대로 통장에 남아 있다는 게 고됨의 증거였다. 산을 탄 날이면 퇴근해서 돌아와 곧바로 침대 위에 뻗어서 기절 잠을 잤다. 자정쯤 일어나 대충 씻은 뒤 넷플릭스를 보면서 치킨 한 마리 시켜 먹는 것 외에 할 수 있는 일이 없었다. 그렇게 고생을 했는데도 슬금슬금 살이 쪘고 자랑으로 여겼던, 남자치고는 꽤 좋았던 피부도 점점 거칠어졌다.

산불이 자주 나는 지방 산림청에서는 건기에는 전체 인원 중 절반만 산을 타고 나머지는 초소 안에서 출동대기를 선다는데 남한산성은 서울 바로 지척에 붙어 있는 산이라 그런지 산불도 잘 안 났다.

산불감시조인 준희에겐 산불이 안 난다는 게 문제였다. 초소에서 대기하는 감시 인원 몇 명 빼고 나머지는 전부 산타. 종일 뺑이를 치며 산속을 헤매고 쓰레기를 줍고 망가진 시설물들을 수리했다.

그중 산을 절대로 안 타고, 초소에서 감시업무조차 안 서고 사무실에서 내근만 하는 행정 요원 한 자리는 서울대 컴퓨터 공학과에 다닌다는 어떤 형에게로 돌아갔다.

그 형은 컴공과를 휴학하고 올해 11월 수능을 다시 봐서 서울대 의대 아니면 서울대 치대에 갈 거라고 했다. 출근하면 엘리베이터를 타고 공단 건물 안을 편하게 오르락내리락하며 망가진 프린터기를 고쳐주거나 빠진 인터넷 선을 다시 연결해주거나 직원들이 손수 타다 주는 커피와 함께 롤케이크 같은 다과를 들며 나이 많은 직원들 대상으로 자녀들의 대입 상담을 해줬다.

"수학, 영어 그리고 국어를 열심히 해야 합니다."

연영과 나온 내신 평균 7등급, 수능 평균 7등급, 꼴통 중의 꼴통 럭키세븐 준희도 서울대 가려면 국영수를 열심히 해야 한다는 말 정도는 해줄 수 있었지만 한국에서 입시는 가장 세가 큰 종교였고 수험생 자녀를 둔 학부모들의 눈에 딴따라 지망생 준희는 신의 아들이 아니라 악마의 자식이었다.

공단 직원들과 같이 남한산성 안을 돌아다니며 고성방가를 일삼는 등산객들을 상대로 순찰업무를 돌 때면 준희는 자기 누나의 모습을 볼 수 있었다.

누나는 회사에서도 별로 말이 없는 것 같았다.

여자 직원들은 자기들끼리 모여서 시시덕거리고 간식도 막 나눠 먹던데 사내 왕따인 건지 뭔지 볼 때마다 혼자 우두커니 있거나 컴퓨터 모니터만 바라보고 있었다.

두 남매는 여전히 직장에서 서로를 모르는 체했다.

정희, 준희 이름까지 비슷했지만 얼굴 이목구비에 닮은 구석이 요만큼도 없었기 때문에 아무도 그 둘이 남매일 거라고는 생각하지 않았다. 게다가 박씨 성은 한국에서 세 번째로 흔한 성이었다. 딱히 사이가 나쁜 것도 아닌데 둘은 자연스레 서로를 모르는 체했고 이렇게 쭉 모르는 체하는 게 서로에게 편했다.

이런 사이도 있는 건가?

누나에게 맨날 복날 개 패듯 맞으면서 컸다는 누나 있는 친구들의 사연을 들으면 준희는 정희가 장난으로라도 자신을 때리거나 밀치는 시늉을 한 적이 없다는 게 떠올랐다. 때리기는커녕 잔심부름 한 번 시킨 적이 없었다.

여자들은 자기들이 때리면 안 아픈 줄 안다는, 다른 건 몰라도 생리대 심부름은 정말 쪽팔렸다는 남동생들에게는 싫든 좋든 누나와 자신이 피를 나눈 가족이요, 한 배에서 나온 친남매라는 느낌이 있었다. 그러나 준희는 유일한 혈육인 누나가 그저 데면데면했다. 아주 어릴 때를 제외하면 '누나'라는 말조차 별로 해본 적이 없었다. 부르지 않았으니까. 누나가 아니라 옆방에 사는 머나먼 타인 같았다.

이런저런 상념에 빠져 또다시 내일 출근을 하면 산을 탈 생각에 잔뜩 심란해진 준희가 술 먹는 데에만 집중하자 테이블의 화제는 어느새 또 선우 새끼에 대한 이야기로 넘어갔다.

김선우(金善雨)

준희보다 한 학번 선배로, 준희가 재수를 했으니 기실 둘의 나이는 같았다. 그러나 둘의 인연은 그게 다가 아니었는데 준희가 연달아 미역국을 마시며 지원한 모든 대학의 연영과에 낙방한 고3 현역 시절, 같은 연기학원 스승님 밑에서 두 사람은 함께 연기를 배웠었다. 칭찬은 고래도 춤추게 한다는 그 선생님 말이다.

준희와 마찬가지로 인문계 고등학교 3학년 때 급하게 연극영화과로 진로를 정한 선우는 준희와 여러모로 공통점이 많았다. 3학년 때 뒤늦게 예체능으로 진로를 돌리는 학생들은 합격증을 따와 학교 대입 실적을 올려주기 전까지 선생들에게 똑같은 잔소리를 듣고 또 들었다.

"너 이 새끼 괜히 공부하기 싫어서 그거 한단 거지? 그거 하면 네가 뭐 잘 될 것 같냐? 아서라 아서, 인마. 예술은 배고픈 거야. 어? 다 큰 놈이 이젠 부모님 생각도 좀 해야지."

세상에 공짜는 없었다. 나이를 똥구멍으로 먹는 것 같은 한심한 치들도 여태 그 많은 나이를 다 꽁으로 먹어온 건 아닌지 교실에 있을 땐 순 멍청하고 무기력해 뵀던 담임조차 장래에 영화배우가 되겠다는 제자 앞에서 뻑뻑 담배를 피우며 인생에 대해 설교하는 순간이 오면 유대교의 늙은 랍비만큼 지혜로워 보였다.

너무 얄밉게도 그는 자신이 내뱉는 말에 대해 100% 확신하고 있었는데 그건 인생이 선물하는 삶의 경륜이었다. 미래가 온통 '가능성'이라는 이름의 불투명한 막으로 뿌옇게 블러처리가 된 준희의 입장에선 그게 그렇게 고까울 수가 없었다. 자신은 그 무엇도 확신하지 못했고 이제 겨우 '영화'라는 새로운 흙에 뿌리를 내려볼까 말까, 간을 보는 참이라 그런 흔한 말들에도 마음이 갈대처럼 이리저리 흔들렸기 때문이다.

가뜩이나 연약하고 상처받기 쉬운 시절에, 남들은 지금이라도 이과로 돌려야 하나 아니면 전문대에 가서 일찍 기술이나 배울까 고민하는 마당에 당당히 예술을 지망하는 예민하고 사려 깊은 준희에게 그런 말들은 마음에 깊은 상처를 남겼다.

비록 선우와 준희는 학교가 달랐지만 비슷한 경험을 공유했다. 연기학원 앞에 있는 맥도날드에서 우연히 밥을 같이 먹으며 말을 튼 두 사람은 자기 담임 성대모사를 보여주며 같이 배꼽을 잡고 웃었다. 솔직히 그렇게 웃기진 않았는데 두 사람은 최선을 다해 웃었다. 과하게 웃었다.

그렇게 빠른 속도로 친해진 두 사람은 고3 일 년간 쌍쌍바처럼 붙어 다니며 서로를 지켜봤다. 약도 없다는 천재병에 걸린 준희가 시름시름 투병하던 과정을 선우는 처음부터 끝까지 지척에서 목격한 것이다.

선우는 재수 없이 현역 때 한예종 연기과를 비롯해 연영과 지망생들이 원서를 쓰는 어지간한 대학에는 다 붙었다. 학교마다 추구하는 얼굴이나 중점적으로 보는 특기가 다 다르다는 걸 고려하면 진짜 연기 천재는 준희가 아니라 선우였다.

다들 선우가 한예종에 갈 거라고 예상했지만 천재님께서는 그러면 학교에 갈 때 지하철을 한 번 갈아타야 한다는 이유로 지금 다니는 학교에 입학했다.

합격 직후 선우의 부모님이 강화도 마니산 박수한테 가서 이천만 원인가 삼천만 원인가 주고 지어왔다는 지금의 이름, 착한 비(善雨) 김선우로 이름을 바꿨고 준희는 **솔직히** 그 이름이 말이 되냐고, 아무래도 사기를 당한 것 같다고 떠들고 다녔는데 과연 돈이 무섭긴 한 건지 곧바로 학교 폭력을 다룬 (내용은 뻔하고 주제의식은 철 지난, 화면과 구도는 쓸데없이 뿌옇고 먼 꿈속처럼 애달픈) 저예산 독립영화에 캐스팅돼 하루아침에 일약 독립영화계의 라이징스타가 되었다.

사람 팔자 참 알 수 없었다.

준희는 약간 혼란스러웠다. 왜냐하면 선우의 연기를 가장 가까이에서 1년 동안이나 지켜본 사람이 바로 준희였기 때문이다. 준희가 보기에 선우는 그냥 그랬다. 끼도 별로 없었고 애가 너무 조용했다. 지나치게 내성적이라 다양한 사람들을 만나야 하는 이쪽 세계 일을 하기는 어려울 것 같았다.

맹세컨대, 준희는 선우를 경쟁 상대로 생각해본 적이 단 한 번도 없었다. 연기는 경쟁이 아니라 협력이니까. 조화로워야 하니까. 친구가 잘되면 나도 좋은 거니까. 좋은 게 좋은 거니까. 사람마다 그릇의 크기는 다른 거니까. 대기만성이니까.

아직도 김선우 이야기를 떠들어대는 동기들 사이에서 준희는 자작을 시작했다.

눈이야 감으면 되고 입이야 닫으면 됐지만, 귓구멍은 노상 뚫려 있는 거라 듣기 싫어도 소리가 들렸다. 대충 듣건대 학교 폭력으로 한번 재미를 본 김선우는 차기작으로 제작비가 많이 드는 한민족 통일 염원 추석 특선 영화에 남한 쪽 스파이 역할로 캐스팅된 것 같았다.

전형적인 루트였다.

'간첩이라면 우리 집에도 하나 있는데.'

준희는 자리에 없는 자기 누나를 생각했다. 말이 너무 없는 누나가 실은 국정원에 다니는 게 아닐까, 가족들끼리 그런 농담을 했던 적도 있었다.

치킨 모가지를 뜯던 준희가 젓가락으로 멀리 놓인 치킨 무를 집으려 팔을 뻗었을 때 갑자기 왼쪽 가슴이 욱신거렸다.

익숙한 통증.

선우는 준희가 바라왔고 살고 싶었던 삶, 그 자체였다. 선우를 통해 준희는 자신이 무엇을 원하고 바라왔는지 비로소 알게 됐다. 그러나 그것을 멀리서 바라보며 부러워하고 동경하는 것과 바로 옆에서 매일매일 지켜보며 내가 못 간 길을 나보다 못났다고 생각했던 남이 쌩쌩 날아가는 걸 구경하는 건 다른 거였다.

지난 주말 우연히 선우를 가로수길에서 봤다는 동기는 그가 벤츠에서 어느 중년 여자와 내렸다고 했다. 벤츠도 종류가 다양했지만 면허가 없고 차를 잘 모르는 동기는 다만 **벤츠**라는 것만 힘주어 말했고 같이 내린 여자는 아마 감독이거나 뭐 아무튼 영화 쪽 사람이 아닐까 추측했다.

벤츠. 과거 준희가 선우에게 말했던 자신의 드림카였다. 더 들을 것도 없었다. 보지 않았음에도 불구하고 준희는 선우가 그 차에서 내리는 광경을 방금 제 두 눈으로 똑똑히 본 것만 같았다. 차종도 콕 집어, 색깔도 꼭 집어, 준희가 말했던 바로 **그것**이겠지. 선우 그 새끼는 차에 대해선 아무것도 모르니까.

준희는 갑자기 술이 올랐다. 나는 이미 많은 것을 빼앗겼는데 김선우는 자꾸만 더 내 것을 뺏어갔다. 준희는 눈을 부릅뜨고 술집 천장을, 앞접시에 놓인 닭 목뼈를, 김빠진 맥주 거품을 차례차례 노려보며 술이 좀 내려가길 기다렸으나 허사였다. 뻑뻑한 눈을 몇 번 깜빡이자 이번엔 렌즈가 안에서 잘못 돌아갔는지 핑 눈물이 났다.

"아이씨……."

준희는 티슈로 코를 풀며 자리에서 일어섰다. 동기들은 벤츠 옆자리 여자에 대해 자기들끼리 소설을 쓰느라 준희가 화장실에 가는 것도 알지 못했다.

같은 스승님 밑에서 배운 선우와 준희, 두 사람은 기본 발성과 얼굴 근육을 써서 표정을 짓는 방식, 몸동작과 자세, 대본 분석, 캐릭터 접근 스타일뿐만 아니라 처음 딱 봤을 때 얼굴이 주는 느낌, 다시 말해 이미지까지도 비슷했다.

선우짭. 짭선우.

뒤에서 학교 사람들이 자신을 그렇게 부른다는 걸 준희도 알고 있었다.

시간이 지날수록 자신의 모든 운과 복을 선우가 한발 앞서 낚아채 가는 것 같다는 의심이 준희의 마음속에서 산불처럼 일기 시작했으나 20L짜리 등짐펌프를 진 구조대는 아직 도착 전이었다.

오, 주인이시여. 질투를 조심하시옵소서.

질투는 사람의 마음을 농락하며 먹이로 삼는 녹색 눈을 한 괴물이니까요.*

이아고의 목소리를 들은 준희는 1학년 1학기를 마치자마자 과사에 가서 휴학계를 제출했다. 일단 김선우로부터 최대한, 최대한 멀어지는 게 수였다.

▲

그날 호프집 화장실에서 준희는 왼쪽 렌즈를 더러운 세면대 하수구에 떨어뜨려 잃어버렸고 3차로 노래방까지 갔을 때는 양쪽 시력이 다른 게 아예 안 보이는 것보다 더 어지러워서 손등으로 눈을 마구 비비다가 남은 오른쪽 렌즈마저 잃어버렸다.

그 덕에 가사가 잘 보이지 않았지만, 준희는 술에 취하면 늘 부르던 십팔 번만 부르고 또 불렀기 때문에 상관없었다.

버즈 〈가시〉

새벽 세 시. 택시를 타고 마천동으로 돌아올 때 준희는 눈에 뵈는 게 없었다. 어차피 두 시간 후면 첫차가 다니기 때문

* 셰익스피어 「오셀로」 3막 3장 중

에 그때까지 24시 프랜차이즈 카페 같은 데 가서 개기는 게 현명했지만 아, 사나이 박준희 그렇게 구질구질하게 살기가 이젠 정말이지 지긋지긋했다. 다그닥 다그닥 미터기 속 형광 말은 열심히 올림픽대로를 달렸고 준희는 야간할증 요금이 추가된 택시비를 치르고 나면 이제 이번 달은 손가락을 빨 일만 남았다는 걸 알고 있었지만, 시발 그딴 건 이젠 좆또 상관없었다.

택시 차창 밖으로 빠르게 지나가는 한강의 아름다운 야경을 바라보며 준희는 돈을 좆나게 많이 벌기로 결심했다.

무조건.

선우 그 새끼보다 더.

고3 때 연영과 입시를 준비한 것만 제외하면 특별할 것 없는 평범한 학창시절을 보낸 준희와 달리 정희의 학창시절에는 놀라운 사건이 하나 있었다.

본래 정희는 〈동물의 왕국〉의 남자 성우처럼 한 발짝 뒤로 빠져서 교실 안의 소란스럽고 유치한 인간관계에는 별로 가담하고 싶지 않았다. 이름이 웃겨서 학기 초에 앞에 나가 자기소개를 할 때는 잠깐 주목을 받았지만 정희는 태생적으로 말수가 적고 내성적인 아이였다.

질풍노도의 시기, 자의식 과잉과 정체성 혼란에 동시에 시달리고 있는 또래들과 달리 인정욕구랄 것도 거의 지니고 있지 않아 자연스레 관심 대상 밖으로 밀려날 수 있었고 담임선생님도 얘가 오늘 학교에 왔는지 안 왔는지 모르겠는 애로 정희는 자신에게 딱 맞는 자리를 교실 안에서 구축해나갈 수 있었다.

그러나 그놈의 자궁이 언제나 문제였고 교복을 입은 어린 여고생이 산부인과에 자주 드나든다는 게 어떤 사람들에게는 **상상력**이란 걸 발휘하게끔 했다.

같은 반 친구네 엄마가 집 근처 병원에 갔다가 자기 딸아이가 다니는 학교의 교복을 입은 여자애를 발견했다. 가슴팍에 붙어 있는 정희의 명찰을 보고 이름을 외워서 걔 너희 반 애 아니니? 하고 딸아이에게 말을 옮기며 사건은 커졌다.

그 애는 상상력이 풍부하고 친구가 많았으며 수다스러웠다.

정희처럼 무리에서 외따로 떨어져 있는 듯 없는 듯 혼자 지내는 개체는 포식자의 눈에 띄는 순간 목숨을 장담할 수 없었다. 인간들이, 초식동물들이 싫어도 꾸역꾸역 무리를 짓고 우르르 몰려다니는 데에는 다 그만한 이유가 있다는 걸 정희는 알고 있었지만 자기는 그 불운에서 예외일 거라고 생각했다.

소문은 당사자만 모르게 조용히 역병처럼 퍼졌다.

정희는 자기를 두고 뒤에서 사람들이 어떤 말을 하는지 전혀 몰랐다. 퇴원 후 학교에 돌아왔을 때 정희의 책상에는 흰색 수정액으로 '걸레'라고 쓰여 있었다.

처음에 정희는 보고도 못 본 척 무시했다. 뭔가 잘못됐다고 생각했고, 자리를 혹시 다른 사람과 착각한 건가, 라고도 생각했다. 커터칼로 글자를 긁어내긴 했지만 어른들에게는 이 사실을 알리지 않은 채 조용히 몇 달을 더 보냈다.

무시하면 무시할수록 소문은 몸집을 키웠다.

가만히 있으면 중간은 간다는 말을 일평생 금과옥조로 삼아온 정희는 상황이 흘러가는 걸 관망할수록 점점 더 얼떨떨해졌다.

섹스와 성(性)이라는 미지의 대상에 대한 사춘기 여고생들의 악의에는 지독한 구석이 있었다. 시간이 지날수록 확인되지 않은 소문은 점점 더 더럽고 구체적으로 변해갔고 사람들은 은근히 말을 보탰으며 교실과 복도, 화장실과 급식실에서 은밀히 떠도는 그 모든 말들을 기정사실로 받아들였다.

같이 다니던 같은 반 친구 두 명도 그즈음 정희에게서 완전히 등을 돌렸다. 다섯 달 동안 정희는 학교에 가서 단 한마디도 하지 않고 종일 시간을 보내다가 집으로 돌아오기를 반복했다.

아이들은 정희가 어떻게 무너지는지, 그 즐거운 광경을 숨

죽이고 지켜봤다. 자기가 아무렇게나 다뤄도 되는 대상이, 더 약한 개체가 교실 안에 생겼다는 것에 작게 환호했다.

그러나 얼마간 더 시간이 지나자 그 이야기는 학부모들 사이에도 슬슬 퍼지기 시작했고 소문의 진위확인을 위해 교무실에 불려갔다가 돌아온 정희를 본 그 아이는 교실 안의 모두가 다 들을 수 있는 큰소리로 이렇게 말했다.

“야 어디서 걸레 냄새나지 않냐? 대걸레?”

교실 앞문을 열고 들어온 정희는 뒷문 근처 사물함에 등을 기대고 서 있던 그 아이에게 달려가 두 손으로 목을 졸랐다.

아무도 상상하지 못한 일이었다.

얼마나 오랫동안, 얼마나 세게 그러고 있었는지는 기억나지 않았다.

몇 초 후 사태를 파악한 애들이 꺅 소리를 지르며 말리기 시작했고 나중에 달려온 선생님들도 정희를 일단 떼어내려고 했지만 그 아이의 가슴팍 위에 올라탄 채로 목을 조르는 두 손을 정희는 풀어주지 않았다.

지금도 자기 아래에서 목이 졸린 채 숨이 막혀 서서히 질려가는 그 아이의 창백한 얼굴과 제발 살려달라고 외치는 겁에 질린 눈동자가 정희의 꿈에 나왔다.

그러나 꿈속에서는 반대로 정희가 목을 졸리고 있었다. 자신의 목을 조르는 두 손이 누구의 것인지, 그의 얼굴을 보고 싶었지만 보이지 않았다.

그 아이는 부모와 같이 큰 병원에 가서 진단서를 뗐고 정신적 충격이 심하다며 며칠 동안 학교에 나오지 않았다. 경찰도 몇 번 왔다 갔고 정희의 부모도 이 일을 알게 됐다.

그다음 학폭위가 열렸는데 정희가 아니라 그 아이가 전학을 가고 그 아이의 부모가 와서 사과하는 것으로 사건은 마무리됐다.

왜 진작에 아니라고 하지 않았니?

뒤늦게 모든 사실을 파악하고 교감한테 한바탕 쿠사리를 먹고 온 남자 담임은 교무실에서 정희를 자기 앞에 세워놓고 몇 번이나 되물었다.

정말 이해가 안 된다는 듯이.

얼마 전 몸을 풀었다는 그 아이의 엄마와 멀리 지방 출장 중이라는 아빠 대신 그 아이의 이모와 할머니라는 사람들이 와서 정희에게 사과했다.

무표정한 얼굴로 아무 대답도 하지 않는 정희 대신 정희의 담임이 이쯤에서 좋게좋게 마무리하자며 그들을 돌려보냈다.

그 아이가 맨 처음 자기들한테 와서 소문을 퍼뜨렸다고, 교실 안의 모든 아이들이 입을 모아 증언했다고 한다. 자기들은 그저 그 말을 믿었을 뿐이라고.

그 아이가 전학 간 후 정희는 어찌 됐든 간에 소란을 일으키고 학교 이미지를 실추시켰으며 면학 분위기를 해쳤다는 사유로 교내봉사 10시간을 징계받았다. 담임은 학생부에는 기록하지 않을 테니까 봉사를 하면서 네가 뭘 잘못했는지 곰곰이 생각해보라고 했다.

정희는 열흘 동안 아침마다 조회에 들어가지 않고 학교 뒤에 있는 교직원 주차장에 가서 빗자루로 하루 한 시간씩 낙엽을 쓸었다.

쓴다기보다는 얌전히 나무 아래에 쌓여 있는 낙엽을 빗자루로 툭툭 건드려 이쪽에서 저쪽으로 옮겨놓는 장난질에 불과했지만 어쨌든 시간 하나는 잘 갔고 10시간이 아니라 100시간쯤 봉사를 하고 싶다고 정희는 생각했다.

청소를 끝내고 교실로 돌아오면 걸레라고 쓰여 있던 바로 그 책상 위에 모르는 애들이 두고 간 오해해서 미안하다는 내용이 동글동글 귀여운 글씨체로 적힌 쪽지와 마이쮸, 음료수 같은 게 한동안 놓여 있었고 정희는 그 쓰레기들을 교실 뒤쪽에 있는 쓰레기통에 가져다 버렸다.

제3코스

일 년 중 낮이 가장 길다는 6월 21일 하지(夏至)를 지나 어느새 7월.

박재수 씨, 김희선 씨의 장녀 박정희 씨는 산부인과 수술비를 모으기 위해 들어오는 아르바이트라면 가리지 않고 일을 다 받았다.

「너 집에 무슨 일 있냐?」

그 덕에 이런 걱정 어린 선배의 메시지를 받기도 했다.

아무 일도 없었다. 겉보기에는.

염소 뿔도 녹인다는 대서(大暑)를 한 주 앞둔 금요일, 와이프가 내일 마트에 나가나 안 나가나, 슬슬 눈치만 보며 이리저리 채널을 돌리던 박재수 씨에게도 메시지가 한 통 도착했다.

부고(訃告)였다.

친정 부모가 반대하는 남자에게 시집을 간 벌로 집에서 쫓겨나 곰팡이 슨 싸구려 여관방에서 신접살림을 차린 인천의 한 답 없는 신혼부부를 가련히 여기사, 지금 다니는 회사에 박재수 씨를 꽂아준 고등학교 선배의 모친상이었다.

"장지(葬地)까지 가겠네?"

"그렇지 뭐. 내일 마트 가?"

"아니."

당신 내일 마트 가?

요새 박재수 씨가 김희선 씨에게 금요일마다 은근슬쩍 묻는 유일한 질문이었다. 이 인간이 대체 왜 이러나, 이상하다고 한 번쯤 생각할 법도 하지만 본디 서방한테 좁쌀만 한 관심도, 코딱지만 한 애정도 없는 김희선 씨는 끝끝내 알아차리지 못했다.

남한산성은 박재수 씨 일가가 사는 아파트 바로 지척에 있었고 산이 좋아 멤버들 역시 이 근방에 사는 사람들이 대다수라 스릴만점이었다. 하지만 낮말은 새가 듣고 밤말은 쥐가 듣는 법. 와이프 귀까지 말이 흘러 들어갈 것을 염려한 박재수 씨는 김희선 씨가 마트에서 자정까지 일하는 날에만 산행을 나갔다.

안전제일.

그러면서도 박재수 씨는 이건 소심하거나 심약하거나 째째

한 게 아니라 치밀하고 이성적인 동시에 계획적이고 전략적인 거라고 자위했다.

산이 좋아는 매주 둘째, 넷째 토요일에 모임이 있었다.

희선 씨는 마트 스케줄이 비번인 토요일에만 모임에 나갔다.

운명은 몇 가지 우연과 필연을 날줄과 씨줄 삼아 둘을 가지고 놀았다. 두 부부는 아직도 자기 배우자가 밖에서 무슨 짓을 하고 돌아다니는지 알지 못했다.

"잘 다녀와."

무표정한 얼굴로 천연덕스럽게 남편을 배웅한 김희선 씨는 현관문이 닫히자마자 요가로 단련된 탄탄한 엉덩이를 좌로 우로 흔들며 베란다로 나갔고 서울을 떠나는 남편의 은색 소나타 뒤꽁무니를 내려다보며 혜진이에게 전화를 걸었다.

"언니 내일 뜬다."

"진짜? 언니 남편은?"

"문상갔어. 월요일에나 올 듯?"

"할렐루야!"

"할렐루야!"

여름이구나.

수령이 최소 백 년은 넘은 소나무에 등을 기대고 서서 담배를 한 대 피우면서 정희는 그런 생각을 했다.

4월 식목일과 5월 석가탄신일이 지나가고 더위가 속속 본색을 드러내기 시작하면서 입산객 수가 눈에 띄게 줄었다. 행사도 없고 공문도 없고 회의도 없고 일도 없고 입산 사고도 없고……. 여기에 비만 퍼부으면 완벽할 것 같았다. 비 오는 날까지 산에 기어올라와 꾸역꾸역 계곡물에 빠지는 미친놈들이 있다는 게 문제였지만.

다시 이전의 평화로운 계약직 생활로 돌아간 정희는 매일 아침 출근 후 모니터에 엑셀 파일을 하나 띄워놓고 그 뒤에서 눈치껏 몰래몰래 아르바이트를 했다.

육아의 기쁨과 슬픔에 대해 구구절절 떠드는 분당 주민의 알맹이 없는 에세이는 진즉 편집부에 넘겼고 입금도 됐다. 콤팩트한 사이즈에 팬시한 파스텔 톤의 일러스트 표지, '페이스북·인스타그램·카카오 브런치 동시 연재—100만 육아인의 가슴을 울린 바로 그 에세이!!!' 어쩌구 하는 느낌표 많은 띠지와 함께 그 책은 서점의 임신, 출산, 육아 코너 매대에 사흘쯤 누워 있다가 곧바로 흔적도 없이 사라졌다.

지금 손보고 있는 건 결혼 후 잘 다니던 회사를 냅다 때려치우고 신혼집 구할 돈으로 2년 동안 전 세계 38개국 배낭여행을 떠난 열정 만점 신혼부부의 아주 긴, 너무너무 길어서 어디를 얼마나 쳐내야 할지 감도 오지 않는 여행 에세이였다.

'여행계획을 짤 때는 서쪽에서 동쪽으로 이동하기보다는 동쪽에서 서쪽으로 이동하는 게 하루를 버는 법이다.'

TV만 틀면 자기 집 안방에 대자로 누운 채로 세계여행을 할 수 있는 세상에 생돈을 들이고 생고생을 해가며 집 밖으로 나도는 인간들이 정희는 신기할 뿐이었다.

양가 부모님이 마련해주신 신혼집 전세금을 빼서 2년씩이나 허니문을 가면서 굳이 서쪽에서 동쪽으로 갈지 동에서 서로 갈지 여행 루트를 두고 그들은 보름째 아옹다옹하고 있었다.

그건 삶에 찌들대로 찌든 중년 부부의 악다구니와는 또 다른 거였다.

호숫가에서 유유자적하며 사는 백조들의 부단한 발차기처럼, 물밑 아래에서 고요히 일어나는 소리 없는 전쟁. 아직 서로에게 기대하는 게 많은 신혼부부는 자신의 속내를 쉽사리 드러내지 않았고, 둘 다 말하지 않아도 상대가 먼저 알아채주길 바랐기 때문에 별수 없이 대화는 계속 빙빙 겉돌았다.

— 겨우 하루인걸?

38개국 중 미국과 서유럽 여행을 가장 기대하는 아내가 중앙아시아와 아프리카에 이상한 로망이 있는 남편에게 답답함을 이기지 못하고 항변하자, 그는 얼마 전까지만 해도 여자 친구였던 자신의 아내에게 이렇게 대답한다.

— 여보, 하루는 아주 길어.

그렇다. 하루는 아주 길다.

조금씩 몸을 움직일 때마다 아랫배가 뻐근했다.

병원에 가서 초음파를 찍었던 게 4월 말이니 벌써 두 달째다. 다행히 혹은 아직 터지지 않았다. 그렇다고 자연적으로 크기가 줄어들거나 사라져줄 것 같지도 않은 눈치다. 정희의 아랫배 한쪽에 제 마음대로 자리를 잡은 채 어떡할까, 터질까 말까 때만 기다리고 있는 것 같았다.

배가 너무 심하게 아플 때면 정희는 밖에 나가서 담배를 한 대 피우고 돌아왔다.

과거 영국 왕실에서는 생리통으로 괴로워하는 젊은 엘리자베스 여왕한테 궁중의가 대마초를 처방했다고 하는데 자궁근종 통증을 줄이는 데에 니코틴도 꽤 효과가 있는 것 같았다.

담배를 발밑에 잘 비벼 끈 뒤, 고민 끝에 한 대를 더 꺼내 입에 무는데 뒤에서 인기척이 났다.

"과태료 10만 원입니다."

"아, 오 병장님."

"정희 씨, 산에서 담배 피시면 안 돼요."

원래는 '오승일 요원님' 혹은 '승일 씨'라고 불러야 했으나 사무실에서 내근하는 유일한 행정 요원, 서울대 컴공과의 이름도 하필 오승일이라 헷갈린 공단 직원들은 둘을 구분하기 위해 오 병장만 따로 그렇게 불렀다.

"직원 흡연실 있지 않아요?"

문 열고 들어가서 핀다고 대놓고 뭐라 할 사람은 없지만 그곳은 남자 화장실 표지판이 없는 남자 화장실 같은 곳이었다. 공기업은 사기업보다 훨씬 더 보수적이었다. 분명 한 바퀴 말이 돌 거고 걱정을 빙자한 아줌마, 아저씨들의 이런저런 간섭질, 임신, 기형아 어쩌구 하는 입방아 질이 상상만 해도 싫어서 담배를 피우는 여직원들은 5층에 있는 여자 화장실 구석칸에 들어가서 중학생들처럼 몰래몰래 피거나 아예 건물 밖으로 나와 수풀을 헤치고 들어가 그 속에서 숨어 피웠다.

"죄송해요."

"괜찮아요."

숨겨둔 식후땡 스팟을 잃어버린 정희는 '그럼' 하고 대충 고개 숙여 인사하고 자리를 피했다. 바지를 입으면 골반과 허리가 조여서 아랫배가 더 눌리는 느낌이었다. 정희는 몇 주째 허리가 고무줄로 된 벙벙한 긴치마를 입고 출근했는데 오늘 입고 온 베이지색 린넨 롱스커트는 발목부터 종아리까지 옆쪽이 살짝 트여 있었다.

오 병장은 한참 동안 가지 않고 그 자리에 서서 어기적어기적 자리로 돌아가는 정희의 뒷모습을 뚫어져라 쳐다봤다.

"시발년. 다리 존나 이쁘네."

다리가 예쁘고 마른, 안경 쓴 여자가 오 병장의 취향이었다.

▲

남편은 고등학교 선배 모친상, 아들은 주말 근무(산불은 요일을 가리지 않았다), 딸은 엄마가 싸놓고 간 우엉김밥을 주워 먹으며 자기 방 안에 틀어박혀 교정지를 들여다보고 있던 그 시각, 김희선 씨는 오랜만에 산에 왔다.

처음에는 아무것도 모르는 흐리멍덩 천둥벌거숭이, 두 번째는 우연 섞인 얼떨결이었다면 세 번째는 달랐다.

이번에는 빈손이 아니었다.

다른 여사님들처럼 김희선 씨도 새벽같이 일어나 새 밥을 지어 손 많이 가는 김밥도 싸고 보리차도 얼리고 복숭아, 수박, 자두 시원한 여름 과일도 먹기 좋게 한입 크기로 썰어 락앤락 통에 싸 왔다.

전날 초저녁부터 욕실에 들어가 이태리타월로 때도 싹싹 밀고 유통기한 살짝 지난 요거트와 우유로 얼굴에 팩도 했다. 대충 백탁 있는 선크림을 바르고 그 위에 눈썹을 쓱쓱 그리고 빨갛게 입술만 칠하는 평소 화장법과 다르게 오랜만에 공들여 화장도 했고 백화점 1층에서 거금 오만 원을 주고 산 오렌지색 립스틱도 발랐다. 화룡점정이랄까, 마지막으로 그 위에 어버이날 딸이 준 백화점 상품권으로 큰마음 먹고 지른 S/S 신상 아웃도어까지 걸치자 진짜 사람이 좀 달라 보였다.

7월의 첫 번째 산이 좋아 정기모임 참석자는 다음과 같았다.

최 대장, 구 회장, 김 회장, 배 회장 그리고 김 여사, 조 여사, 이 여사, 윤 여사.

미연이는 무슨 이유에선지 이번 모임에 나오지 않았고 덕분에 이 여사, 혜진이는 입이 찢어질 지경이었다. 윤 여사와는 좀 데면데면한 편이었지만 어쨌든 나머지 여자 멤버들은 다 자기편이 아닌가.

혜진 씨는 주목받고 싶었다. 남자, 여자 할 것 없이 산이 좋아 회원들의 애정과 관심, 호의를 자신이 독차지하고 싶었다.

반면 오늘로 세 번째 모임에 참석하는 희선 씨는 그런 목적의식은 없었다. 그보단 전에는 안 보이던 게 슬슬 눈에 거슬리기 시작했다.

희선 씨의 불만은 크게 두 가지였는데 첫째, 산이 좋아는 남자 회원 수가 적어도 너무 적었고(희선 씨가 생각하는 이상적인 남녀 회원 성비는 2:1이었다) 둘째, 그나마도 한 번 올라타 보고픈 마음이 동하는 남자 회원이 별로 없었다.

매주 산을 탄다면서 어떻게 하면 그렇게 배가 나올 수 있는 걸까?

아무리 생각해도 미스터리였다.

그나마 이 중 제일 먹음직한 건 어린 창석이였는데 남자, 여자 가볍게 섞여서 하루 즐기고 헤어지는 인스턴트 같은 관계에 한 번 먹은 건 다시 안 먹는 게 상수라는 건 창석이도 이미 잘 알고 있는 것 같았다.

희숙이는 아닌 것 같았지만.

"맞다. 저번에 남자 신입 왔는데."

"뭐 하는 사람인데?"

"오금동에 무슨 회사 다닌대. 과장이라나."

마트 땜빵 때문에 지난번 산행에 못 나온 희선 씨는 윤 여사를 오늘 처음 봤다.

할머니.

늙으면 애 된다더니. 아무리 그래도 그렇지 왜 노인네들은 눈치 없이 젊은 사람들 노는 데 자꾸 끼는 걸까?

사실 할머니와 희선 씨는 겨우 네 살 차이였지만 자기는 나이를 이야기하면 사람들이 다 놀란다고, 쉰다섯이지만 다들 사십 대 중반인 줄 안다고 생각하고 있었기에 희선 씨는 겉으론 웃으면서도 속으로는 마음껏 여심 씨를 경멸할 수 있었다.

남자 회원들 셋이 저만치 앞서가고, 그다음에 여자 회원들, 그리고 혹시 모를 회원님의 조난에 대비하기 위해 여자 회원들과도 한참 거리를 두고 저만치 뒤에서 최 대장이 올라왔다.

중턱에 약수터가 나올 때까지 여자 회원들은 넷이서 꼭 붙어 다녔지만 윤 여사는 여자 회원들에게 먼저 말을 거는 법도, 말 사이에 은근슬쩍 끼어드는 법도 없었다.

"몇 살인데?"

"구 회장이랑 동갑."

"아하."

남자 신입도 자기보다 한 살 많다는 소리를 듣자마자 희선 씨는 관심이 싹 꺼졌다. 본 적도 없었지만, 안 봐도 알 만했다.

똥인지 된장인지 꼭 찍어 먹어봐야만 아는 건 아니니까.

희선 씨는 입맛이 무척 씁쓸했다.

생각할수록 산이 좋아는 남자 회원들 물이 너무 별로였다.

머리 벗겨진 구 회장이나 재미없는 최 대장에게 이제껏 희선 씨는 손톱만 한 호감도, 호기심도 느껴본 적이 없었다.

둘 다 학교 선생답게 짠돌이였고 웃기지도 않았다. 그렇다고 잘생기지도 키가 크지도 않았다. 한 마디로 매력이 없었다. 근데 그러면, 그러니까 재능이 달리면 피나는 노력이라도 해야 할 거 아닌가?

최선을 다해 자기 앞에 있는 여자를 즐겁게 해줘야 한다는 남자, 수컷으로서 사명감 혹은 의무감 같은 게 최와 구에게선 전혀 느껴지지 않았다.

그나마 남은 창석이나 배 회장은 이미 한 번씩 먹어본 후였다.

"신입회원은 어떻게 들어와? 그냥 소개?"

"응. 그렇지. 왜? 언니 박 회장 관심 있어?"

"뭘, 그분 나는 본 적도 없는데. 그냥 궁금해서."

거짓말이었다. 하나도 궁금하지 않았다. 봉급쟁이, 그것도 그 나이에 부장도 아니고 과장. 안 봐도 대충 사이즈가 나왔다.

쥐뿔도 없을 것 같았다.

연애를 하는 데에는 무엇보다도 돈이 필요했다. 여자는 미모, 남자는 돈. 그것은 만고의 진리였다. 개가 짖고 닭이 울고 말은 뛰고 뱀은 기고 원숭이는 나무를 타고 물고기는 물속을 헤엄치며 사는 것처럼, 남자들이 지갑 안에 콘돔을 넣고 다니는 데에는 다 그만한 이유가 있는 거였다.

매달 들어오는 봉급이 정해져 있는 고만고만한 샐러리맨, 가난한 공무원들은 희선 씨 취향이 아니었고 그런 남자가 취향인 여자는 기실 세상 어디에도 없었다.

희선 씨는 갑자기 다리에 힘이 쭉 풀렸다. **아, 지루해.**

자기 안에서 대체 어떤 힘이 솟아서 새벽같이 일어나 김밥을 싸고 목욕을 하고 화장을 하고 새 옷을 입고 산에 온 걸까? 꼭 귀신에 홀린 것 같았다.

희선 씨가 거기까지 생각했을 때 엉겅퀴 희숙이는 더는 못 참겠는지 갑자기 치고 나가 저만치 앞서가 있는 회장님들 사이에 섞였다. 보나 마나 또 저번처럼 김 회장, 창석이에게 들러붙으려고 그러는 것 같았다.

"희숙이, 애가 참 착하지?"

"응. 그렇더라."

혜진 씨와 희선 씨는 자신들로부터 멀어지는, 실룩거리는 희숙이의 양 궁둥짝을 바라보며 서로 빈말을 했다. 사람이 맨날 속말만 하고 살 수는 없는 거였다.

"저…… 언니는, 언니라고 불러도 되죠? 언니는 어떤 일 하세요?"

너무 우리끼리만 이야기하는 건가, 신경이 쓰일 때마다 희선 씨는 윤 여사에게도 말을 걸었다. 그러나 윤 여사는 간단히 한 문장으로—학원 운영, 62년생 범띠, 여기 나온 지는 넉 달, 건너 건너 지인 소개로 가입—묻는 것에만 대답했지 그 이상 길게 대화를 이어나가려는 의지가 보이지 않아 질문한 사람을 맥 빠지게 했다.

이것도 산이라고 올라가다 보니 땀이 좀 흘렀다. 하지만 아침에 화장을 하고 나와서 이마에 송골송골 맺히는 땀을 어찌할 도리가 없었다.

정수리가 반으로 쪼개질 만큼 차가운 물로 어푸어푸 소리를 내며 시원하게 세수를 하고 코도 한번 흥 풀고 싶었지만 이루어질 수 없는 소망이었다.

희선 씨는 그저 소맷부리로 톡톡, 찍어내듯이 땀을 훔쳤다.

이게 대체 무슨 짓인가.

안 그래도 희선 씨는 땀이 많이 나는 체질이었다.

그러다 약수터가 보일 즈음 희선 씨는 문득 자기 아들과 딸이 일하는 곳이 이곳, 남한산성이라는 사실이 생각났다.

"자! 이쯤에서 쉬었다 갑시다."

약수를 한 잔씩 마시고 저번처럼 옆에 수풀을 헤치고 들어가 여사님들이 싸 온 도시락을 나눠 먹었다. 희선 씨는 아침에 싸면서 너무 많이 먹었다고 핑계를 대며 하나도 입에 대지 않고 대신 찬물만 계속 마셨다.

딸은 쉬는 날이라 집에 있다는 걸 아침에 두 눈으로 똑똑히 보고 나왔지만 아들은 집에 없었다. 예전 같았으면 아들이 지금 누구와 어디서 뭘 하는지 정확히 알고 있었겠지만 근래 희선 씨는 정신이 다른 데 팔려 자기 아들에 대해 도통 무관심했다. 아들이 오늘 출근을 한 건지 아니면 아침 댓바람부터 친구들이랑 놀러 나간 건지 어젯밤에 집에 들어오긴 했는지…… 무엇 하나 제대로 아는 게 없었다.

아니야, 주말인데 저도 친구들 만나러 갔겠지…….

좋게좋게 생각해보려고 했지만 잘되지 않았다.

송파구청에서 근무할 때는 아들 얼굴을 보러 부러 잠실까지 몇 번 가기도 했는데 옮기고 나서는 남한산성 어디에서 무슨 보직으로 근무를 서는지도 잘 몰랐다.

어쩜 이렇게 허술할 수 있을까.

참으로 오래간만에 아들 생각을 하자 희선 씨는 귀신을 본 사람처럼 얼굴이 하얗게 질렸다. 그러나 희선 씨 옆자리에 다가와 붙어 있던 대머리 독수리 구 회장은 박재수 씨 못지않게 눈치코치 없는 양반이라 그저 제 입에 우엉김밥과 유부초밥, 방울토마토를 밀어 넣기에만 급급했다.

"부러워요. 희선 언니도 그렇고 여심 언니도 그렇고, 이름이 참 예뻐."

"이 여사님 이름도 예뻐요."

배 회장과 찰싹 붙어 있는 혜진이의 흐느적거리는 반쯤 취한 듯한 목소리가 들렸다. 혜진이는 배 회장에게 등을 기대고 안겨 거의 반쯤 누운 채로 아까부터 내내 Y담을 주고받고 있었다.

희선 씨의 이름은 김희선. 윤 여사의 이름은 윤여심.

둘 다 웃기긴 웃긴 이름이었다.

정신이 나간 희선 씨가 별 대답이 없자 착한 희숙이가 혜진 언니의 말을 받아줬다.

"그러게. 새로 오신 회장님도 이름 좀 특이하잖아."

"응. 맞아. 박재수."

"박재수우?"

희선 씨는 속으로 생각한다는 게 미처 자각하기도 전에 말이 되어 입 밖으로 튀어나갔다. 이제껏 내온 콧소리 섞인 고상하고 애교스런 여사님 목소리가 아니라 희선 씨 본래의 목소리였다.

"어머, 그분 이름 되게 재밌으시다, 호호호."

하하하껄껄껄.

다행히 희선 씨는 재빨리 무마를 했고 여자들끼리 화장실을 간 틈에 집에 좀 급한 일이 생겼다고 혜진이에게만 핑계를 댄 뒤 부랴부랴 산을 내려왔다.

▲

걸리지만 마라.

희선 씨가 재수 씨에게 바란 최소한의 부부 도덕률은 바로 그것이었다. 집 밖에서 무슨 짓을 하고 싸돌아다니든 그건 신경 안 쓸 테니까 절대로 내가 모르게.

걸리지만 않으면 상관없다는 말은 걸리면 반 죽여버리겠다는 뜻이기도 했다.

귀신에 쫓기는 사람처럼 허겁지겁 산을 내려가는 중에도 머릿속으로는 수많은 생각들이 바람처럼 지나갔다.

언제부터였을까. 나도 여기 나온다는 걸 그 인간은 알까. 알고도 그러는 걸까. 설마 그건 아니겠지. 근데 애들 회사가 여기라는 걸 그 물건은 알까. 몇 번이나 그랬을까. 나랑 박재수 중에 누가 먼저였을까. 언제부터였을까. 샌님처럼 밥만 먹었을까. 그럴 리가 있나.

그럼 혜진이랑도, 희숙이랑도, 미연이 그년이랑도…….

설마 윤 여사인가 뭔가 그 할머니랑도 했을까.

갑자기 구토감이 치밀었고 희선 씨는 옆에 있던 성곽 벽돌을 붙잡고 그 밑에 웩웩 토를 했다. 끅끅 트림을 하고 주먹으로 명치를 쳐도 입 밖으로 나오는 건 투명하고 끈적한 긴 침뿐이었다. 종일 먹은 게 아무것도 없으니 나올 게 있을 리 만무했다.

'근데…… 그 인간 순대 허파를 먹던가?'

삼십 년 넘게 한 이불 덮고 살아온 남자인데 희선 씨는 문득 그 생각이 들었다.

결혼하기 전에 만났던 희선 씨의 두 번째 애인은 차분하고 단정한 성품에 한여름에도 셔츠 단추를 목 위까지 꼭꼭 잠그는 양반 중에서도 상양반이었다. 두 살 어린 사귀는 여자에게도 꼬박꼬박 존댓말을 썼고 바짓단이 구겨지거나 넥타이가 삐뚜름해지거나 콧대 위 은테안경에 한 점 얼룩이 지는 걸 1초도 못 참는, 조금은 피곤한 성격의 소유자였다.

순대를 시키면 내장과 허파, 간은 다 빼고 오직 순대만 먹었고 그나마 그 순대도 희선 씨가 맛있으니까 제발 한 번만 먹어보라고 빌고 빈 끝에 먹기 시작한 거였다.

"희선 씨, 저는 김치도 스무 살 때까지 안 먹었어요."

"어머! 왜요?"

"좀…… 냄새가 나더라구요. 근데 군대 가면 별수 있나요. 그때부터 먹었어요."

당연히 모친은 자기 딸이 애인이라며 생전 처음 집에 데려온 그 남자를 별로 흡족해하지 않았다. 본체만체하며 15도 정도 옆으로 돌아앉은 포즈를 보면 금방 알 수 있었다.

서울역 앞에 있는 큰 무역회사에 다닌다니까 직장 하나 튼튼한 건 마음에 들었지만 어려서부터 미장원에 갈 때마다 나중에 꼭 미스코리아 시키라는 말을 귀에 못이 박이게 들은 자기 딸에 비하면 사윗감이라는 녀석은 인물도 너무 빠졌고 키도 너무 작은 것 같았다. 얼굴이 핏기 하나 없이 새하얀 게 듬직한 맛도 별로 없고 사나이가 너무 까탈스럽고 이것저것 가리는 게 많으면 결국 마누라만 피곤해진다는 게 어머니의 지론이었다.

"자네. 형광등은 갈 줄 아는가? 못은 한 번 박아본 적이 있는가? 문고리는? 문고리는 고쳐본 적 있는가?"

그러나 이 모든 것을 제대로 못 하기는 박재수 씨도 마찬가지였다.

박재수 씨는 그나마 직장 하나도 튼튼하지 않았고 환절기마다 빼먹지 않고 꼬박꼬박 독감을 앓고 지나가는 허약 체질에 4년제 영문과를 나온 그 남자한테는 학력에서도 밀렸다. 고졸이었으니까. 그것도 상고(商高).

순댓국에서 맛난 돼지 부속은 전부 숟가락으로 건져서 희선 씨 뚝배기에 넣어줄 정도였으니 그 남자는 희선 씨가 세상에서 제일로 좋아하는 시뻘건 선짓국은 당연히 입에도 대지 못했다.

반면 희선 씨는 허파와 간, 돼지 부속을 먹기 위해 순대를 먹는 쪽이었다.

정희와 준희를 임신했을 때도 새콤달콤한 과일, 냄새 안 나는 바닐라 아이스크림보다는 천엽과 소의 생간이 더 당겼다. 특히 신림동 순대타운에서 그 남자와 같이 먹었던, 막장에 푹— 찍어 깻잎에 싸 먹는 지글지글 백순대가 생각이 났다.

그 남자와 헤어진 뒤 희선 씨는 한동안 만나는 사람마다 그가 순대에서 내장을 섞는 사람인지, 안 섞는 사람인지를 유심히 봤다. 내장을 먹으면 비위가 좋고 까탈스럽지 않은 무난한 성격, 아니면 비위가 약하고 피곤한 스타일이라는 희선 씨 나름의 인간 구분법이었다.

그런데 이제 그 허파를 노파로 바꿔야 할 참이었다.

박재수 그 물건이 그런 꼬부랑 할머니, 노친네랑도 치마만 두르면 무조건 오케이, 한 이불 덮고 뒹굴 만큼 과연 비위가 좋은 인간인가?

알 수 없었다.

몸속의 피가 전부 손가락 발가락 끝으로 빠져나가는 느낌이었다.

박재수가 내장을 섞는 인간인지, 아닌지 전혀 기억이 나지 않았다.

아무래도 그동안 자신이 남편을 너무 얕본 것 같다는, 너무 풀어준 것 같다는 뒤늦은 자각이 해일처럼 밀려왔다.

멍하니 백치처럼 저 너머 잠실의 제2롯데월드타워를 바라보고 있는데 희선 씨 뒤로 남진·나훈아 트로트 메들리가 흘러나오는 카세트테이프를 크게 크게 튼 한 무리의 등산객들이 지나갔고 '공무 집행'이라는 파란색 글씨가 박힌 하늘색 조끼를 입은 젊은 남자 두셋이 따라와서 그들을 제지했다.

딱 준희 또래 남자애들이었다.

그제야 자신이 지금 왜 집으로 달려가고 있는지 생각이 난 희선 씨는 정신을 차리고 다시 뛰듯이 걷기 시작했다.

집에 돌아와 샤워기 아래에서 한바탕 냉수마찰을 한 희선 씨가 거실 바닥에 매트를 깔고 오랜만에 명상과 요가 수련에 힘쓰고 있던 그 시각, 산이 좋아 멤버들 역시 산을 내려와 늘 가던 코스대로 밥집을 가고 술집을 가고 노래방에 갔다.

그리고 자신이 아주 지독한 올가미에 걸렸다는 사실을 마침내 김 회장도 깨달았다.

위급 시 꼬리를 자르고 도망가는 한 마리 도마뱀처럼 오리 백숙집에서 나오자마자 가게 핑계를 대고 꽁지 빠지게 도망칠 작정이었으나 그걸 그냥 놔두면 올가미가 아니었다.

김 회장이 이제껏 수없이 먹고 버려온 주부들과 달리 조 여사는 단순한 똥이 아니었다. 밟았다가 발을 빼면 목숨이 날아가는 대전차 지뢰였다.

잠깐 그 위에 앉았다가 일어나는 정도면 지뢰는 터지지 않았을 텐데 하룻강아지 범 무서운 줄 모르고 그 위에 올라가 엎치락뒤치락 날뛰고 방방 춤까지 췄으니 순하게 몸 상하지 않고 빠져나가기란 아주 그른 것이었다.

김 회장은 식당에서 대각선 자리에 앉아 있는 유일한 자기

편, 배 회장을 향해 나 좀 살려달라고 눈짓, 손짓, 발짓을 다 해보았으나 이 여사 목덜미를 킁킁거리며 냄새를 맡느라 배는 배 나름대로 또 정신이 없었다.

희선 씨를 노리고 있던 대머리 독수리 구 회장은 김 여사가 식사도 같이 안 하고 팽하니 먼저 가버리자 낙동강 오리알 신세가 됐다. 남자 넷, 여자 셋으로 짝도 맞지 않았지만 구 회장은 자기 옆 빈자리가 별로 신경 쓰이지 않는 눈치였다.

이유야 간단했다. 원래 그랬으니까.

올 때마다 이 여사, 조 여사, 김 여사, 신 여사 말을 바꿔 타며 기수 놀이를 하는 다른 남자 회원들과 달리 구와 최는 언제나 한결같이 여자 회원들에게 인기가 없었다.

그래도 내가 최 선생보다는 낫지.

같은 학교 선생님이면서도 종일 운동장에 나가 땡볕 아래서 흙먼지를 일으키며 땀 흘리는 체육선생을 도덕선생 구 회장은 알게 모르게 속으로는 얕잡아보고 있었다.

최 대장 역시 김 여사가 말도 없이 집에 가버리자 크게 낙심한 눈치였다. 평소에는 짝이 있든 없든 3차 노래방까지 꼭꼭 따라가던 눈치코치 없는 양반이 온다 간다는 말도 없이 일찍 귀가한 것이다.

"아, 최 대장님 가셨네."

그 사실을 먼저 알아챈 배 회장이 그렇게 한마디 하자 다들

'어머, 그러네!', '언제 가셨대?' 하며 한마디씩 거들 뿐.

내가 산악회 회장이라면 그렇게 맥 놓고 있지는 않을 텐데.

배는 올 때마다 공을 치는 최가 한심스러웠고 이참에 산이 좋아의 연령대를 확 낮춰버릴까, 그런 생각까지 하고 있었다.

2차로 간 술집에서 조 여사가 잠깐 화장실에 간 틈을 타 김 회장은 잽싸게 도망쳤고 김 회장이 사라지자 조 여사도 더이상 거기 앉아 있을 이유가 없었다. 속상한 마음을 혜진 언니가 달래주었으면 했지만, 언니는 지금 그럴 상황이 아니었다.

집에 간다고 할 때도 흘끔 쳐다보며 조심히 가라고 한 게 다였으니까.

정말이지 **너무**했다.

그리하여 3차로 노래방에 간 멤버는 총 네 사람이었다. 이 여사와 배 회장, 윤 여사와 구 회장. 구 회장은 자기 옆에 앉아 은근히 맥주를 따라주고 과일 안주를 입에 넣어주는 윤 여사의 존재가 조금 당혹스러웠다.

윤 여사는 구 회장보다 네 살 누나였다.

"교단에 서신다면서요?"

"아이고. 네에."

여자와 어떻게 대화를 이어나가는 건지 구 회장은 잘 몰랐으나 윤 여사는 그런 사소한 결점에 일일이 신경 쓰지 않는 스타일이었다.

남자랑 대화할 생각 없으니까.

윤 여사는 산이 좋아에는 한 달에 한 번 정도만 나왔고 다른 때에는 또 다른 모임에 나갔다. 원래는 남자 회원들 물이 물고기가 살 수 없는 오폐수 직전의 5급수라 그만 나오려고 했는데 때마침 어린 김과 배가 들어와 마음을 바꾼 것이었다.

"학원 운영하신다면서요?"

옆에서 머리를 한참 굴리던 구가 겨우 생각난 윤 여사의 정보로 대화를 이어나갔고 윤은 급하게 술을 섞어 마시기 시작했다.

"왜 자작을 하시나요? 제가 따라드리겠습니다. 윤 여사님."

"회장님. 방 잡을까요?"

"네?"

"싫으세요?"

"네?"

구 회장은 바보처럼 '네?'만 연발했다.

윤 여사의 말을 이해하는 데 한참이 걸렸다. 이해가 끝나자 이게 웬 떡인가 싶었고 자기 앞에 있는 할머니가 갑자기 남자를 홀리는 밤의 여신으로 보이기 시작했다.

구 회장은 사시(斜視)였다.

대체 지금 어디를 보는 건지 알 수 없는 구 회장의 오묘한 시선과 가까스로 똑바로 마주하며 윤은 눈 하나 깜짝하지 않고 잔에 남아 있는 소맥을 전부 비웠다.

시궁창처럼 더러운 4급수 같은 남자도 술기운을 빌리면 그럭저럭 목욕과 수영은 가능한 2급수 상질(上質)로 변한다는 사실을 윤은 알고 있었다.

▲

사람과 사람, 몸과 몸, 몸의 기운과 에너지의 방향을 중시하는 이 여사와 하드웨어의 열등함을 다른 방식으로 얼마든지 상쇄할 수 있다고 믿는 가련한 배 회장이 온갖 진기 명기한 자세로 체위를 바꿔가며 '열정 없는 열정'이라는 비극의 한 테마를 실험하고 있던 그 시각, 일찍이 원효대사 해골물의 진리를 깨우친 윤 여사와 대머리 독수리는 100점 만점에 그래도 70점쯤은 되는 섹스를 끝내고 침대 위에 모로 누운 채 대화를 나누고 있었다.

키도 작고 차도 없는 대머리. 입술은 가지 물이 든 것 같은 기분 나쁜 보라색에 돈도 없고 돈 쓸 줄도 모르고 재미도 더럽게 없는 데다가 아는 척, 잘난 척, 있는 척, 허세만 부려댔지만 그래도 가끔가다 먹기에 과히 나쁘지는 않다고 윤은 나름대로 계산을 끝낸 상태였다.

그리고 오랜만에 타석에 나와 홈런까지 친 구 회장은 아까부터 계속 들떠 있었다.

좀 있으면 환갑인데 약을 먹지 않아도 얼마든지 가능하다는 게 아무리 생각해도 스스로가 너무 자랑스러워 견딜 수가 없었던 것이다.

물론 그건 절대로 홈런은 아니었지만 어쨌든 구는 그렇게 생각했다.

생각은 자유니까.

냉정하게 말하자면 그건 지면에서 30cm쯤 낮게 뜨다가 구석으로 데굴데굴 굴러간 땅볼에 불과했지만 헛스윙 대신 타석에 나와 배트로 공을 한 방 때리기는 했다는 게, 스치기는 스쳤다는 게 구 회장이 지니고 있는 남자로서의 자존심을 단박에 회복시켜줬다.

단순하긴.

하지만 그 단순함이 바로 윤이 남자들에게 바라는 유일한 거였다.

돈은 괜찮았다. 자기가 더 많으니까.

윤 여사는 이렇게 남자 인심이 좋았다.

서로 돌아가며 한 번씩 즐기고 헤어지는 이딴 너절한 모임에 나와서까지 진실한 사랑을 찾는 병신들이 윤 여사는 제일 싫었다.

전국 각지 명산을 순회하는, 회원 수가 남녀 스무 명 넘어가는 대형 산악회도 1년이 지나면 다들 한 바퀴를 돌았다. 산이 좋아는 길어봐야 6개월 나오면 볼 장 다 보는 모임. 복잡한 건 질색이었다.

그런데 희숙이가 상황을 복잡하게 만들어가고 있었다. 핏덩어리 같은 귀여운 창석이가 희숙이 년 때문에 더 이상 이 모임에 안 나올까 봐 윤은 그게 걱정이었다.

사람들에게 둘러싸여 여왕벌 행세를 하고 싶어 하는 혜진이는 여우인 척하는 곰. 요가 강사라는데 아무리 봐도 머리가 나빠서 몸 쓰는 일을 하는 것 같았다. 하지만 퀸은 스스로 선택할 수 있는 배역이 아니라 주변에서 만들어주는 자리였다.

여직 그것도 모르는 멍청한 혜진이가 데려온 희선이는 밥도 안 먹고 부랴부랴 중간에 집으로 도망친 게 정황상 신랑한테 걸린 게 분명했다.

끼리끼리 논다더니 아주 가관이었다.

그나마 여회원들 중에 신경이 좀 쓰이는 건 미연이였는데 띠동갑하고도 한참 더 나이 차가 나는 막내 동생뻘이라 신경을 쓴다는 사실 자체가 조금 민망했다.

뭐, 어차피 여기 아저씨들이랑 연애할 거 아니니까.

윤은 하나도 듣고 있지 않았지만 구 회장은 아까부터 쉬지 않고 입을 놀렸고 절반은 자기 자랑과 돈 자랑—고향인 충남 부여에 배롱나무 농원이 있다고 했다—절반은 지방 방송국에서 기상캐스터를 하며 지상파 아나운서 시험을 준비하고 있다는 막내딸 자랑이었다.

윤은 건성으로 응, 응 대꾸하며 속으로는 내내 창석이를 생각했다.

검은 비닐봉다리라도 있으면 얼굴에 씌우고 할 텐데.

불을 모두 끈 윤 여사는 아쉬운 대로 구 회장 위에 다시 올라타 모텔 상호가 박힌 베개로 구의 얼굴을 가렸다.

사실주의의 거장 콘스탄틴 스타니슬랍스키는 말했다.

〈시시한 배역은 없다. 시시한 배우가 있을 뿐.〉

박준희 군의 부친 박재수 씨는 말했다.

〈친구 따라 강남 간다.〉

모친 김희선 씨는 마트에, 부친 박재수 씨는 산에 가 있던 7월의 어느 토요일, 두 사람의 하나뿐인 아들 박준희 군은 호빠 면접을 보기 위해 친구와 함께 택시를 타고 강남역으로 이동하고 있었다.

라미네이트 비용 700만 원이 절실하게 필요했기 때문이다.

준희의 계획은 다음과 같았다.

앞으로 한 달 동안 낮에는 나라를 지키고 밤에는 호스트바에 선수로 출근을 한다. 빠르면 한 달, 늦어도 석 달 안에 위아래 앞니 12개의 라미네이트 비용을 번 뒤 깨끗하게 손을 털고 나온다. 소집 해제 전까지 살도 쫙 빼고 피부관리도 받고 연기 연습도 좀 해서 여기저기 닥치는 대로 오디션을 보러 다닌다. 그리고 곧장 충무로 데뷔! 떠오르는 별! 천만 영화! 오스카!

성공의 레드카펫!

준희는 소집해제 후 학교로 다시 복학하기보다는 얼른 현장에 나가 필모를 쌓고 얼굴을 알리고 싶었다. 반쯤은 업계관계자나 다름없는 준희가 보기에 현재 충무로 20대 남자 배우판은 역사상 유례가 없는 가뭄, 지독한 기갈(飢渴). 그러니 겨우 김선우 정도에 그간 목말랐던 대중들이 그토록 열광하는 거였다. 쯧쯧.

물론 2차까지 나간다면 그땐 그야말로 창놈이 되는 거지만 준희는 몸을 팔 생각은 없었다. 테이블만 들어가는 거라면 아무리 생각해봐도 호스트바는 배우로서 다양한 사회 경험을 쌓으며 겸사겸사 돈까지 많이 벌 수 있는 최고의 직장 같았다.

딱 석 달! 700만 원!

준희는 자신의 뛰어난 절제력에 스스로 깊은 감명을 받았다.

배우는 군인과 같아야 한다.

준희는 어디선가 주워들은 그 말이 갑자기 생각이 났다.

맞는 말이다.

사실 라미네이트 비용 말고도 배우가 되려면 이래저래 돈 들어갈 일이 많았다. 하지만 소집 해제 전까지 세금이 잡히는 합법적인 일은 할 수 없으니 남은 건 정말 이 길, 그러니까 밤일 뿐이었다.

언제나 그랬듯 자신의 든든한 지원군 김희선 씨에게 S.O.S를 쳐볼까, 그 생각도 잠깐 해봤지만 어찌 된 일인지 최근 들어 모친과 집에서 단둘이 터놓고 대화할 기회가 좀처럼 오지 않았다.

그렇다고 더 이상 맥 놓고 앉아 기다리기만 할 수도 없었다. 원래는 자신에게 왔어야 할 모든 시나리오가 선우 새끼한테 가기 전에 준희 자신이 위아래 앞니 라미네이트를 싹 하고 상쾌한 미소를 지으며 충무로 영화판에 혜성처럼 등장해야만 했다.

사실 준희는 그때까지 알바를 해본 적이 단 한 번도 없었다. 매 학기 비싼 등록금을 대느라 온갖 알바를 뛰는 같은 과 동기들과 달리 준희는 등록금은 물론이요, 용돈과 교통비까지 부모님께 받아서 썼다. 세뱃돈을 제외하면, 준희가 태어나서 처음 벌어본 돈은 국방부에서 주는 공익요원 월급이었다.

연영과 술자리에서 전설처럼 회자되는 이야기 중엔 몇 학번 위 선배가 연예계로 데뷔하는 대신 아예 일찌감치 이쪽 업계로 진출, 스폰서한테 제대로 공사를 쳐서 강남에 아파트를 몇 채나 받았다느니 하는 꿈결 같은 이야기도 왕왕 있었으나 준희는 그렇게까지 깊은 수렁에 빠질 생각은 추호도 없었다.

이건 어디까지나 용돈 벌이 삼아, 경험 삼아 하는 아르바이트일 뿐 예나 지금이나 준희의 최종 목표는 한국을 대표하는 영화배우였다.

준희는 자기가 몸을 판다거나, 성(性)을 판다고는 생각하지 않았다.

밤에 일한다는 사실은 똑같았지만 호스트바는 편의점 야간 아르바이트에 비하면 확실히 몸도 덜 고될 것 같았다. 아침에는 또 남한산성으로 출근을 해야 했으므로 자기는 절대 힘든 일은 할 수 없다고, 자기는 그런 일을 하는 사람이 아니라 예술을 하는 사람이라고 준희는 생각했다.

그냥 옆에 같이 앉아서 외로운 누님들과 대화하고 술도 좀 마시고 화기애애하게 분위기도 띄워주고 위로도 해주고 손님들이 하는 하소연이나 들어주는 일.

오는 고객들이야 어차피 다 여자들이니 고깃집, 세차장, 공사장 같은 다른 알바에 비하면 덜 빡세고 진상을 마주칠 일도 적을 것 같았다.

생각하면 할수록 세상에 이런 일이 또 없었다. 2차만 나가지 않는다면, 이건 절대로 나쁜 일이 아니었다.

돈을 꼭 어렵게 벌어야만 하는 걸까?

힘든 길은 사실 길이 아닌 게 아닐까?

면접도 보기 전에 이미 준희는 자기 안에서 자기합리화를 완성해가고 있었다.

이따 저녁에 할 일 없으면 같이 호스트바 면접이나 보러 가지 않겠냐는 친구 영준이의 연락을 받았을 때, 준희는 처음엔 냅다 미친 새끼 어쩌고저쩌고 욕부터 박았지만 친구 말을 들어보면 들어볼수록 왜 자신은 진작 이 생각을 못 했는지, 흘러간 지난 세월이 아까워서 분통이 터질 지경이었다.

게다가 영준이 녀석 하는 말이 호스트바에 오는 주 고객층은 술집에 나가는 업소 아가씨들이라고 했다. 늙고 못생긴 남자들은 돈을 한 보따리로 싸 들고 가야 겨우 만나 볼 수 있는 예쁜 여자들을 자기는 돈을 벌면서 같이 술 마시고 가벼운 스킨십까지 할 수 있다는 게 특히나 준희의 마음을 흐뭇하게 해주었다.

돈은 이렇게 돌고 도는 거였다.

추남에서 미녀로, 다시 미녀에서 미남으로.

혹은 추녀에서 곤장 미남으로.

통화를 마치자마자 준희는 책상 컴퓨터 모니터 옆에 있는 다이소 탁상거울을 들어 새삼 자신의 잘생긴 얼굴을 하나하나 꼼꼼히 들여다봤다. 좌로 우로 고개를 돌려보고 얼굴을 한껏 치켜든 채 턱에 호두 주름이 질 정도로 진하게 인상도 써봤다. 그리곤 영화 〈친구〉에 나오는 유오성처럼 목소리를 낮게 깔고 중얼거렸다. 뭘 봐?

"좋아, 좋아."

어느 각도에서 어떤 표정을 짓든 진짜 다 괜찮았다. 요즘 매일같이 산을 타느라 피부가 타고 모공이 좀 넓어진 게 신경 쓰였지만, 자꾸 보다 보니까 이전엔 없던 자신의 남자다운 매력을 배가시켜주는 플러스 요인 같았다.

준희는 같은 남한산성 공익들 중 혼자만 산을 타지 않고 얍실하게 사무실에 들어앉아 몸 편히 근무하는 서울대생 형을 떠올렸다.

그래, 그 형이 자기보다 공부 머리가 좋을지는 모르겠다. 하지만 학교 공부와 사회에서의 성공은 명백히 다른 분야가 아닐까? 공부가 꼭 정답일까?

그 형은 가지지 못한 걸 준희는 이미 갖고 있었다. 외모! 끼! 매력!

그건 돈 주고도 살 수 없는 거였다.

나의 최악은 무엇인가?

준희는 언젠가 연기수업 시간에 호랑이 선생님이 하셨던 말씀이 떠올랐다.

나의 최악은 무엇인가. 너의 최악은 무엇인가. 우리의 최악은 무엇인가.

너는 그때 무엇을 봤고 무엇을 들었고 무엇을 맛보고 무엇을 느꼈는가. 그것을 어떻게 표현할 것인가. 어떻게 관객들의 눈앞에 보여주고, 드러내고 또 숨길 것인가.

가족들 몰래 제2금융권에서 빌린 돈까지 몽땅 코인에 꼴아박아 급전이 필요하다는 같은 학교 체교과 2학년 영준이와 택시에서 내리며 준희는 강남역의 밤공기를 폐부 깊숙이 들이마셨다.

높은 빌딩, 화려한 네온사인, 수많은 사람들. 물론 그들은 아직 나, 박준희의 이름을 모른다. 하지만 곧 알게 되겠지.

무대에 오르기 직전, 온몸의 혈관 구석구석 퍼져가는 기분 좋은 긴장감. 오금이 저리고 몸속의 피가 서서히 끓어오르며 무아(無我)의 경지로 넘어갈락 말락 하는 그 배우의 맥박 속에서 준희는 참으로 오랜만에 자신이 살아있다는 기분이 들었다.

나의 최악…… 나의 최악…… 나의 최악…….

한참을 중얼거리던 준희는 곧 최악과 죄악의 발음이 거의 비슷하다는 걸 깨닫곤 금세 기분이 좋아졌다. 어찌해볼 수 없는 자신의 가혹한 운명에서 햄릿도 어린애 장난 같아지는 짙은 비극의 향기를 맡으려는 찰나, 정신을 차려보니 어느새 가게 앞이었고 걸으면서도 계속 핸드폰으로 코인 창을 들여다보느라 정신없는 영준이와 달리 준희는 이상하게 그때부터 다리가 좀 떨리기 시작했다.

▲

드디어 수술 날짜가 잡혔다. 8월 21일 토요일 오전 10시 반.

전날 점심 늦게 입원해 다음 날 오전 일찍 두 번째 순서로 수술을 받고 이틀 동안 경과를 지켜본 뒤 8월 23일 월요일 저녁 퇴원이었다.

정희는 출근하자마자 8월 20일, 8월 23일, 24일 여름 휴가계부터 올렸다. 그리고 병원 근처 가까운 비즈니스호텔에 남은 방이 있는지 찾아봤다. 하필이면 수술 날짜가 휴가철과 겹쳐 빈방이 별로 없었고 그나마 가격도 바가지였다.

가족들에게 수술에 대해 말하지 않았기 때문에 퇴원 후 곧장 집으로 갈 순 없었다. 그게 아니더라도 몸 편히, 마음 편히 지내기엔 집보다는 호텔이 나을 것 같았다.

인터넷을 뒤지며 수백 건이 넘는 자궁적출 수술 리뷰를 하나하나 꼼꼼하게 다 읽은 정희는 뭐 그렇게 심각하지는 않을 거라고, 참으로 오랜만에 자기 안에 남은 실낱같은 긍정을 몽땅 그러모아 자신의 불확실한 미래에 쏟아부었다.

조식 포함, 무료 와이파이, 스탠다드 더블. 1박에 6만 6천 원…….

지하철 4호선과 바로 연결되는 남산 자락에 위치한 이 비즈니스호텔은 리버뷰, 시티뷰, 마운틴뷰 중 한 가지를 선택할 수 있었다. 성수기라 그런지 창문 끄트머리로 한강이 손톱만하게 보이는 리버뷰 객실은 애저녁에 다 마감된 후였다.

오후 두 시. 점심 식사 후 입 밖으로 자꾸만 쏟아져나오는 기나긴 하품을 참기 위해 고군분투하는 사무실 직원들 사이에서 왼손으로 턱을 괸 채 오른손으로는 하염없이 스크롤을 내리며 정희는 남아 있는 마운틴뷰와 시티뷰 사이에서 심각하게 고민하는 척을 했다.

어차피 누워서 잠만 잘 방. 창밖으로 산이 보이든 강이 보이든 아무 상관없었지만, 한껏 예민해진 신경줄을 조금이나마 늦추기 위해선 잠깐이라도 생각을 돌릴 만한 또 다른 골칫거리가 필요했다.

요 근래 정희가 진짜 걱정하는 건 이런 거였다.

골다공증, 심혈관 질환, 요실금, 여성 탈모.

자궁적출 수술의 대표적인 부작용이었다.

정희는 양팔 저울의 한쪽에는 정수리 탈모와 골다공증을, 다른 한쪽에는 앞으로 몇 번이나 더 재발할지 알 수 없는 자궁근종 수술을 올려놓고 재고 또 쟀다.

어느덧 서른에 가까워진 정희는 생이란 좋은 것과 더 좋은 것 중 하나를 선택하는 팔자 좋은 꽃놀이가 아니라, 죽을 만큼 싫은 것과 백번 죽어도 이건 정말 아닌 것 중 최악을 버리고 차악(次惡)을 취하는 야바위 게임이란 걸 잘 알고 있었다.

차악의 다른 이름이 겨우 최선이었다. 그러나 정희는 최선을 다하고 싶었다.

시간과 비용, 가능성과 스트레스 등 여러 사항을 종합적으로 고려하며 머릿속으로 끊임없이 주판알을 튕겼지만 어떤 게 더 나은 선택인지 확신할 수 없었고 그렇다고 누군가에게 대신 물어볼 수 있는 문제도 아니었다.

기회비용 중엔 아직 존재하지는 않지만 생길 수도 있는 미래의 '아이'도 포함되어 있었지만, 잠들기 전 아무리 눈을 감고 열심히 상상을 해봐도 정희는 자신이 낳을 아기의 얼굴이 잘 그려지지 않았다.

관련 카페에 들어가 보면 '성욕 감퇴'도 꽤 자주 거론되는 심각한 고민이었지만 그건 정희와는 아무 상관없는 이야기였다. 도무지 몽타주가 그려지지 않는, 아직 태어나지 않은 자신의 아기보다도 더.

자궁적출 수술 후 자신의 파트너, 그러니까 남편의 성감 혹은 만족도가 이전보다 확 떨어져서 고민이라는 한 오십 대 중년 여성의 진지한 고민글과 그 아래 달린 응원 댓글들을 곱씹으며 정희는 조금은 아연했고 또 약간은 궁금해졌다.

그게 대체 뭐길래.

그쪽 방면으로는 아무런 경험이 없는 정희는 불혹과 지천명을 지나 환갑을 코앞에 둔 노인네들도 그 짓을 한다는 게, 결혼하고 아이도 한둘쯤 낳고 슬슬 손주를 봐서 할머니 할아버지가 될 나이에도 **그게** 끝나지 않는다는 게, 생각하면 할수록 기가 막혔다.

속이 좀 매슥거렸다.

징그러운 건가?

글쎄…… 아니?

징그러운 거랑은 좀 달랐다.

그런 생각을 골똘히 하며 퇴근해 돌아와 보니 집은 텅 비어 있었다.

24시간 박재수 씨가 점령하고 있는, 가운데 쿠션이 푹 꺼진 거실의 가죽 소파를 잠깐 바라보던 정희는 이윽고 관성에 따라 화장실에 들어가 손을 씻고 자기 방에 들어갔다.

평소처럼 갈아입을 옷을 챙기던 중 정희는 무언가 심각한 기시감을 느꼈는데 그 정체는 욕실에 들어가 머리 위에 샴푸를 하던 도중 깨닫게 됐다.

내 감자!

머리 위에 거품만 대충 물로 헹궈내고 알몸으로 욕실에서 나온 정희는 자기 방 창가로 다가갔다. 창문은 꼭 닫혀 있었다. 하지만 화분—맥주잔—은 바닥에 떨어져 산산조각이 나 있었고 정수리에 대뜸 싹이 난 못생긴 감자 한 알은 저 혼자 데굴데굴 굴러가 방구석에 면상을 처박고 있었다.

괜찮나?

아직 희망의 끈을 놓지 않은 정희가 자신의 소중한 감자를 집어 올리자 미끈한 흰 진액이 흘러나와 얇게 막을 이루고 있는 감자의 표면에서는 여름철 쓰레기봉투가 잔뜩 쌓인 가로등 옆을 지나갈 때마다 맡게 되는 지독한 썩은 내가 났다.

수건 한 장 걸치고 있는 알몸 차림의 정희는 욕지거리를 내뱉으며 감자를 도로 바닥에 던지려다가 이내 빠르게 체념했고 목욕과 감자 처리 사이에서 2초쯤 고민하다가 재빨리 베란다로 가서 걸레를 가져왔다.

▲

경쟁률이 몇백 대 일은 우습게 넘어가는 연영과 입시든 드라마, 영화, 연극판의 공개 오디션이든 소속사 캐스팅이든 합격과 불합격은 대개 2분 안에 결정이 났다.

진정성, 발전 가능성, 잠재력, 가창력, 호소력, 표현력, 연기력, 발음, 발성, 자세, 인상, 포즈, 분위기, 마스크, 느낌, 감정선, 자기만의 해석, 경험, 사유…….

그 찰나의 판단에 대해 연기학원에서는 세상에 존재하는 온갖 단어를 다 끌어와 합격생과 불합격생의 차이를 설명하기 위해 애썼지만 결국 답은 **매력**이었다.

입추(立秋)를 한주 앞둔 7월의 마지막 날.

매력도 없고 눈치도 없고 머리도 나쁜 데다가 싹수도 노랬지만 어쨌든 목소리 좋은 거지로 굶어 죽기는 죽기보다 싫었던 욕심 많은 스물두 살의 박준희 군은 사는 게 생각처럼 그리 만만치 않다는 사실을 뒤늦게나마 차차 깨달아가고 있었다.

얄팍하기 그지없었던 준희의 인생이 논현동 빡촌의 '오아시스'라는 한 호스트바에서 '밤일'이라는 생애 최초의 이스트(yeast)를 만난 것이다.

첫날 후들거리는 다리를 부여잡고 계단을 내려가 만난 지하세계는 준희의 예상과 달리 그리 심각하지도 무시무시하지도 않았다. 밤일도 결국 사람이 하는 일이었고 마담이라는 꽤 잘생긴 형이 나와서 봐준 면접도 금방 끝났다. 별거 없었다. 이름, 나이, 키, 몸무게, 지금 하는 일, 이전에 이런 일을 해본 경험이 있는지, 여자와 말을 섞어본 적이 있는지, 술은 잘 마시는지를 묻는 게 전부였다.

"잘생겼네."

거짓말 살짝 보태 살면서 수백 번도 더 들은 말이었지만 준희는 그때만큼 잘생겼다는 말이 기분이 좋았던 적이 없었다. 하지만 준희는 그날 삔또가 약간 상했는데 내일부터 출근하라며 올 때 깔창을 꼭 끼고 오라고 마담형이 준희에게만 콕 집어 말을 했기 때문이다.

같이 간 친구 영준이는 대체 뭘 처먹었는지 키가 186cm이었다. 준희는—깔창을 껴서—175cm. 준희는 자기가 절대로 작은 키는 아니라고 생각했지만 팔리려면 별수 없었고 또 내가 왜 그래야 하냐고 싫다고 개길 깡도 없었다.

그렇게 면접을 보고 첫 출근을 하고…… 쏜살같이 2주가 흘렀다.

그동안 준희는 낮에는 나라를 지키고 밤에는 몸을 파는 투잡 생활을 성실하게 이어갔다. 퇴근 후 집으로 돌아오면 좀 쉬다가 애들이랑 대학로에서 공연 준비를 한다는 핑계를 대고 나가 버스를 갈아타고 논현동으로 갔다.

어지간한 여자들 하이힐보다 높은, 5cm짜리 깔창을 두 개 낀 말도 안 되는 구두를 신고 엄마가 다려준 셔츠를 입고 (티셔츠를 입고 출근하면 욕을 바가지로 처먹었다) 그 밑에 지오다노 슬랙스를 받쳐입은 뒤 거울 앞에서 비비크림과 틴트를 떡칠했다.

그게 출근 준비였다.

가게에 달린 조명은 하나 같이 다 조도가 낮았다. 룸 안은 더 어두웠기 때문에 자연스러운 투명 메이크업을 하고 가면 너 이 새끼 이게 화장한 거냐고 마담형한테 초저녁부터 욕이나 얻어먹기 십상. 무대화장 수준으로 떡칠을 하는 게 **예의**였다.

그렇게 밤 10시까지 가게에 출근해 굴러다니는 왁스로 대충 머리를 만지고 대기실에 앉아서 밥을 시켜 먹고 형들과 쿠키런을 좀 하다가 자정 즈음 손님이 오면 초이스를 들어가는 생활의 반복.

"박은호입니다."

준희는 가게에선 예명을 썼다. 박은호는 김선우의 본명이었다.

낮에 종일 산을 타고 밤늦게 가게에 출근해 또라이 같은 손님들의 비위를 맞추고 독한 술을 마시고 앞에 나가 재롱을 떨고 같이 일하는 형들 눈치를 보고…….

피곤했다. 무지하게 피곤했다. 형들 눈치만 보는 게 아니라 사장 눈치도, 마담형 눈치도 같이 봐야 했는데 눈치는 죽도록 보지만 눈치가 없는 준희는 가게 돌아가는 시스템과 분위기에 적응하는 것만으로도 힘이 들었다.

하지만 그보다 더 힘든 건 테이블에 들어가 앉는 거였다.

분명 준희는, 아니 박은호는 객관적으로 잘생긴 축이었다. 호스트바에 출근하는 다른 선수들의 외꾸가 워낙에 처참했기 때문이었다.

하지만 안 팔렸다. 그래도 안 팔렸다.

외모가 곧장 돈으로 치환되는 세계에서 준희는 자신이 지닌 거의 유일한 장기를 제대로 써먹지를 못했다.

준희를 한 번 앉힌 손님이 다음에 또 가게에 왔을 때 준희를 다시 앉혀주질 않았기 때문에 준희의 호스트바 생활에는 발전이랄 게 없었다.

준희의 외모가 다른 선수들에 비해 준수한 편이긴 했지만 그렇다고 아무것도 안 하고 가만히 목석처럼 앉아 있는 것만으로도 손님들이 행복에 겨워 팁을 마구 날리는 그런 외꾸는 또 아니었기 때문이다.

그래도 영화배우 김선우와 마스크가 비슷해서 김선우를 좋아하는 여자 손님들이 웬 떡이냐 싶은 심정으로 준희를 몇 번 지명해 앉혔지만 여자 손님 입에서 김선우 이름이 나오자마자 준희는 표정 관리를 제대로 하질 못하고 분위기를 망쳤다.

온실 속의 화초로 호강만 하며 자란 준희는 도련님답게 비위가 약했고 끈기가 부족했으며 유약했다. 남들—특히 어머니 김희선 씨—이 자기 눈치를 보는 거에만 익숙하지 도통 남 눈치를 보거나 타인의 마음을 읽어낼 줄을 몰랐다.

준희를 면접 본 마담은 시간이 지날수록 점점 의아해졌다. 키가 좀 작긴 하지만 나이도 어리고 순해서 충분히 에이스가 되고도 남을 거라고 예상했기 때문이다.

오히려 날아다니는 건 준희가 아니라 준희 친구 영준이였다. 영준이는 체대생답게 몸이 좋았고 술도 물처럼 잘 마셨다. 코인 때문에 대부업체에서 돈을 빌린 걸 아버지에게 들키면 그 즉시 모가지가 달아날 지경이었기 때문에 영준이는 돈 앞에서 자존심같은 쓰잘데기 없는 걸 내세우지도 않았다. 웬 병신같은 가게 형들한테도 꼬박꼬박 존대를 하고 90도로 인사하며 깍듯하게 대했기 때문에 영준이의 호스트바 생활은 날이 갈수록 점점 더 편해졌다.

하지만 개가 똥을 못 끊는 법이라 대기실에 앉아 종일 대기만 하는 안 팔리는 형들에게 포커를 배운 후로 영준이는 그날 번 T.C값과 팁을 전부 판때기에 꼴아박고 있었다.

"내일 출근해서 또 벌면 되지."

걱정하는 준희더러 영준이는 그렇게 말했지만 실상 버는 것보다 나가는 게 더 많아서 결국은 매일매일이 적자였다.

가게 선수들 10명 중 두세 명은 자기가 옛날에 아이돌 연습생이었다고 꼭 구라를 쳤는데 인서울 4년제 연극영화과에 '실제로' 재학 중인 준희 입장에서는 그게 그렇게 우스울 수가 없었다. 경멸감과 조소를 미처 숨길 생각조차 하지 않았기에 그런 행동들이 또 준희를 가게 안에서 고립시켰다.

미운털이 콱 박힌 자신의 처지가 정말이지 섭섭했지만 그렇다고 딱히 상황을 타개할 만한 어떤 구체적인 액션을 취하지는 않았다.

가오가 전부인 세계에서 가오가 떨어진다는 건 자기 아버지를 죽이고 어머니와 잠자리를 같이하는 오이디푸스의 운명에 비견할 만한 대(大)비극이었지만 낮에는 나라를 지키고 밤에는 몸을 파는 자신의 인생이 사실 준희는 그렇게까지 싫진 않았다.

꽤 감미로웠다.

하지만 그건 그거고 애당초 목표했던 라미네이트 비용 700만 원을 벌려면 적어도 일흔 번은 테이블에 들어가야 했다. 도박을 하느라 영준이처럼 출근하면 할수록 마이너스를 보는 건 아니었지만 지난 2주 내내 가게에 나왔음에도 준희의 통장 잔고는 백만 원이 채 안 됐다.

하루도 빠짐없이 매일 출근한다는 가정하에 한 달 만에 손을 털고 나오려면 하루에 최소 두 테이블, 두 달 만에 손을 털고 나오려면 하루에 최소 한 테이블 이상은 초이스를 들어가야 했는데 그게 얼마나 말도 안 되는 계산이었는지 이제는 준희도, 아니 박은호도 알았다.

"답이 없네."

논현동에서 퇴근 후 곧장 산으로 출근한 준희가 가게에 놀러 와 자기 아들을 지명해 앉히는 엄마를 상상하며 킥킥대던 찰나, 거짓말처럼 누나가 시야 안에 들어왔고 전혀 예상치 못한 광경이 준희의 눈앞에 펼쳐졌다.

누나 박정희 양의 뒤꽁무니를 쫓아다니는 男子가 있었다.

제4코스

입추(立秋)를 지나며 맹렬했던 더위가 거짓말처럼 한풀 꺾였다. 8월. 과연 여름을 심하게 타는 건지 오랜만에 체중계 위에 올라가 보니 몸무게가 4kg쯤 줄어 있었다.

그날 이후로 희선 씨는 요가 교실에 나가는 걸 그만뒀다.

혜진이, 희숙이, 창석이, 최 대장 등 산이 좋아 멤버들의 연락이 오면 자연스레 피했고 별별 핑계를 대며 산이 좋아 정기 산행에도 나가지 않았다.

대신 주말에 스케줄을 바꿔달라는 마트 언니들의 부탁에는 선선히 응했다.

매달 둘째, 넷째 토요일 돌아오는 대형마트 정기휴무일에는 도리어 할 일이 없어 두 손이 망연해졌는데 그 허전함을 채우기 위해 희선 씨는 아침 댓바람부터 장롱 구석에 처박힌 묵은 이불과 베갯잇, 시트와 커튼을 뜯어다 빨고 행주를 삶아

대는 식으로 법석을 떨며 하루를 보냈다. 그러고도 시간이 남으면—시간은 항상 남았다—갈비찜, 잡채, 만두, 식혜, 꼬막, 구절판, 탕평채, LA 갈비, 김치, 나물 반찬, 약과 같은 손 많이 가는 귀찮은 음식들을 장만하거나 인터넷에서 백설탕을 포대 자루로 주문해 세상에 존재하는 온갖 종류의 과일청을 다 담가대며 몸을 혹사시켰다.

끊임없이 몸을 움직이는 것. 그리하여 머리를 비우는 것.

그게 자기 앞에 고인 시간과 미움을 흘려보내는 희선 씨만의 방식이었다.

운동도 빼놓을 수 없었다. 요가 교실에 나가지 못하는 대신 희선 씨는 집 안에서 나 홀로 요가 수련에 더욱더 매진했다. 매일 오전 2시간, 오후 2시간, 잠들기 전 1시간. 하루 5시간씩 시간을 딱 정해놓고 집에서 혼자 유튜브를 보며 요가와 명상, 마음공부에 집중했다.

양(量)이 늘 질(質)을 담보해주는 건 아니라 어느 날 유튜브 알고리즘에 의해 추천 영상으로 자동재생된 '사랑이란 무엇인가요?'라는 한 스님의 고민 상담 영상을 보다가 주책없이 눈물을 흘리기도 했지만, 어찌 됐든 시간이 약이라는 인류의 오래된 격언을 철석같이 믿으며 희선 씨는 자신에게 주어진 하루하루를 가능한 한 태연한 얼굴로 맞이하고 보내기 위해 애썼다.

쉽진 않았지만.

산이 좋아에 나가기 전에는 대체 하루를 어떻게 보냈는지, 희선 씨는 기억이 잘 나질 않았다. 매일 아침 일어나 집안일을 하고 요가 수업에 다녀오고 식구들의 끼니를 챙기고 마트에 출근했던 평온한 일상이 꼭 전생처럼 멀고 아득하게 느껴졌다.

보통 다른 집을 보면, 애들이 다 크고 겨우 한숨 돌릴 즈음이 되면 엄마들은 딸과 팔짱을 끼고 딱 붙어 다니며 모녀 사이라기보다는 단짝 친구처럼 지냈다.

쇼핑도 같이 가고 옷도 돌려 입고 화장품도 나눠 쓰는 베스트 프렌드. 딸아이가 먼저 엄마 손을 이끌고 젊은 애들 유행하는 대학가 근처 식당이나 카페 같은 데도 여기저기 같이 다닌다던데 남편복 없으면 자식복도 없다는 그 말은 참말인지 너무 별난 딸과 너무 잘난 아들을 둔 자신에게는 그야말로 그림의 떡 같은 이야기였다.

희선 씨는 지금 그 누구보다도 위로가 필요했다.

그런데 하나밖에 없는 아들은 학교 친구들과 대학로인지 명동인지에서 공연 준비를 한다며 며칠째 집에도 잘 들어오지 않았고 엄마가 이런 속 이야기를 편하게 털어놓을 수 있는 유일한 대상인 딸은 늘 그렇듯 부재중이었다.

그날 이후로 희선 씨는 매일 밤 똑같은 꿈을 꿨다.

사실 평소에 희선 씨는 꿈을 거의 꾸지 않았다. 꾸더라도 이게 꿈이라는 걸 스스로 100% 인지하는 자각몽(自覺夢) 아니면 별 내용이랄 것도 없는 개꿈을 주로 꿨으나 근래 들어 꾸는 그 꿈은 이게 꿈인지 현실인지 분간할 수 없는 지독한 생생함으로 밤새 희선 씨를 괴롭혔다.

차마 입 밖으로 소리가 되어 터져 나오지 못하는 슬픈 괴성을 으아악— 내지르며 희선 씨는 매일 새벽 비슷한 시간대에 잠에서 깼으나, 박재수 그 인간은 아기처럼 평온한 얼굴로 드르렁드르렁 코까지 골며 깊은 단잠에 빠져 있었다.

반복되는 그 꿈속에서 희선 씨와 재수 씨는 평소처럼 나란히 안방 부부 침대에 누워 자고 있었다. 그러나 낡은 부부 침대 매트리스가 흔들리는, 삐걱거리는 소음과 불길한 진동 때문에 희선 씨는 잠에서 깨어났다.

짜증이 난 희선 씨가 안방 창문 커튼 틈 사이로 밀려 들어오는 희미한 가로등 불빛에 의지해 더듬더듬 확인한 진동과 소음의 정체는 박재수, 그리고 그 위에 올라타 흘레붙은 개새끼처럼 죽어라 허리를 흔드는 희숙이 아니면 혜진이, 때로는 벌거벗은 할머니 윤 여사 혹은 그들 셋 모두였다.

정신을 차려보면 꿈속의 자신은 목이 터지도록 소리를 지르고 있었고 그 지옥 같은 비명을 전부 다 들었음에도 이미 접 붙은 남녀는 힐끔 희선 씨를 한 번 쳐다볼 뿐 하던 짓을 도

중에 멈추지는 않았다.

분노와 체념, 생전 처음 느껴보는 살의(殺意)에 목 뒤가 뻣뻣해진 희선 씨는 자신의 비명을 혹여 건넌방의 아들 준희가 들었을까 놀라 꿈속에서도 손바닥으로 자기 입을 틀어막았고 이성이 아닌 본능이 시키는 대로 그 즉시 침대에서 일어나 안방 문을 열고 부엌으로 달려갔다. 싱크대 아래칸 문을 열어 칼집에 꽂혀 있는 잘 갈린 장미칼을 빼 들고 까치발로 조심조심, 그러나 빠르게 다시 안방으로 돌아왔다.

어디로 사라진 건지 박재수 위에 붙어 있던 여자는 온 데 간 데 보이지 않았다.

백 번, 천 번, 만 번…….

때려죽이고 목매달아 죽이고 불태워 죽이고 우물에 빠뜨려 죽여 마땅한 자신의 남편, 박재수 씨를 희선 씨는 찌르고 또 찔렀다.

그제야 눈물이 흘렀다.

꿈속의 희선 씨는 눈물을 흘리면서도 박재수 씨의 가슴팍과 복부, 얼굴과 목, 귀와 성기, 눈과 코, 입속의 혀 따위를 찌르고 난도질하기를 멈추지 않았다.

그건 살인도 뭣도 아니었다. 거의 무당의 접신(接神) 비스무리한 경지였다.

무아지경에 빠져 있는 희선 씨를 일깨운 건 정희였다.

꿈을 꾸면서도 꿈속의 희선 씨는 준희가 아니라 정희 너라서 참으로 다행이라고, 어서 이 가여운 어미를 위로해달라고 딸에게 빌었다. 그러나 그 애원은 입 밖으로 말이 되어 터져 나오지 않았다. 꿈속의 희선 씨는 재수 씨를 요령 없이 찔러대느라 휘어버린, 무딘 장미칼을 들고 눈짓으로 손짓으로 딸아이에게 말을 걸었으나 옷가지 하나 걸치지 않은 나신(裸身)의 딸아이는 평소처럼 아무 말 없이 그 난장판을 가만히 응시할 뿐이었다.

점점 더 커다래지는 정희의 입.

정희의 이목구비가 모두 사라지고 그 자리에 커다래진 입 하나만이 가득 들어차면 방 안 가득 여자들의 높고 낮은 웃음소리가 사방에서 돌림노래처럼 들려왔고 그러면 비로소 악몽에서 깰 시간이었다.

잠에서 깬 희선 씨의 옆자리에는 꿈에서 본 것과 똑같은 모양으로 재수 씨가 팔자 좋게 잠들어 있었고 흉몽에 시달리느라 진이 다 빠진 희선 씨의 겨드랑이와 이마, 목덜미, 등판에는 진땀이 다 배어나 있었다. 동틀 무렵이 돼야 겨우 잠시 눈을 붙일 뿐 희선 씨는 쉬이 다시 잠들지 못했다.

내가 그렇게 **죽도록** 소리 질렀는데.

제발 나 좀 살려달라는 간절한 비명이 바로 옆자리에 누워 한 이불을 덮고 잠자는 박재수는 물론이요, 건넌방에 잠들어 있을 자신의 소중한 피붙이, 준희와 정희에게도 가닿지 않는다는 사실이 희선 씨를 외롭게 만들었다.

아침이 오면 희선 씨는 다시 평온과 무료를 열심히 가장했다. 요가를 하고 명상을 하고 아침밥을 차렸다. 세탁기를 돌리고 청소기를 돌리고 설거지를 했다.

평소 꿈을 거의 꾸지 않아 해몽에 대해서도 문외한인 희선 씨도 꿈이 무의식의 반영이라는 일반 상식 정도는 알고 있었다.

언젠가 여고 동창 모임에 갔을 때 남편의 외도 사실을 우연히 알게 된 친구 하나가 술기운을 빌려 한 말이 갑자기 기억이 났다.

애들 때문에 용서하고 다 잊은 척 같이 살지만, 솔직히 지금도 밤이면 부엌에서 식칼을 가져와 잠든 그이를 마구 찌르고 싶다고.

한 번 듣고 잊어버린 줄 알았던 친구의 말 한마디가 지금까지 자신의 무의식을 내내 지배하고 있었던 거다.

생각하면 할수록 꿈의 요소요소들이 모두 다 불길했다.

정희의 그 큰 입은 대체 무엇인가. 정희는 왜 또 알몸인가. 오늘 밤도 그 꿈을 꿀 것인가. 왜 나만 이 고통을 받아야 하는가.

대체 **왜. 왜. 왜.**

그러면 또다시 흐트러진 마음을 가다듬기 위해 희선 씨는 어젯밤 꿈속의 재수 씨를 수없이 찌른 바로 그 장미칼로 식구들이 먹을 갈비찜에 들어갈 당근과 양파의 모서리를 둥글게 둥글게 깎았다. 표고버섯 위에 십(十) 자 모양으로 칼집을 내고 대파와 쪽파를 다듬고 갈비를 잘랐다.

푸우푸우— 소리를 내며 빙글빙글 돌아가는 압력밥솥 꼭지를 바라보던 희선 씨는 꺼멓게 죽은 얼굴로 힐끔 자기 핸드폰을 확인했다.

혜진이랑 싸웠는지 바로 그날부터 희숙이는 매일 '언닌 그래도 내 맘 알 거야'로 시작하는 장문의 문자 메시지를 하루도 빼놓지 않고 보내왔다.

아아—

그저 울고 싶을 따름이었다.

굴러온 돌이 박힌 돌을 뺀다.

8월 첫째 주 산이 좋아 정기산행은 신 여사, 김 여사, 최 대장, 구 회장 등 불참자가 너무 많아 뒤로 미뤄졌다. 고래(古來)

로 전투에서 승리한 명장군들이 항상 야음을 틈타 적의 진지를 습격했듯, 이 틈을 놓치지 않고 배 회장 배종혁 씨는 산이 좋아 산악회 회장 자리에 대한 자신의 야심을 만천하에 드러냈다.

배 회장의 목표는 이러했다.

하나, 산이 좋아 남자 회원들을 오직 자신의 사람들로만 채울 것.

둘, 회원들의 연령대를 확 낮출 것(여자는 70년생 아래로만 가입 가능).

셋, 깜냥 안 되는 최 대장 대신 자신이 대장이 되어 호형호제하는 형 동생들과 같이 아리따운 미녀 회원들을 여럿 거느리며 아름다운 자연 속에서 아싸리 호연지기를 기를 것.

그러기 위해선 우선 판을 다시 짜는 게 먼저였다.

최 대장과 같은 학교 동료인 구 회장은 자기보다 무려 열한 살이나 형님이었으나 이제까지 어디 가서 음료수 한 잔 사는 꼴을 한 번도 못 봤다. 탈락. 최 대장과 국민학교 동창이라는 박 회장도 월급쟁이답게 짠돌이이긴 마찬가지였지만 사람이 어리숙하고 멍청하기 짝이 없어서 여자 회원들 앞에서 자신을 돋보이게 할 용도로 하나쯤 데리고 다니는 건 나쁘지 않을 것 같았다. 보류.

그때 창석이가 조 여사 그 거머리 아줌마 좀 떼어내게 제발 좀 도와달라고 읍소했던 게 퍼뜩 생각이 났고 배 회장은 박재수라는 장기판 위의 말 한 마리를 쓱 밀어 그 미친 아줌마를 처리하는 용도로 쓰면 어떨까, 그의 쓸 만한 용도를 하나 발견해냈다.

캬—

불법도박과 여자 문제로 삼 년 전 와이프에게 이혼당하고 애들까지 뺏겨 혼자 시장 근처 원룸촌에서 자취하는 배 회장은 24시 편의점에서 사 온 맥주 두 캔에 노가리를 씹으며 자신의 뛰어난 전략가적 면모에 감탄을 금치 못했다.

그리하여 8월, 산이 좋아의 첫 번째 비정기 산행은 구 회장과 최 대장을 제외한 전회원들에게 통지가 됐고 시어머니가 편찮으셔서 나올 수 없다는 김 여사, 김희선 씨와 여동생이 애를 낳아 고향에 내려와 있다는 신 여사를 제외한 나머지 회원들이 속속 참석 의사를 밝혀왔다.

김희선이가 나오지 못한다는 게 배 회장은 퍽 아쉬웠다. 다른 여자들이랑 뭔가 달라도 좀 다른 것 같은 그 아줌마에게 호기심이 좀 동하던 차였으니까.

아쉬운 마음에 혀를 쯧, 하고 차며 나머지 회원들의 연락을 기다리는데 이번엔 신 여사까지 못 나온다고 하자 배 회장의 기분은 완전히 다운됐다.

몇 달째 산이 좋아에는 코빼기도 안 비추는 우리 신 여사,

미연이. 꽃피는 춘삼월에 한 번 보고 이젠 그 이쁜 얼굴도 다 까먹을 지경이었다.

신 여사도 안 나오고 김 여사도 안 오는데 다 늙은 윤 여사는 또 눈치코치 없이 나온다는 게 특히나 배 회장을 열 받게 했다.

"형. 형. 그 할머니가 돈이 그렇게 많대."

잔뜩 기대감에 부푼 창석이의 들뜬 목소리가 귓전에서 들리는 것 같았지만 배씨 집안 사대 독자로 귀하게 떠받들여 자라느라 원체 비위가 약한 배 회장은 여자 취향이 까다로웠다. 돈을 수레로 갖다 줘도 할머니는 **노(NO)!**

절대로 싫었다.

첫술에 배부르랴. 내일 모임에서는 자신의 지지세력을 다시 한번 확인하고 최 대장에 대한 회원들의 평판이 어떤지 물밑 작업부터 들어가야겠다고, 배 회장은 나름대로 계획을 짰다.

무엇보다 조 여사 그 거머리를 박재수한테 붙여주고 대충 이 여사와 윤 여사는 집에 보내고 창석이랑 둘이 내려와 어디 가서 소주나 한잔해야겠다고 배 회장은 자신의 뾰족해진 마음을 그럭저럭 다스렸다.

"소주는 창석이 새끼 보고 사라고 해야겠다."

서로 죽고 못 살며 의자매처럼 꼭 붙어 다니던 이 여사와 조 여사의 관계가 아주 사소한 이유로 틀어져버렸다는 사실을 여직 모르는 가련한 배 회장은 한 치 앞도 모르는 자신의 운명을 향해 의기양양한 표정을 지어 보였고 그렇게 상황은 점점 더 예상치 못한 방향으로 흘러가고 있었다.

▲

대가리가 깨질 것 같았다. 심한 갈증과 요의(尿意)를 더 견디지 못하고 마침내 박재수 씨는 잠에서 깨어났다. 눈을 뜨자 보이는 건 익숙한 자기 집 안방이 아닌 낯선 천장. 옆에 등을 돌리고 누워 있는 사람 역시 정희 엄마 김희선이 아닌, 생전 처음 보는 낯선 여자였고 그 여자도 자기처럼 벌거벗은 채였다.

오줌보가 터질 것 같았다. 머릿속이 복잡했지만 지난 밤 진한 숙취로 인해 아무리 짱구를 굴려도 상황 파악이 잘되지 않았다.

실오라기 하나 걸치지 않은 알몸으로 겅중겅중 화장실로 뛰어들어간 박재수 씨는 오줌을 쌌다. 오줌은 끊길 듯 끊길 듯하면서도 끊기지 않고 계속 이어졌다. 부르르 몸을 떨며 박재수 씨는 차근차근 어젯밤 일을 정리해보려 했지만 아무것도 기억나지 않았다. 블랙아웃. 태어나서 머리털 나고 처음 겪어보는 필름 끊김이었다.

필사적으로 방광을 비우고 눈을 껌뻑이던 박재수 씨는 짝짝 소리가 날 정도로 세게 두 손으로 자신의 뺨을 연거푸 때렸다. 제발 좀 돌아와라! 정신아!

왜인진 모르겠는데 이상하게 자꾸만 뒤가 구렸다.

이거 아무래도 촉이…….

자기 팔에 얼굴을 파묻고 엎드려 잠들어 있는 여자는 머리카락이 귀신처럼 길어서 누군지 얼굴을 확인할 수 없었다. 신원 확인은 관두고 그냥 모른 척 재빨리 바지만 꿰어 입고 집으로 도망칠 작정이었던 박재수 씨는 그러나 화장실 문을 열고 나가자마자 딱 걸리고 말았다.

"일어났어요? 오빠?"

침대에 앉아 물을 마시고 있는 그건, **올가미**였다.

▲

같은 시간 바로 옆방에서도 비슷한 사건이 벌어지고 있었다. 다만 차이가 있다면 배 회장보다 윤 여사가 먼저 잠에서 깨 배 회장이 일어나길 기다리고 있었다는 것뿐.

"어, 일어났니?"

화장대 거울 앞에 앉아 다리를 꼰 채로 핸드폰을 보며 담배를 피우고 있던 윤 여사는 얼빠진 배 회장의 얼굴을 흘끔 쳐다볼 뿐, 그 밖엔 가타부타 더 말도 없었다.

다행인지 불행인지 배 회장은 옆방의 박재수 씨와 달리 블랙아웃은 아니었다. 일어나자마자 냅다 삼십육계를 할 타이밍은 이미 놓친 것 같고 두 손바닥으로 얼굴을 벅벅 비비며 배 회장은 다시 침대에 벌러덩 드러누워 낯선 모텔 천장을 응시했다.

어쩌다 내 꼴이 이렇게 됐을까.

요리조리 뱀 눈깔을 굴리며 생각해보니 떠오르는 장면이 몇 개 있었다.

어제 낮부터 이 여사와 조 여사는 이상하게 아무 말이 없었다. 조 여사는 평소 데면데면했던 윤에게 찰싹 달라붙어 아양을 떠는 식으로 언니 이 여사의 속을 뒤집었다.

다행히 그 거머리를 창석이에게서 떼어내 박 회장 옆에 붙여주는 것까진 그럭저럭 성공했으나 산 아래 막국수 집에 가서 다 같이 반주로 소맥을 한잔 걸치고 그 후 2차로 간 노래방에서 이 여사와 조 여사가 어떤 징조도 없이 대뜸 서로 머리채를 붙들고 노래방 바닥을 구르는 것까진 어떻게 할 수가 없었다.

밖에 나가 통화를 하고 노래방으로 들어오던 창석이는 문틈으로 그 꼴을 보더니 꽁지가 빠지게 도망을 쳤고 두 여자 중 그나마 말이 통하는 상대인 이 여사를 윤 여사와 자신이 붙잡고 열심히 어르고 달래 택시를 태워 일단 집으로 귀가시켰다.

길길이 날뛰는 조 여사는 그때까지도 눈이 거의 반쯤 뒤집혀 있었다. 박재수가 양팔로 뒤에서 포박하다시피 해서 겨우겨우 이 여사 위에서 난리를 치는 걸 떼어냈다.

성난 짐승을 다루는 사육사.

짐승답게 두 여사님은 서로 욕지거리 한 번 하지 않았다. 빙글빙글 돌아가는 노래주점 미러볼 아래, 말없이 쌕쌕거리는 두 여자의 거친 숨소리만이 들렸다.

이제까지 시장 바닥에서 구르며 별의별 꼴을 다 봤지만 이 정도의 진한 살의(殺意)를 생전 처음 목격한 배 회장은 오금이 다 얼어붙었다.

조 여사 남편을 건드렸나?

배 회장이 알기로 아줌마들 사이에서 저만큼 뚜껑이 날아갈 일은 그것뿐이었다.

체급 차이가 꽤 났기 때문에 통통한 조 여사 밑에 한참 깔려 있던 말라깽이 이 여사는 반쯤 초주검이 되어 있었다. 분을 참지 못하기는 이 여사도 마찬가지였지만 감히 조 여사에 비할 바는 아니었다. 이 여사가 택시를 타고 귀가한 후에도 한동안 조 여사는 엄청나게 흥분해 있었다.

옆에서 말리는 박재수를 무시하며 조 여사는 술을 물처럼 마시고 또 마셨다. 그러다 자기가 혜진 언니한테 너어무 서운하다는 같은 이야기를 스무 번쯤 반복하며 티슈에 대고 눈물을 질질 짰다. 그러다가 갑자기 혼자 흥에 겨워 낄낄거리더니 앞에 나가 왁스와 박정현 노래를 부르기를 몇 차례 반복했다. 그리고 다시 술, 이야기, 눈물, 왁스, 박정현, 술, 이야기, 눈물, 왁스, 박정현…….

조 여사는 중간이 없는 사람이었다.

그리고 남은 사람들끼리 술을 좀 더 마시다가…… 그러다가…….

'차라리 조 여사를 집에 보내고 이 여사를 남겼다면 나았을까?'

물론 배 회장은 미친 거머리 조 여사도 싫었고 늙은 할머니 윤 여사도 싫었지만 특히 그중에서도 이 여사, 이혜진이가 죽도록 싫었다. 조 여사한테 일방적으로 얻어터지는 걸 보며 솔직히 좀 통쾌하기도 했다.

한 번 먹어봐서 또 먹기 싫다는 게 아니다.

일전에 자신과 같이 한 잠자리가 기대 이하라는 티를 숨기지 않아서 배가 지닌 남자로서의 자존심을 이 여사가 단박에 박살을 내버렸기 때문이다.

멍청한 년.

남자의 자존심을 건든 여자에게 돌아갈 말은 그뿐이었다.

평소 여자들에게 매너 좋기로 시장 바닥에서 소문난 배 회장은 이 여사에게 걷잡을 수 없는 분노와 파괴 욕구를 느꼈다.

'그래도 할머니는 아니지.'

여기까지 생각한 배 회장은 침대에서 벌떡 일어나 냉장고로 걸어가 생수를 찾아 달게 마셨다. 마셔도 마셔도 자꾸만 목이 탔다. 혼란스러웠다.

그래, 뭐 이미 이렇게 된 거 어쩌냐. 무를 수도 없는 거.

배 회장은 이제껏 살아오는 동안 늘 그랬듯 이번에도 그냥 뻔뻔해지기로 했다.

할머니한테 몸 보시(布施) 한 번 했다 치자. 어차피 기억도 안 나는데.

"안녕히 주무셨어요?"

그러자 핸드폰을 보고 있던 윤 여사는 배 회장의 말간 얼굴을 빤히 들여다봤다.

잠시 방 안엔 정적이 흘렀고 픕, 하고 웃은 윤 여사는 왼손으로 자기 입을 가리더니 아무 말 없이 화장대 위의 핸드백을 챙겨 방을 나갔다.

퇴근 후 집으로 돌아온 정희는 간단하게 짐을 쌌다. 세면도

구와 수건, 갈아입을 속옷과 양말, 핸드폰 충전기와 읽을 책, 화장품과 슬리퍼, 물통, 물티슈, 휴지, 머리빗.

토마스 만의 〈마의 산〉과 진 리스 〈광막한 사르가소 바다〉 사이에서 고민하던 정희는 가방 무게를 생각해 후자를 골랐다.

이 더운 날씨에 불 앞에서 잡채를 만들고 있는 모친에게는 친구들과 부산으로 여름휴가를 떠날 거라고 해뒀다. 나름 고심해서 준비한 알리바이였다.

"그래?"

그러나 그뿐. 김희선 씨는 그 이상 더 묻지 않았고 정희도 더 말하지 않았다.

근래 들어 어머니 김희선 씨의 얼굴이 눈에 띄게 해쓱해 보이는 것 같았지만 정희는 그저 올여름 더위를 심하게 타는가 보다, 대수롭지 않게 여겼다.

자신의 몸에 대해서도, 아랫배 깊숙한 곳에 자리 잡은 달걀만 한 크기의 **그것**에 대해서도 쭉 그런 태도를 견지하고 싶었지만 그게 말처럼 쉽진 않았다. 어찌 됐건 태어났을 때부터 한평생 몸 안에 지녀온 장기, 그것도 생식 기관 하나가 며칠 후면 통째로 사라진다는 게 정희를 자꾸만 생각에 잠기게 했다.

그러나 주사위는 던져졌다. 대학 졸업 후 몇 년 동안 부어온 적금과 얼마 안 되는 비상금, 지난 몇 달간 짬짬이 교정 교열 아르바이트를 해 번 돈까지 정희는 결심 한 가지를 실행하는 데 모두 쏟아부은 참이었다.

가족들에게는 수술 사실을 말하지 않았다.

정희는 성인이기 때문에 보호자 동의가 필요하지 않았다. 인터넷으로 이미 관련 내용을 다 찾아본 정희는 부모님은 두 분 다 지방에 계시며 남동생은 지금 군대에 있다는 거짓말로 그럭저럭 상황을 빠져나갔다.

하지만 그럼에도 불구하고 병원 측에서는 문제가 생겼을 때 당장 이곳으로 와줄 수 있는 보호자의 연락처를 요구했다.

교우관계랄 게 거의 없고 대학 시절 그나마 친하게 지내던 몇몇 친구들과도 졸업 후 각자 먹고살기 바빠 자연스레 멀어진 터라 정희는 급할 때 한달음에 달려와 줄 지인이 단 한 명도 없었다.

데스크 앞에서 핸드폰을 뒤져보는 시늉을 하던 정희는 오십 명이 채 안 되는 이름들 사이에서 잠시 고민하다가 반쯤은 충동적으로 오 병장, 오승일의 이름과 전화번호를 적어냈다.

별다른 뜻은 없었다. 최근 연락 기록에 가장 많이 뜨는 이름이 그였기 때문이다.

「오늘 오후에 소나기 온대요. 우산 꼭 챙기세요, 정희씨! :)」

「점심은 드셨나요?? :) 오후 근무도 화이팅입니다!」

정희가 답장을 보내지 않아도 매일 꼬박꼬박 정해진 규칙처럼 오 병장은 아무 내용이랄 게 없는 안부 메시지를 보내왔다. 보통 하루에 한 번이었고 어느 날은 아침에 한 번, 오후에 한 번. 본적은 없지만 아무래도 달력에 표시해놓고 상대방이 부담스럽지 않을 만큼 적절히 빈도수를 조절하는 모양이었다.

이성 교제 경험이 전혀 없는 정희도 그게 관심의 표현이란 건 알았지만 자기보다 서너 살 어린 공익근무요원의 잠깐 그러다 말 문자놀이까지 신경 써주기엔 자기 앞에 산재한, 지금 당장 해결해야 할 문제들이 너무 많았다.

"어떤 관계이신가요?"

"직장 동료요."

8월 20일 금요일. 정희는 전날 싸둔 짐가방을 들고 혼자 집을 나섰다.

어머니는 안방에서 요가 중, 아버지는 출근, 동생은 대체 휴무일이라 자기 방에서 늘어지게 늦잠을 자고 있었다. 정희는 식구들 중 누구에게도 인사하지 않고 조용히 현관문을 나섰다. 자기 방문을 열기 전엔 습관처럼 감자꽃이 있는 책상 앞 창가를 한 번 돌아봤으나 그곳엔 이미 아무것도 없었다.

아파트 단지를 빠져나온 정희는 큰길가에서 한 손으로 택시를 잡았다. 언제였던가. 삼 년 전 대학병원에서 세 번째로 자궁근종 수술을 받고 퇴원하면서 탄 이후로 정희는 택시가 처음이었다.

뒷좌석에 타자마자 가방을 살짝 열어 물건을 모두 제대로 챙겼는지 습관적으로 다시 체크하며 정희는 이 짓도 이젠 정말 끝이라고, 자기도 모르게 중얼거렸다.

"네?"

택시기사가 백미러를 통해 눈을 맞춰오며 자기에게 말을 건 건가, 질문했지만 정희는 그 말을 못 들은 척하며 말없이 창밖을 응시했다.

그리고 8월 21일 토요일 오전 10시 30분, 정희는 수술실에 들어갔다.

▲

땀에 흠뻑 젖은 채로 몸부림을 치며 눈을 떴을 땐 창밖으로 해가 지고 있었다.

또 **그 꿈**이었다.

악몽에서 깨어난 정희는 제일 먼저 오른손으로 자신의 목언저리를 조심스레 쓰다듬어봤다. 거울 앞에 서면 정체를 알 수 없는 붉은 손자국이 선명하게 눈에 보일 것만 같았다. 자는 동안 자기도 모르게 흘린 눈물이 관자놀이를 타고 귓구멍으로 들어가 양 귀가 다 먹먹했다.

나이가 어려서 다른 환자들에 비해 수술 후 회복이 빠른 편이긴 했다.

그러나 병(病)은 사람을 약하게 만들었다. 정희는 사람이었다. 수술을 후회하는 건 아니었지만 정희는 지금 사람이 고팠다.

누군가의 애정, 따뜻한 말 한마디, 걱정 어린 눈길과 손길 한 번이 이토록 절실했던 적이 있었던가.

1박에 6만 6천 원, 명동역 근처 비즈니스호텔의 가장 싼 스탠다드 트윈룸에는 정희 혼자였고 지금 여기에 자기가 혼자 누워 있다는 사실을 아는 사람이 이 세상에 정희 말곤 아무도 없었다.

이야기하고 싶었다. 말하고 싶었다.

누구라도 좋으니, 자신에게 오늘 어떤 일이 일어났는지, 지금 어떤 기분인지 아무나 들어주는 사람만 있다면 쉬지 않고 밤새도록 했던 말을 또 하고 또 하며 마구 떠들고 싶었다. 그리하여 풀려나고 싶었다. 이미 흘러간 일들로부터, 이제 다시 돌아갈 수도 바꿀 수도 없는 고정된 과거로부터 훌훌 자유로워지고 싶었다.

빈궁마마.

연년생으로 줄줄이 아들만 셋. 거기에 큰아들(아줌마들이 자기 남편을 이르는 말이었다)까지 아들 넷을 혼자 키우느라 자기 몸이 망가지는 줄도 몰랐다는, 푼수끼 넘치는 한 40대 중년 아줌마의 자궁적출 수술 후기가 갑자기 떠올랐다. 당시에는 그 천박한 표현을 보고 눈살을 찌푸렸는데 이제 와 생각해보니, 웃겼다.

인터넷을 돌아다니며 수없이 많은 후기 글을 읽어본 결과, 자궁적출 수술을 결심하고 실행하는 사람들은 이미 자녀가 하나 이상 있는 중년 여성들이었다.

스물아홉. 아직 결혼도 하지 않고, 아이도 없는 정희가 수술 의사를 밝혔을 때 의사는 다양한 의학적 근거와 부작용 사례를 들며 정희를 설득하고 또 설득했다. 하지만 굳게 먹은 그 마음이 길어야 삼십 분쯤 되는 상담으로 바뀔 리가 없었다.

낯선 천장을 가만히 응시하며 누워 있자니 이런저런 잡념과 상념들이 파도처럼 밀려왔다가 다시금 사라지기를 수없이 반복했다.

당장 호텔 방의 벽에라도 대고 중얼중얼 혼자 지껄이고 싶은 그 충동을 겨우 참아내며 정희는 침대에 누운 채로 손만 뻗어 협탁 위에 벗어둔 안경을 찾아 썼다.

이틀 동안 꺼둔 핸드폰 전원을 켜자 스팸 메시지 몇 통과 보험 자동이체 출금을 알리는 문자 한 통, 평소와 별반 다를 것 없는 오 병장의 애매한 안부 메시지가 두 통 와 있을 뿐이었다.

입에서 신맛이 났다. 배도 좀 고팠다. 침대에 누운 채로 핸드폰으로 죽을 배달시키려던 정희는 수술 후 자꾸 걸어 다니고 몸을 움직여야 회복이 더 빨리 된다는 의사의 말이 기억나 귀찮지만 천천히 몸을 움직여 자리에서 일어났다.

▲

호스트바에서 돈을 버는 건 잘생긴 선수가 아니라 입을 잘 터는 선수였다. 준희는 그게 어쩐지 좀 **불공평**하다고 생각했다.

박재수 씨 일가의 막내아들 박준희 군은 그 무렵 호스트바 일에 대해 회의감만 가득했다.

포기하고 싶었던 거다. 늘 그래왔듯이.

준희의 예상과 달리, 벌써 한 달 가까이 오아시스에 출근했으나 돈은 돈대로 모이지 않았고 몸도 어마어마하게 고됐다. 낮에 산을 타느라 밤에 출근해서는 몸이 피곤해 제 기량을 온전히 펼칠 수가 없었고 술도 잘 들어가지 않았다. 그리고 또 아침이 되어 산으로 출근을 하면 전날 가게에서 받은 스트레스와 숙취, 수면 부족 때문에 근무 중 사소한 실수를 자꾸만 연발했다. 말 그대로 산 넘어 산. 점입가경.

이쯤 되니 사람들에게 술을 팔고 웃음을 판다는 게 그리 만만치 않다는 걸, 세상을 물로 보던 박은호 씨도 인정할 수밖에 없었다. 쉽게 많은 돈을 버는 일이란 세상에 없었다.

지난주 주말 출근으로 대체 휴무였던 8월의 어느 화요일, 자기 방에서 아무 생각 없이 인터넷을 하고 있던 준희는 또 친구의 연락을 받았다. 영준이는 아니고, 같은 과 동기 중 두 놈이 이달 말에 입대를 하니 학교 근처에 호텔방을 잡고 밤새 술이나 먹자는 거였다.

「선우형도 올 수도?」

그 밑으로 '와 대박' 같은 속 모르는 동기들의 카톡이 주르르 이어졌고 그걸 가만 지켜보던 준희도 드디어 생각이라는 것에 잠길 수밖에 없었다.

내가 왜 돈을 벌려고 했지?

이유야 어떻든 간에 연예계에 발을 들이면 과거에 호스트바에서 잠깐이라도 일을 했다는 사실은 치명적인 독화살이 되어 돌아올 게 뻔했다. 소문은 끈질겼다. 진실을 아주 약간이라도 포함하고 있는 소문일수록 더 그랬다.

근데 그 위험을 다 감수하고도 내가 왜 돈을 벌려고 했지? 라미네이트? 그러면 대출을 받는 방법도 있고 다른 일도 많은데 왜 하필이면 호스트바에 출근했지? 배우로서 다양한 경험을 쌓겠다고?

정말?

스폰서, 데뷔, 돈, 김선우 같은 몇몇 단어가 준희의 작은 머리통 속에 떠올랐다가 금세 다시 가라앉았다. 준희는 돈을 많이 벌고 싶기도 했지만 쉽게 벌고 싶었다. 하지만 세상에 공짜는 없었다. 여기까지 생각한 준희는 대가리가 깨질 듯이 아팠다. 준희는 정희가 아니었다. 본디 준희는 생각을 깊게, 오래 하는 스타일이 아니었다.

복잡한 현실을 잊는 데는 그저 술, 술, 술, 술이 제일이었다. 선우 새끼가 올 수도 있다는 게 좀 꺼림칙했지만 준희는 자기도 가겠다고 단톡방에 참석 의사를 밝혔다.

학교 앞 곱창집에서 먼저 1차를 하고 호텔 1층에 있는 편의점에 들려 동기들과 소주와 맥주, 막걸리, 과자와 기타 씹을 안줏거리를 신나게 고르던 준희는 전혀 예상치 못한 사람과 맞닥뜨렸다.

다 죽어가는 몰골로 편의점에 들어오는 여자는 다름 아닌 자기 누나였다.

"친구들이랑 놀러 간다며? 제주도 간다 하지 않았어?"

근처 카페 테이블에 마주 앉자마자 준희는 그렇게 물었다.

제주도가 아니라 부산이었지만 그런 대꾸를 할 여력이 정희에겐 없었다.

꼭 어디 끌려가서 몇 날 며칠 고문을 받다가 방금 풀려난 사람 같았다. 그런데도 억지웃음을 짓는 꼴을 보자 준희는 원래도 답답했던 속이 더 답답해졌다.

곰탱이.

준희는 다른 여자들처럼 약삭빠르고 계산적이지 못한, 곰 같은 자기 누나가 참으로 걱정이 됐다.

"그게…… 그렇게 됐어."

한참 만에 입을 열더니 한다는 말이 겨우 그거였다.

"며칠 전에 수술 받았어."

"또? 아…… 그, 그 배 수술?"

누나 앞에서 차마 '자궁'이라는 단어를 입에 올리기가 뭣했다.

"응."

"괜찮아?"

"응."

정희는 그 이상 더 말하지 않았다. 그럼 왜 집으로 안 가고 밖에서 이러고 있냐는 남동생의 질문엔 엄마 아빠한테 절대로 말하지 말라고 하는 게 다였다.

"걱정할 테니까."

좋게 말해 감수성이 풍부하고 나쁘게 말해 충동적인 구석이 있는 준희는 그 말 한마디에 갑자기 눈물이 흐를 것 같았다. 하지만 울기엔 쪽팔렸다. 누나가 효녀인 줄은 알았지만 이 정도일 줄은 몰랐다.

그에 반해 자신은 어떤가?

그런 날카로운 자각(自覺)이 새삼 준희를 더욱 부끄럽게 만들었다.

"응…… 나 말 안 해. 절대로……."

"그래. 착하다."

장마철 막힌 수문(水門)을 개방하듯 곧 터져 나올 것 같은 주책스러운 눈물을 참느라 준희는 이제 목소리도 갈라져서 잘 나오지 않았다.

'배 수술'로 대충 퉁 쳐진 반쪽짜리 진실을 철석같이 믿은 준희는 그저 자기 누나가, 그리고 평생 일만 하며 호강 한 번 못 해보고 고생만 한 자신의 어머니 김희선 씨와 아버지 박재수 씨, 그리고 더 나아가 그들의 자식인 자기 자신까지 제 식구들이 가여워서 어쩔 줄을 몰랐다.

"누나…… 아프지 마."

혈육의 진심 어린 한마디에 정희의 굳은 마음도 봄날, 나뭇가지 위에 막 피어오른 새순처럼 여리고 연약해졌으나 그렇다고 해서 철딱서니 없고 입이 가벼운 동생에게 진짜 진실을 말할 생각은 추호도 없었다.

금세 정희는 다시 원래의 무표정한 얼굴로 돌아왔다. 그러나 준희는 금방 끝날 것 같지가 않았다. 아직 환자인 정희는 피곤했고 배도 고팠다.

미안하지만 이제 좀 그만 울어도 되지 않나.

준희의 풍부한 감수성에 정희는 문득 진저리가 쳐졌다.

준희가 아기처럼 울음 끝을 길게 늘이며 딸꾹질을 할 때마다 입 밖으론 술 냄새와 고기 냄새가 끼쳤다. 술을 먹으면 우는 게 주사인가 보다, 이날 이때껏 같이 술을 마셔본 역사가 없는 정희는 속으론 그런 생각을 했다.

얼른 호텔 방으로 돌아가서 밥을 먹고 쉬고 싶었다.

적당히 좀 더 기다려준 정희는 아직 울고 있는 앞자리 남동생의 어깨를 툭툭 치고 일어나 찻값을 계산하고 먼저 카페를 나섰다.

그냥 시켜 먹을걸. 저래놓고 또 엄마한테 홀랑 말하면 어떡하지?

어차피 말한다고 해도 정확히 아는 게 아니니 크게 상관은 없었지만 정희는 가급적 조용히 이 일을 처리하고 싶었다.

한 손엔 죽, 한 손엔 편의점 봉지를 들고 비척비척 걸어 호텔방에 도착하자 물에 흠뻑 젖은 티슈처럼 온몸이 아래로 축 늘어졌다. 가까스로 기운을 낸 정희는 소파 구석에서 리모컨을 찾아 텔레비전부터 켰다. 무의미하고 왁자지껄한 소음 속에서 정희는 혼자 조용히 죽을 먹고 약을 먹었다.

죽을 다 먹고 샤워를 하기 위해 갈아입을 옷을 챙기는 그때, 계시처럼 반짝 정희의 핸드폰이 울렸고 이번엔 메시지가 아니라 전화였다.

'오승일'이라는 이름이 한참 동안 화면에 떠 있었고 바로 끊지 않는 걸 보니 이전에 새벽녘에 가끔 걸어온 전화처럼 실수로 잘못 누른 것도 아닌 것 같았다.

급한 일인가.

전화를 받아야 할지 말아야 할지 잠시 주저하던 정희는 그러나 오 병장과 자기 사이엔 휴일날 반드시 공유해야 할 만한 급한 일이 하나도 없다는 사실을 떠올렸고 평소처럼 무시한 뒤 다시 욕실로 들어갔다.

술을 마셔도 취하질 않았다.

모든 근심과 걱정을 다 잊고 싶어서 김선우를 만날 위험까지 감수하며 나온 거였는데 마시면 마실수록 눈앞의 현실은 점점 더 또렷해졌다.

오랜만에 동기들을 만나 지난 한 달간 있었던 호스트바 지하세계에 대해 허풍을 잔뜩 넣어 밤새 야부리를 털 작정이었던 준희는 누나 정희를 만나고 돌아온 후, 눈에 띄게 말수가 줄었다.

식당에서 사오천 원 주고 사 먹는 것보다 방을 하나 빌려서 술은 밖에서 사다 먹는 게 훨씬 싸다는 계산하에 과대가 빌린 방은 하필 누나 정희가 예약한 곳과 같은 호텔이었다. 좁아터진 트윈룸에 장정 열 명이 들어차니 숨 쉴 공기도 부족했다.

왁자지껄 즐거운 동기들과 달리 자신의 소중한 시간과 한정된 간(肝) 해독력을 쓸데없는 일, 다시 말해 돈 안 되는 일에 낭비하고 있는 것 같아 준희는 시간이 흐르면 흐를수록 거기 앉아 있는 게 점점 더 불쾌했다. 불안했다.

돈, 돈을 벌어야 한다.

드는 생각은 오직 그거 하나뿐이었다.

하지만 어떻게? 돈을 벌겠다고 호기롭게 호스트바에 출근했으나 현실은 만만치 않았다. 말없이 잠수를 타서 오늘 가게에 출근하지 않는 거로 짧은 호스트바 생활을 끝내려 했던 준희는 그러나 호스트바 말고는 큰돈을 벌 수 있는 일을 생각해내기가 어려웠다.

배우? 연기? 연예계?

이제 그런 건 중요하지 않았다. 돈에 뭐 이름이 적혀 있는 것도 아니고 똥 퍼서 번 돈이든 직장에 다니며 번 돈이든 장사해서 번 돈이든 돈은 돈일 뿐이었다.

돈을 어떻게 버는지보다는 어떻게 쓰는지가 더 중요하다던, 가게 마담형의 말을 준희는 다시금 되새겼다.

그리고 **솔직히** 말해서 연예인이나 호스트나 비슷한 것 같았다. 소수의 손님이냐 다수의 대중이냐의 차이일 뿐 상대를 즐겁게 해주고 자기만의 개인기와 끼를 보여줘서 돈을 번다는 매커니즘은 별반 다를 게 없었다. 준희는 자신이 연영과 입시장에서 자유 연기와 당일 대사 다음에 했던 '특기'나 노래 잘 부르냐, 아니면 뭐 잘하는 거 있냐는 손님의 질문이나 본질은 결국 똑같다는 생각이 자꾸 들었다.

2분.

오디션에서 배우에게 배역을 줄지 말지가 길어야 2분 안에 결정되는 것처럼 이 바닥도 마찬가지였다. 지명이나 오디션이나, 결국 그게 그거 아닌가.

대중들이 연예계를 어떻게 생각하는지 준희도 모르지 않았다. 사랑하고 경멸했다. 가짜를 사랑해놓곤 가짜라는 이유로 경멸했다. 그건 선수들도 마찬가지였다.

준희 자신이 테이블에 잘 못 들어가서 돈을 못 버는 것일 뿐, 가게에서 에이스로 꼽히는 형들은 씀씀이도 컸고 공사도 잘 쳤다. 명품이 아니면 몸에 걸치지도 않았고 하나같이 다 비싼 외제차를 굴렸다.

그러니까 어떻게?

'돈'이라는 일생일대의 강력한 목표가 생긴 준희는 원하는 걸 손에 넣기 위해 드디어 머리를 써서, 생각이란 걸 진지하게 하기 시작했다.

미메시스(Mimesis)

친구가 따라준 술잔을 앞에 놓고 제사 지내는 사람처럼 생각에 골몰해 있던 그때 문득 호랑이 선생님의 음성이 신의 계시처럼 들려왔다.

미메시스! 미메시스! 시, 소설, 연극, 영화, 조각, 회화, 무용, 음악, 연기.

모든 예술의 본질은 미메시스! 예술은 현실의 미메시스!

모방은 창조의 어머니!

그와 동시에 준희는 용수철 튕기듯이 자리에서 벌떡 일어났고 옆에 앉아서 게임 이야기와 여자 이야기에 열을 올리던 동기 중 하나는 깜짝 놀라 술이 들어 있던 종이컵을 바닥에 쏟고야 말았다.

"야, 이 새끼 진짜 오늘 왜 이러냐?"

준희와 마찬가지로 일 년 재수해서 입학한 동기가 소파 위에 쏟은 맥주를 티슈로 대충 훔치며 중얼거리자 방 한가운데 햄릿처럼 분연히 일어선 준희는 낮은 목소리로 친구들에게 미안하지만 자기는 이제 그만 가봐야 할 것 같다고 했다.

"어딜?"

"형, 왜 그러세요?"

동기들의 질문에 평소 같으면 묻지도 않은 것까지 미주알고주알 다 말했겠지만, 각성한 준희는 말없이 웃으며 조용히 호텔을 나섰다.

방법을 찾은 것 같았다.

제5코스

국립공원관리공단의 계약만료일이 두 달 앞으로 다가온 9월의 어느 날, 정희는 또다시 일자리를 찾아 아침부터 채용 사이트를 뒤지고 있었다.

수도권과 지방 사이의 균형 있는 개발을 꾀한다는 명목으로 몇 년 전부터 서울에 있던 공기업과 공공기관들은 대거 지방 소도시로 이전되어 이제 서울에 남은 공기업의 수는 손에 꼽았지만 그 사실과는 상관없이 해가 갈수록 공기업 경쟁률은 높아져만 갔다.

나인투식스. 업무 강도는 낮고 실적 압박도 없지만 연봉은 어지간한 대기업 수준에 복지는 공무원 철밥통 빰친다는 과장된 루머 때문이었다.

몇몇 경쟁률 높은 공단과 공사를 제외하면 절대다수의 공기업은 온갖 스펙으로 중무장한 인서울 4년제 대졸자 직원들이 최저임금보다 약간 나은 수준의 연봉을 받고 개처럼 일했다. 채용이 확정되면 지방 근무와 순환 근무까지 각오해야 했지만 한 치 앞도 알 수 없는 불확실성의 시대에 어쨌든 적어도 잘리지는 않는다는 게 그 모든 단점을 상쇄하고도 남는 메리트로 작용했던 거다.

'나도 코딩을 좀 배워뒀으면 나았을까.'

어느 사이트를 가든 자기를 계속 따라다니는 '100% 국비지원! 메타버스·다가올 4차 산업 시대 전문 개발자 양성을 위한 SW 교육 프로그램' 배너를 보며 정희는 자신의 전공과 정확히 대척점(對蹠點)에 위치한 그 산업에 대해 생각했다. 하지만 아무리 여러 번 공고문을 읽어봐도 도무지 뭘 가르치고 뭘 하겠다는 건지 감도 오지 않았다. 외계어 같았다.

그래서 미워도 다시 한번, 공기업으로 눈을 돌리면 이번엔 지역 인재가 아니라는 점이 정희의 발목을 잡았다.

정희는 몇 년 전 인서울 4년제 대학을 꽤 우수한 성적으로 졸업했다. 그러나 '기회 균등', '차별 철폐'라는 위대한 정의 구현의 대(大) 깃발 아래 서울, 경기, 인천 등 수도권 지역이 아닌 다른 지역에서 학교를 졸업한 지원자들에게는 5% 가산점이 추가로 들어갔다. 단 1, 2점 차이로 합불이 갈리는 취업 시장에서 5%는 무시할 수 없는 숫자였다.

취업 블라인드 정책에 의거, 공기업은 까다롭게 사람을 가려 뽑았다. 무엇보다도 입사지원서에 졸업한 학교 이름이나 전공, 학점을 기입해서는 안 됐다.

왜?

그게 바로 '차별'이니까.

꼼수는 통하지 않았다. 담당자가 지원자의 정보를 유추할 수 있는 아주 작은 실마리를 자소서에 남겨뒀을 경우 곧바로 서류 탈락.

서류, 필기, 면접, 신체검사…….

연봉이 세고 복지가 좋아, 지원자 수가 많은 무슨 무슨 공사 같은 경우 면접을 여러 차례 나눠 보기도 했지만 정희는 애초부터 그런 높은 나무는 아예 쳐다도 보지 않았다.

최종 면접까지 간 적도 두어 번 있었으나 끝끝내 정규직 채용은 되질 않았다. 하지만 어느 기업이든 계약직은 상시 채용 중이었기 때문에 정희는 한국의 수많은 공공기관과 공기업에서 짧게는 반년, 길게는 1년씩 계약직으로 근무할 수 있었다.

하지만 서른이 넘어도 날 뽑아줄까?

당장 내일모레면 정희는 서른이었다.

출판사도 그렇고 공기업도 그렇고 사회는 대학을 갓 졸업한, 아무것도 모르는 어린 애들을 가장 선호했다. 어떻게든 사회에 뿌리를 내리기 위해 아등바등하느라 덮어놓고 뭐든 열심이었기 때문이다. 반면 사회 물을 좀 먹은 경력직들은 이

거저거 따지는 것도, 가리는 것도, 사리는 것도 많았다.

왼손으로 턱을 괸 채로 한숨을 푹푹 쉬며 'AI 로봇 추천 채용'에 뜨는 공고를 하나하나 클릭하고 있던 그때 누군가 정희의 오른쪽 어깨를 툭툭 쳤다.

"모닝커피 배달왔습니다."

오 병장이었다.

영원할 것만 같았던 여름이 지나가고 가을에 접어들면서 희선 씨는 서서히, 서서히 괜찮아졌다. 시간이 약이라는 말. 흔해 빠진 것 같았지만 본래 삶의 진실이란 그렇게 평범한 것일지도 모르겠다고, 특별하게 느껴지는 건 사실 다 가짜, 거짓부렁일지도 모른다고, 희선 씨는 가을 아침 싱크대 앞에 서서 혼자 라디오를 들으며 설거지를 하다가 문득 그런 생각을 했다.

고통과 사색은 이처럼 희선 씨를 시인 비슷하게 만들어줬다.

매일 밤 똑같은 악몽을 꾸는 건 여전했으나 이전처럼 꿈에서 깨어난 후 온몸이 땀으로 범벅이 될 만큼 심하게 진이 빠지진 않았다. 꿈에서 깨어난 후 부엌으로 가서 우선 물을 좀 마시고 화장실에 다녀오고 그렇게 좀 진정을 하고 나면 곧 다시 잠들 수 있어서 이전보단 훨씬 견딜 만했다.

"다 내가 만든 지옥이야……."

자기 옆에 곤히 잠들어 있는 아기 같은 남편 박재수 씨의 얼굴을 바라보며 희선 씨는 새벽마다 중얼거렸다.

처음에는 이혼을 해야 하나 싶었다. 어차피 애들도 다 컸겠다. 밖에 나가면 절반이 이혼남, 이혼녀인 세상에 그렇게 흉될 일도 아니니 이제 그만 살고 서로 각자 갈 길을 가는 것도 나쁘지 않은 선택 같았다.

그러나 곧바로 아파트 대출금, 애들 시집 장가, 이혼 후 위자료와 재산분할(분할 할 건덕지도 없지만), 아직 한참 더 남은 막내 대학 졸업 따위가 차례로 마음에 걸렸다.

현실적으로 생각해보자. 이성적으로.

마음을 진정시킨 후 다시 한번 찬찬히, 이성적으로 생각해보면 결국 죽을 때까지 박재수 저 인간과 같이 사는 수밖엔 별다른 뾰족한 수가 없었다. 한심했다.

그때까지만 해도 희선 씨는 얼마 못 가 박재수 그 물건도 제 와이프가 산이 좋아에 나갔다는 사실을 알게 될 거라고 생각했다.

자기가 아주 허무하고도 우연히 남편의 일탈 사실을 알게 된 것처럼 박재수도 믿는 도끼에 발등 찍힌다, 는 말을 뼛속 깊이 실감할 때가 곧 올 거고 아직 오지 않은 그때, 뒤통수 제대로 맞은 재수 씨의 어벙하고 멍청한 표정을 상상하면 희선 씨는 겁이 나기도, 신이 나기도, 피가 끓기도 했다.

나만 당할 수는 없다.

생각해보면 피차일반, 부창부수(夫唱婦隨)인 상황이라 겁먹을 것도 없었지만 하여튼 유일하게 모든 진실을 알고 있는 자로서 희선 씨는 재수 씨가 곧 그 사실을 알게 될 게, 조금은 겁이 나는 것도 사실이었다. 그런데 하루, 이틀, 사흘, 일주일…… 속절없이 시간이 흘러도 의뭉을 떨며 모른 척하는 건지, 진짜 모르는 건지 박재수 이 인간은 이전과 똑같았고 결국 고통받는 건 김희선 씨 한 사람뿐이었다.

그날 이후로 김희선 씨는 산이 좋아에 코빼기도 비추지 않고 회원들의 연락도 다 씹었지만 자신이 마트에 출근하는 주말이면 박재수가 산이 좋아에 나간다는 것쯤은 어렵지 않게 유추할 수 있었다.

미치고 팔짝 뛸 노릇이었다.

어딜 가는지, 누굴 만나는지, 가서 무엇을 할지 뻔히 다 알면서도 희선 씨는 박재수 씨를 막을 수 없었다. 그러려면 자신이 어떻게 알게 됐는지에 대해서도 말해야 했고 그렇게 되면 모두가, 이 모든 사실을 알게 되는 건 시간문제였으니까.

어차피 알게 될 거라면 내가 먼저 터뜨리자, 싶다가도 희선 씨는 그 순간을 최대한 뒤로 미루고 싶었다. 대체 왜 그런지,

그 까닭만은 희선 씨 자신도 이해할 수 없었다.

그리하여 산이 좋아에 다녀온 후 자정 넘어 귀가해 자신의 침대 옆자리로 기어드는 뻔뻔한 박재수 씨를 김희선 씨는 이 꽉 깨물고 참아줘야 했다.

열이 받고 화딱지가 나는 건 이전과 똑같았지만 거기서 또 시간이 좀 더 흐르자 담대해진 김희선 씨는 또 이게 뭐 그렇게 큰일인가 싶기도 했다.

불륜, 은 어감이 좀 그렇고 중년의 일탈, 그중에서도 산악회 혹은 동창회에서의 이성 만남은 마트 언니들 사이에서도 이미 흔해 빠진 이야깃거리라 어지간히 자극적이지 않으면 듣는 시늉도 잘 해주질 않았다.

이 세상에 문제없는 집구석은 없으니까. 남편이 멀쩡하면 마누라가 문제. 와이프가 제정신 박힌 여자면 꼭 그 남편이 질질 밖에서 흘리고 다녔으니까.

물론 부부가 쌍으로 그러는 경우는 잘 못 본 것 같았다.

그게 또 김희선 씨를 벙어리 냉가슴 앓게 만들었다.

누구에게도 말할 수 없음.

겉보기에 평온한 표정과 달리 속으로는 '아, 미치겠다. 내가 진짜 왜 그랬지?'와 '사람이 한 번 그럴 수도 있지, 여자는 뭐 사람 아닌가. 남자만 사람인가? 여자도 사람인데 살다 보면 실수할 수도 있지!' 사이를 줄기차게 오가며 희선 씨는 아침 명상, 오후 명상, 저녁 명상, 새벽 명상을 하며 하루를 보냈고 유튜브를 통해 스님들의 높은 말씀에 귀 기울였으며 몇십 년 만에 처음으로 가계부 뒷장에 끄적끄적 일기를 써보기도 했다.

답은 마음공부뿐이었다.

희선 씨와 비슷한 고민을 가진, 와이프가 동네에 좀 노는 언니들과 어울리더니 어느 날부터 애들은 나 몰라라 하며 밖으로만 나돌아서 괴롭다는 한 남성의 사연을 듣던 스님은 그렇게 말씀하셨다. 그거 다 당신 마음이 만든 지옥이라고. 당신 와이프가 나가서 다른 남자를 만나면 당신은 영영 행복해질 수가 없는 거냐고. 왜 당신 자신의 행복을 그렇게 쉽게 타인의 손에 맡기느냐고.

다, 맞는 말이었다.

매일 아침 남편 박재수 씨의 얼굴을 보는 게 희선 씨는 괴로웠다. 목소리를 듣는 게 고통스러웠고 냄새를 맡는 게 역겨웠고 밥 먹는 꼴도 보기 싫었다. 나중에는 더 나아가 그의 작은 발소리, 숨소리까지 치가 떨리게 싫었지만 그게 다 결국 희선 씨가 스스로 만든 지옥이라는 건 부정할 수 없는 사실이었다.

시간이 좀 더 흐르자 이젠 박재수가 알아도 몰라도 희선 씨는 별 상관이 없었다. 진짜 그럴지 어떨지는 그 상황이 되어 봐야 알 수 있겠지만 한낮, 거실 바닥에 앉아 혼자 텔레비전을 보며 빨래를 개거나 락스 묻힌 솔로 화장실 바닥과 변기를 박박 문지를 때면 문득문득 그런 생각이 저도 모르게 솟아올랐다.

흘러가는 대로. 흐르는 대로. 그냥 그렇게, 그렇게…….

그리하여 여느 날처럼 집안일 후 마트에 출근해 추석에 나갈 선물용 한과 세트를 한참 진열하고 있던 희선 씨는 자신의 '이름'을 부르는 누군가의 목소리에 화들짝 놀랄 수밖에 없었다. 마트에서 자신은 그냥 김 여사, 정희 엄마, 아줌마 그것도 아니면 '저기요'였으니까.

"희선 씨. 오랜만이네요."

수줍게 웃는 그 사람은, 뜻밖에도 최 대장이었다.

박씨 일가의 가장 박재수 씨는 그때까지도 지금 상황이 어떻게 돌아가고 있는지 뭐 하나 제대로 아는 게 없었다. 원체 눈치가 없는 양반인 데다가 식구들 사이에서 기름에 뜬 물처럼 빙빙 겉도는 것도 있었지만 그보다는 자신의 당면 문제가

더 시급했기 때문이다.

지난 8월, 얼떨결에 조 여사, 희숙이와 하룻밤 잠자리를 같이한 후로 박재수 씨는 매일매일이 살아있는 악몽이었다.

똥.

희숙이는 똥이었다. 자기는 똥을 밟은 거였다.

〈급할수록 돌아가라〉

박재수 씨는 언젠가 술자리에서 주워들은 집착 심한 상간녀 떼어내기 제1원칙을 되새기며 9월 둘째 주, 산이 좋아 첫가을 정기산행에 또다시 얼굴을 들이밀었다.

참석 멤버는 이 여사, 신 여사, 조 여사, 윤 여사. 구, 김, 배, 박.

최 대장은 자기가 회장임에도 불구하고 지난달부터 갑자기 참석이 뜸해지더니 9월 들어서는 아예 당분간 사정이 생겨 나오지 못할 것 같다고 일일이 회원들에게 단체문자를 돌리기까지 했다.

지금은 탈퇴한, 동호회 활동 경력이 많은 구(舊) 회원들의 의견에 따라 산이 좋아는 그때까지도 그 흔한 단톡방 하나 없었다. 물론 여자 회원은 여자 회원들끼리, 남자 회원은 남자 회원들끼리 자기들끼리 알아서 단톡방을 만들어 거기서 대화를 주고받았지만, 모든 회원님들이 모인 공식적인 단톡방이나 밴드 모임은 아직 없었다.

남녀 회원 섞여 있는 단체 채팅방에서 오가는 대화와 사진, 동영상들이 어떤 식으로 자기 발목을 잡는지, 선배들은 이미 경험을 통해 알고 있었기 때문이다.

이 깊은 뜻을 알 리 없는 하룻강아지 배 회장은 물론 이것도 마음에 들지 않았다. 단톡방만 하나 있으면 공지도 하기 쉽고, 간단히 친구추가를 해서 자연스럽게 마음에 드는 공주님에게 빼꾸기를 날리면 그걸로 게임 끝인데 구질구질 연락처를 묻고 그러는 과정이 귀찮고 고단했던 거다.

그리하여 최 대장의 단체문자를 받은 배 회장이 제일 먼저 한 일은 산이 좋아 회원님들에게 네이버 밴드 초대장을 보내는 일이었다.

이제는 아예 답장도 하지 않는 김 여사, 김희선 씨에게도 잊지 않고 초대장을 발송했으나 속속 단톡방으로 입장하는 회원님들 이름 중에 '김희선'은 없었다. 그래서 배 회장은 이번엔 친히 전화를 걸었다. 큼큼 헛기침까지 하며 목소리를 가다듬는데 '여보세요?' 대신 엉뚱한 목소리가 돌아왔다. 없는 번호란다.

"허, 참."

그만둘 때 그만두더라도 송별회는 한 번 하고 가야 하는 거 아닌가, 우리네 인간사에서 만남보다 더 중요한 건 헤어짐인데. 김 여사의 무책임한 태도에 어이가 없긴 했지만 무슨 사연인지 말 안 해도 알 만했다.

서방한테 들켰겠지, 뭐.

처음에 한 번 보고 몇 달째 코빼기도 보지 못한 신 여사, 우리 이쁜 미연이가 내일은 나온다는 소식에 배 회장의 노여움은 쉽게 풀렸고 배는 김희선이를 잊었다.

차기 산이 좋아 대장님, 배 회장은 아는 누님한테 알랑방구를 껴서 선물 받은 고가의 르꼬끄 등산복을 매만지며 아침부터 콧노래를 불렀다.

불과 며칠 전 목격한 이 여사와 조 여사의 육탄전이 머릿속을 스치고 지나갔지만 둘 다 나온다는 걸 보니, 그새 또 화해하고 서로 죽고 못 사는 사이가 됐나 보다, 하고 자기 편할 대로 생각했다.

목표는 미연이 그리고 회장직.

두 마리 토끼를 다 잡을 야무진 꿈에 잔뜩 부푼 채로 배는 잠이 들었고 같은 시각 김 회장은 김 회장대로, 구 회장은 구 회장대로, 박재수는 또 박재수대로 자기 나름의 꿈에 젖어 내일을 기약하고 있었다.

그리하여 추석을 열흘 앞둔 9월 11일 토요일. 저마다의 사랑과 야망을 가슴 속에 가득 품은, 여덟 명의 뜨거운 중년 남녀는 또다시 산을 찾았다.

지혜로운 이는 물을 좋아하고 어진 이는 산을 좋아한다*는 공자님의 말씀이 이처럼 딱 맞아 떨어지는 경우가 세상천지에 또 있을까?

아침 일찍부터 부엌 뒤 베란다에서 퍽퍽퍽퍽— 홍두깨 같은 나무방망이로 자신의 와이셔츠 목깃에 찌든 땟국물을 빼고 있는 와이프의 말 없는 등짝에 대고 친구놈 병문안을 다녀온다고, 아마 좀 늦을지도 모른다고 중얼거린 박재수 씨는 바람막이에 청바지 차림으로 집을 나섰다.

이제까진 아무 생각 없이 등산복을 입고 주말마다 외출을 했으나 그래도 부부 사이에 도리라는 게 있는 건데 인두겁을 쓰고 차마 그래선 안 될 것 같았다.

다행히 와이프가 눈치챈 낌새는 전혀 없었다.

하느님이 보우하사. 아멘!

와이프 눈치, 희숙이 눈치. 그것만으로도 재수 씨는 미칠 것 같았다. 하지만 세상만사 언제나 급하게 차를 빼려다 담벼락에 문짝 찍는 법이었다. 급할수록 천천히.

신호를 기다리며 재수 씨는 거짓말 안 하고 지금까지 적어도 오십 번은 돌려본 것 같은 〈대부〉 시리즈의 명대사를 떠올

* "지혜로운 사람은 물을 좋아하고, 어진 사람은 산을 좋아한다. 지혜로운 사람은 움직이고, 어진 사람은 고요하다. 지혜로운 사람은 즐겁게 살고, 어진 사람은 장수한다. 智者樂水, 仁者樂山, 智者動, 仁者靜, 智者樂, 仁者壽"—《논어》〈옹야(雍也)〉 중

렸다.

'친구는 가까이. 적은 더 가까이.'

사춘기 여학생도 아니고 친구 욱환이가 안 나온다는 그까짓 걸 핑계 삼아 발길을 끊을 수도 없는 노릇이었다. 자기가 어떤 액션을 취했을 때 그 미친 여자가 어떻게 나올지, 박재수 씨는 상상도 할 수 없었다.

미친다는 건 아마 그런 거겠지.

박재수 씨가 근래 꾸는 악몽 중 가장 자주 반복되는 레퍼토리는 가족들이 있는 집 앞까지 찾아와 띵동 초인종을 누르는 희숙이의 웃는 얼굴이었다. 그 꿈이 현실이 되지 않게 하려면 그림자처럼 서서히 조 여사의 시야 안에서 페이드아웃하는 수밖엔 없었다.

아님 구 선생이 물어가 주면 더 좋고.

사실 그게 이 난관을 돌파할 유일한 해법이란 걸 박재수 씨도 본능적으로 알았다. 조 여사에게 바칠 새로운 인신 공양물, 또 다른 남자(男子)가 필요했다.

욱환이는 또 무슨 일이지.

그러나 시간 날 때 연락을 한번 해봐야겠다는 재수 씨의 결심은 당장 시급한 문제들, 예를 들면 '오빠'나 '자기야'로 시작하는 희숙이의 끝없는 문자질에 치여 금세 머릿속에서 지워졌다.

가만히 있으면 중간은 간다.

박재수 씨는 아무런 답도 하지 않았다. 생전에 아버지께서 아들에게 귀에 딱지가 앉도록 남긴 유일한 삶의 교훈 그것이었다. 가만히 있으면 중간은 간다. 아들아! 네! 아버지! 가만히 있으면 중간은 간다.

당장 전화를 걸어 제발 좀 그만두라고 읍소하거나 화를 내고 싶을 때마다 박재수 씨는 이 악물고 참았다. 대화로 잘 어르고 달래서 어리석은 행동은 그래 이쯤 하는 게 어떻겠냐, 이러면 너랑 나랑 둘 다 죽는다! 논리적인 이유와 나름의 근거로 요목조목 따지고 싶을 때도 참 많았지만 수십 년 넘게 여자와 한 이불 덮고 살아보니, 남자가 여자를 말빨로 이기는 건 불가능한 일이란 걸 박재수 씨는 잘 알고 있었다.

말빨로 먹고사는 변호사 남편들조차 집구석에서는 '이의 있습니다!'라는 말을 감히 마누라한테 꺼내질 못했으니까.

마음속으로 참을 인(忍)을 백 번쯤 그리며 입을 꾹 닫고 죽은 척을 하자 놀랍게도 이틀 전부터 희숙이의 문자질과 부재중 전화 건수가 눈에 띄게 줄어들었다. 오늘. 오늘 하루 어떻게 행동하느냐가 앞으로 자신과 자기 식구들의 남은 인생을 좌우할 거란 걸, 그 둔한 박재수 씨조차 뻔히 예감할 수 있었다.

투비 올 낫투비.

'나대지 말자. 눈에 띄지 말자. 천천히, 천천히…….'

잠시 후 만나게 될 조 여사 앞에서의 행동지침을 다시 한번 중얼거리며 박재수 씨는 남한산성 중앙 주차장에 엉거주춤 차를 댔고, 주위를 두리번거릴 것도 없이 차에서 내리자마자 저 앞에 르꼬끄 남색 등산복을 위아래 맞춰 입은 배 회장, 종혁이가 파리눈깔 같은 등산용 선글라스를 턱, 하니 쓴 채 양 허리춤에 손을 턱, 올리고 먼저 온 여사님들과 신나게 낄낄대고 있는 게 보였다. 허허.

암튼 어린놈의 새끼가 싸가지가 없었다.

투비 올 낫투비. 생과 사의 갈림길에 선 부친께서 무심한 모친과 미친 내연녀의 눈치를 동시에 살피며 바짝 몸을 사리고 있을 바로 그즈음, 박씨 일가의 자랑스러운 아들 박준희 군은 같은 가게 형들을 차례차례 잡아먹으며 명실상부 오아시스의 지명 1위, 에이스 박은호로 차근차근 성장 중이었다.

방법은 간단했다. **미메시스.**

마담형들에게 담배와 음료수를 매일 사다 바치며 깍두기로라도 좋으니 자길 좀 방에 밀어 넣어달라고, 준희는 생전 처음으로 자존심을 집어 던져버리고 타인에게 숙이고 들어갔다.

밤일을 하러 나와서도 도련님같이 구는 준희를 고깝게 보던 형들도 그때부터 준희를 재평가하기 시작했고 겨우 방에 들어간 준희는 그때부터 가게 안에 잘나가는 형들을 하나하나 관찰하며 분석하기 시작했다.

선수마다 스타일이 다 달랐고 선수와 손님의 궁합도 중요했다.

어떤 손님에게는 A 선수의 방식이 잘 먹혔으나 다른 손님과는 아닐 때도 많았다. 똑같은 손님이 와도 혼자 오느냐, 친구랑 둘이 오느냐, 가게 아가씨들이랑 회식 겸 우르르 다 같이 오느냐, 자기보다 이쁜 친구랑 오느냐, 자기 수발을 들어주는 시녀들이랑 오느냐에 따라서도 다 달랐다. 손님이 이미 다른 데서 1차로 술을 한잔 먹고 왔는지, 기분 좋게 놀러 왔는지, 안 좋은 일이 있어서 스트레스를 풀러 왔는지, 혹시 체중관리 중이라 다이어트약을 먹고 온 건 아닌지, 직업이 대학생인지, 직장인인지, 애엄마인지, 룸싸롱 아가씨인지도 하나하나 다 세심하게 고려해야 했다.

관찰, 연구, 공부, 궁리, 모방.

그리고 이 모든 것을 완성하는 건, 결국 피나는 **연습**이었다.

두루두루 인기가 많으면서 테이블에도 잘 들어가는 스타일이 있긴 있었지만 단골을 만들고 공사를 치는 데 성공하는 건 결국 잘생긴 선수가 아니라 말빨 좋은 선수였다.

얼굴은 중요했지만, 사실 그렇게 중요하진 않았다.

알면 알수록 참 이상한 세계였다.

잘생기고 몸이 좋으면서 말빨도 좋으면 금상첨화겠지만 어차피 그런 선수는 준희가 출근하는 가게보다 훨씬 더 레벨이 높은 가게에만 나왔기 때문에 상관없었다.

재수생 시절, 한예종 지정 희곡 네 편을 밤낮 읽고 외우며 분석했던 것의 몇십 배는 더 강한 열정과 집중력으로 준희는 매일 가게에 출근해서 보고 들은 것들을 잊지 않기 위해 생각날 때마다 아이폰 메모장에 기록했고, 다음 날 남한산성 산불 예방 지킴이로서 산 중턱 대피소에서 멍을 때리는 시간이면 그 메모들을 다시 보며 복습, 자기 것이 될 때까지 반복 또 반복했다.

모든 인간이 유아기에 어머니의 말을 따라 하며 마더텅을 익히고 주변을 유심히 관찰한 뒤 그대로 따라하는 방식을 통해 생활에 필요한 잡다한 상식을 익히는 것처럼 준희는 뒤늦게 논현동의 한 호스트바에서 형들을 통해 재사회화가 돼가고 있었다.

모방을 통한 학습은 인간뿐만 아니라 지구상 모든 생명체의 DNA에 아로새겨진 당연한 생존본능이었지만, 어머니 김희선 씨의 극진한 보살핌 아래 스물두 살이 되도록 집안에서 아기처럼 애지중지 되어온 준희는 그 본능이 발현되기까지 남들보다 더 많은 시간과 갑절의 노력이 필요했다.

가게에서 잘 팔리는 형들을 한 명 한 명 분석하며 그들의 장점만 취하고 단점은 버리는 체리픽을 통해 준희는 자기만의 캐릭터를 차곡차곡 쌓아 올렸다.

출근 후 테이블에 들어가 손님을 상대할 때마다 준희는 걷잡을 수 없는 진한 카타르시스를 느꼈다.

'일'을 하는 게 아니라 마치 '게임'을 하는 것 같았다.

중간중간 노가다 구간이 있긴 했지만 어쨌든 매일매일 경험치를 쌓으면 반드시 레벨은 올라갔다. 노력하면 주어지는 보상—골드—즉, '돈'과 하루하루 시간이 지날수록 더 나은 존재가 되어가고 있다는 그 느낌은 이제까지 준희가 한 번도 경험해보지 못한 것이었다.

그리하여 출근만 하면 매일 테이블에 들어가는 것은 물론이요, 하루에 두 번 세 번 테이블에 들어가는 것도 어느덧 당연해지던 찰나, 박준희 아니 박은호는 오아시스의 넘버 투 종훈이 형과 넘버 쓰리 병재 형, 넘버 원 정우 형을 보며 손님들의 지갑을 먼지까지 탈탈 털어먹기 위해서는 자신이 한 단계 더 비약적인 발전을 해야 할 시기가 왔음을 깨달았다.

주특기.

돌고 돌아 답은 또 캐릭터였다.

▲

그런가 하면 김 회장, 창석이의 주특기는 애교(愛嬌)였다.

사랑 애, 아리따울 교. 수박에 소금을 약간 치면 단맛을 더 잘 느낄 수 있는 것처럼 달콤씁쓸, 때로는 잔인하기까지 한 연애의 참 재미와 단맛을 한층 더 끌어올리는 소금 같은 기술이 바로 애교였다.

김 회장은 윤 여사가 좋았다.

정확히는 천호동의 학원 건물, 잠실 아파트, 홍대 앞 꼬마 빌딩 등 윤 여사의 명의로 되어 있는 부동산이 좋은 것이었지만 그런 마음가짐으로 접근하면 백전백패.

여자라고 봐주는 거 하나 없는 치열한 남자들의 세계에 한 자리를 비집고 들어가 오늘날까지 자기 힘으로 부(富)를 일궈낸 산전수전 공중전 다 겪은 누님들에게 그런 뻔한 수는 절대 통하지 않았다.

자신이 어떤 수를 쓰든 여심이 누님은 결국 알아차릴 것이다.

따라서 알면서도 속아 넘어가줄 정도의 진한 라포를 쌓는 것이 우선이었다. 알고 당하는 공사는 공사가 아니니까.

"머리 비우자. 창석아! 이 새끼야! 머리 비워!"

꼭두새벽부터 샤워기 아래에서 찬물을 맞으며 창석이는 스스로에게 중얼거렸다.

연애에서 상대방이 머리 쓰는 게 다 보이는 순간만큼 김빠지는 때도 없었다. 선 연애, 후 빨대. 선 연애, 후 빨대. 창석이는 자신은 진심으로 여심이 누님을 사랑하는 거라고. 온갖 들짐승과 날짐승, 연리지(連理枝), 장삼이사(張三李四) 처녀 총각들이 그러하듯 누님을 연모하는 거라고. 돈은 하나도 중요치 않다고. 돈을 따라가면 돈이란 놈은 오히려 꽁지 빠지게 도망간다고.

남을 속이기 전, 먼저 자기 자신부터 제대로 속이기 위해 김 회장은 신새벽 냉수마찰까지 불사하며 치열한 마인드 컨트롤에 들어갔다.

멀리서도 한눈에 들뜬 게 보이는 배 회장, 종혁이 형 옆에 자신의 반쪽, 여심이 누님께서 오늘도 출석한 것을 보며 창석이는 작게 나이스, 소리쳤고 조수석 앞 콘솔 박스에서 자일리톨을 하나 꺼내 씹으면서 다시금 전의를 다잡았다.

그리하여 추석을 열흘쯤 앞둔 가을 산에선 노상 있었던 일들이 또다시 반복됐다. 어제가 오늘, 오늘이 어제, 다시 어제가 오늘, 오늘이 어제. 몇 개월을 주기로 모임에 나와 얼굴을 비추는 인물들의 면면만 간간이 달라질 뿐, 그밖에 달라질 건 사실상 아무것도 없었다.

하지만 지루한 우리네 인생, 끝없이 반복되는 일상의 권태 속에서 어떤 식으로든 반드시 의미를 찾아 헤매고, 분투하는 것이 인간이었고 박재수는 인간이었다.

띠동갑하고도 1년.

무려 열세 살 연하의 미연이에게 박재수는 거부할 수 없는 끌림을 느끼고 있었다. 게다가 미연이도 자기가 싫지 않은 눈치였다.

할렐루야! 아멘!

너를 만나기 위해 나는 그토록 헤매었나 보다.

한 송이 국화꽃을 피우기 위하여
봄부터 소쩍새는
그렇게 울었나 보다*

그다음 연은 아무도 모르는 한국인의 애송시 서정주의 〈국화 옆에서〉를 자기도 모르게 패러디하며 박재수는 새삼 감개무량한 기분에 젖어갔다.

다행히 조 여사 쪽은 조용했다. 이 여사와 아침부터 내내 싸늘하다는 것만 빼면.

꼴에 저도 사내라고 초반엔 구 회장도 미연이에게 퍽 관심

* 서정주 「국화 옆에서 (1948)」 중

을 갖는 눈치였지만 세상에, 미연이 같은 절세미인한테 대머리 독수리가 가당키나 하단 말인가. 이렇게나 자기 객관화가 안 돼서야. 쯧쯧.

가다가 표지판 같은 게 있으면 그 앞에 나란히 서서 찬찬히 설명을 읽기도 하며 박재수와 신 여사는 사뭇 다정한 한 쌍이 되어 산속을 돌아다녔다.

어찌나 감격스러운지 조 여사, 그 거머리에게 시달린 지난 몇 주 동안의 설움이 미연이에게 가닿기 위해 거쳐야만 했던 통과의례처럼 느껴지기까지 했다.

무엇보다 미연이와는 대화가 됐다.

대화. 그래! 사실 나, 박재수는 여자의 몸만 탐하는 다른 놈들과 달리 진실하고 현명한 한 여자와 한 조각의 붉은 진심, **마음**을 나누고 싶었던 거다.

와이프와는 도무지 대화가 되질 않았다. 애들 엄마랑 산에 오면 그 여편네가 표지판 앞에 서서 설명 같은 걸 같이 읽을까? 아니. 그 여편네는 성질이 급해도 너무 급했다. 부부가 나란히 속도를 맞춰 한 발 한 발 같이 길을 가야지 지 답답하다고 남편은 헌신짝처럼 내팽개치고 홀랑 먼저 앞으로 치고 나가는 게 말이 될까? 생각해보면 와이프는 자신과 대화라는 걸 할 의지가 단 1%도 없었다.

함께 사는 동안 자기는 늘 그게 아쉬웠던 거다. 그래서 주말이면 산으로 갈 수밖에 없었던 거다. 봄 가고 여름, 다시 여름 가고 가을이 되기까지 기다리고 또 기다린 끝에, 마음 한가운데 뻥 뚫린 그 깊고 슬픈 구멍을 채워줄 여자가 드디어 자기 앞에도 나타난 것이다.

"미연이라고…… 불러도 되지?"

미연이는 뭘 물어도 곧장 대답하는 법이 없었다. 한 템포 쉬고. 아마 생각하는 것이겠지. 박재수는 그것까지도 좋았다. 여자가 말이 많은 건 예로부터 칠거지악이니까. 한번 쏟아버린 말은 다시 주워 담을 수 없으니 말을 고르는 것이다.

이거 참, 알면 알수록 현명한 여자가 아닌가.

"그럼요."

그리고 미연이는 싱긋 웃었다. 사내의 애간장을 녹이는 낮은 목소리. 박 회장은 눈에 띄게 질문이 많아졌다. 궁금한 게 너무너무 많았다. 짧은 대화 끝에 알아낸 사실. 일단 신 여사는 자동차 회사 콜센터에서 일한다고 했다. 회사 이름을 들어보니 박재수 씨 본인이 십일 년째 타고 다니는 바로 그 차를 만든 회사였다.

세상에 이런 우연이 있을 수 있을까? 우연이 반복되면 그건 운명이 아닐까?

"사모님은 어떤 일 하세요?"

미연이는 자신이 유부남이란 사실이 부담스러운지 자꾸만

가족들 이야기를 캐물었다. 아이참. 박재수 씨는 그게 너무 안타까웠다. 우리에 대해 이야기하고 서로 알아가기만 해도 바빠죽겠는데, 내 마음을 다 알면서 왜 너는 자꾸 산통을 깨는 걸까.

제발 나를 밀어내지 마.

그런 점이 참 밉고 노여웠으나 미연이가 그러면 그럴수록 우리의 박 회장님은 더, 더 조바심이 났다. 갖고 싶었다.

"집에서 놀지. 주부야."

박재수 씨의 그 말은 남자의 허세 같은 게 아니었다. 순도 100%의 진심이었다.

재수 씨는 자기 와이프가 마트에서 일하긴 하지만 그건 어디까지나 낮에 심심하고 애들도 다 컸고, 딱히 할 일도 없으니까 하는 '알바'일 뿐이라고 생각했다.

한 달에 얼마를 벌든 간에 알바는 알바. 직업이 아니었고 따라서 이 집안의 가장은 나, 박재수지 애들 엄마 김희선이 아니었다.

알바를 할 거면 미연이처럼 사무실에 앉아서 고객들과 대화를 나누는 콜센터 같은 단정한 일을 하지, 남자들처럼 창고에서 무거운 짐을 턱턱 옮기고 종일 카운터 앞에 서서 바코드를 찍느라 고생하는 마트 알바 같은 걸 왜 굳이 굳이 찾아서 하는지. 생각해보니 재수 씨는 그것까지 불만이었다.

김희선은 사실 남자가 아닐까?

속으로 그런 엉뚱한 생각을 하며 언제쯤 미연이의 손을 잡는 게 좋을까, 혹시 기분 나빠하지는 않을까? 오른손으로 어색하게 잼잼을 하며 박 회장님은 망설이고 또 망설였다. 단숨에 허리춤을 잡아채 마음대로 서로의 몸뚱아리를 주물럭거리며 부끄러운 줄도 모르고 산을 돌아다녔던 이 여사, 조 여사의 경우와는 상황이 달랐다.

미연이는 특별하니까.

그때 회장님의 마음을 읽은 미연이가 말없이 먼저 박재수 씨의 손을 낚아챘다.

"학."

어쩔 수 없이 그런 점잖치 못한 감탄사가 순식간에 입 밖으로 튀어나왔다. 심장이 터질 것 같았다. 행복에 겨운 박재수 씨가 구름 위를 걷는 듯한 기분에 사로잡혀 성벽 옆을 지나가던 그때, 원하던 회장직을 손에 넣어 기쁘기 한량없지만 두 여사님들 사이에서 그새 좀 지친 듯한 배 회장의 목소리가 앞쪽에서 들려왔다.

"회원님들!"

이쯤에서 쉬고 가자는 거였다.

▲

추석 연휴 마지막 날인 9월 22일 수요일. 정희, 준희 엄마 김희선 씨는 17년 만에 처음으로 극장에 방문했다.

초등학교 6학년이었던 딸아이가 엽렵하게도 용돈을 아껴 어버이날 선물로 영화표 두 장을 사 와, 부모님 두 분께서 주말에 영화 구경을 가시라 준비한 거였다.

이유는 까먹었지만 그날 남편 박재수 씨는 오전 일찍부터 외출 중이었다. 영화표는 오늘 거였고 연기도, 환불도 불가능했다. 김희선 씨는 차선책으로 아들 준희를 찾았으나 겨우 다섯 살인 준희 녀석도 주말을 맞아 같은 아파트 단지에 사는 어린이집 친구의 생일파티에 간 참이라 집에 없었다.

결국 김희선 씨는 한참 사춘기인 딸, 정희의 팔짱을 끼고 극장에 갔다. 그 당시 막 생기기 시작한 CGV, 메가박스 같은 대형 멀티 플렉스 극장에 가는 게 희선 씨는 생전 처음이었다.

그날 뭘 봤더라?

딸애가 고른 영화는 희선 씨 취향이 아니었다. 희선 씨는 앞부분을 조금 보다 잠들었고 영화가 끝나자 정희가 희선 씨를 흔들어 깨웠다. 그리고는 같이 지하 푸드코트에 가서 우동과 돈까스를 사 먹은 뒤 지하철을 타고 집으로 돌아왔다.

그리고 오늘, 김희선 씨는 17년 만에 다시 극장에 왔다. 최 대장과 둘이.

'내가 미쳤지, 미쳤어.'

속으론 몇 번이나 그렇게 중얼거렸지만 거울 앞에서 이 옷, 저 옷을 대보며 알아서 외출 준비를 하는 몸뚱아리를 이성으로 막을 수는 없었다.

머리에 드라이까지 하고 화장품을 이거저거 찍어 바르며 솔직히 한편으론 고소했던 것도 같다. 박재수 그 물건은 지금 회사에 묶여 있겠지. 하지만 나는 간다. 극장으로. 남자와 단둘이.

봐라!

너는 고작 아무 여자랑 돌아가며 몸이나 섞는 불장난이지만 나는 연애를 한다. 박재수, 네가 밖에서 하고 다니는 건 더럽고 추잡스럽고 치사스러운 불륜이지만 내가 하는 건 아름다운 로맨스다!

그동안 남몰래 속앓이하느라 고생한 희선 씨에게는 그런 게 아주아주 중요했다.

희선 씨는 최 대장을 통해 그간 박재수로부터 받은 상처와 고통을 모두 보상받고 싶었다. 왜? 그러면 안 되는가?

왜? 세상에 안 되는 게 어디 있는가?

희선 씨는 전화번호까지 바꾸며 모든 인연을 끊었으나 우연히 만나게 된 거였다.

마트에서도 최 대장이 먼저 자기를 알아보고 말을 걸어왔다는 게, 그가 자기에게 꽤 **진지한 관심**을 갖고 있다는 게 희선 씨의 죄책감을 덜어줬다.

"저…… 희선 씨? 우리 같이 영화나 보러 갈까요? 이번 주 수요일."

"좋아요."

아차, 대답이 너무 빨리 나온 것 같다는 후회가 물밀 듯 밀려들었으나 이빨을 다 드러내며 활짝 웃는 최 대장의 얼굴을 보자 그런 걱정은 눈 녹듯 사라졌다.

저렇게나 좋을까.

"근데 그날, 평일인데 괜찮으세요?"

"저는 희선 씨만 좋으면 다 괜찮아요."

'그래도……'라고 중얼거리며 희선이 걱정을 놓지 못하자 위아래 검은색 아디다스 트레이닝복 세트를 맞춰 입고 나이키 야구모자까지 푹 눌러써서 멀리서 보면 반쯤은 대학생 청년 같은 최 대장이 꼭 소년 같은 미소를 지어 보였다.

"사실 그날 개교기념일이에요."

그리하여 김희선 씨는 몇 달 만에 다시 주임 앞에 가서 죽어라 알랑방귀를 뀌었다. 최 대장은 그날이 노는 날이었을지 모르지만 희선 씨는 원래 그날 마트를 가는 거였으니까.

다행히 스케줄을 바꿔주겠다는 언니가 있었다.

"김 여사님, 요새 누구랑 연애해요?"

자꾸만 주말에 사정이 생기고 스케줄을 바꿔대는 희선 씨를 향해 싸가지 없는 주임 놈은 조소를 감추지 않고 함부로 막말했으나 그건 사실이었다. 방귀 뀐 놈이 성내고 똥 싼 놈이 지랄한다고, 희선 씨는 절대 아니라고 펄쩍펄쩍 뛰며 부정하고 싶었으나 그러면 그럴수록 더 의심을 살 뿐이란 걸 모르지 않았다. 이럴 땐 그저 대응을 하지 않고 못 들은 척 넘어가는 게 상수였다.

약속 시간보다 삼십 분 일찍 극장에 도착했으나 매표소 앞 기둥에 등을 기대고 서서 핸드폰을 들여다보고 있는 한 남자가 있었다. 대체 언제부터 와 있었던 걸까.

엘리베이터에서 내린 희선 씨가 그쪽으로 몇 발자국 다가가자, 무슨 텔레파시가 통한 것처럼 최 대장, 욱환 씨는 고개를 들어 곧바로 희선 씨 쪽을 봤다.

그리곤 환하게 웃었다.

소년 같은 최 대장은 등 뒤에 희선 씨에게 줄 장미꽃 한 송이까지 감추고 있었다.

희선 씨는 그게 참 마음 아팠다.

희선 씨는 그게 참 싫지 않았다.

▲

그런가 하면 우리들의 빈궁마마 정희는 그 무렵 할 일이 없었다.

가장 골 아팠던 건강 문제는 물론이요 곧 다가올 계약만료 이후 자신의 진로문제도 대충 정리가 다 됐기 때문이다.

이쯤에서 공기업 도전은 그만두기로 했다. 냉정하게 생각해봤을 때 가망이 없었다. 가망은 가능성과는 또 다른 것이었고 게다가 내년이면 서른이었다. 여기저기 돌아다니며 마음껏 삽질을 할 수 있는 시기는 이제 끝난 것이다.

할 만큼 했다.

어학 점수도 자격증도 딸 수 있는 건 다 땄고 이런저런 공기업과 공사에서 계약직으로 근무한 경력도 있었다. NCS 공부도 게을리하지 않았다. 하지만 어쩌다 겨우 면접까지 가도 결과는 번번이 낙방인 걸 어쩌란 말인가.

처음부터 계약직이 싫었던 건 아니다. 자기소개서에 쓸 이야깃거리가 생길 뿐만 아니라 동시에 돈도 벌 수 있다는 게 감사했다. 돌이켜보니 그건 다 속임수였다.

정규직이 정식으로 채용된 이 나라의 떳떳한 궁녀라면 계약직은 그 밑에서 매일 아침 그들의 세숫물과 양칫물을 가져다 바치는 궁녀들의 궁녀, 무수리였다.

나이 많고 연차가 높은 정규직 어르신들이 은근슬쩍 미루는 업무는 계약직들이나 갓 대학을 졸업하고 바로 입사한 나이 어린 신입 정규직들이 대신 다 떠맡았다. 빠릿빠릿 일을 잘하면 돌아오는 건 보너스나 승진, 정규직 전환 같은 '보상'이 아니라 더 많은 일, '과로'였다.

자기 방 책장 한가득 꽂힌 온갖 공사와 공기업의 노란색, 파란색 NCS 기출 문제집들을 바라보며 정희는 중얼거렸다. 그래, 안 되는 건 안 되는 거야.

포기하니까 편했다.

이 쉬운 걸 왜 그동안 붙잡고 끙끙거렸을까. 안정적인 일자리, 신의 직장이라는 허상에 이날 이때껏 목을 매온 자신이 바보처럼 느껴졌다.

수술을 받기 위해 지난 6년간 저축해둔 돈을 거의 다 쓴 정희는 이제 통장 잔고가 겨우 100만 원 즈음이었다. 개털이나 마찬가지였지만 서른이 되기 전, 그간 벼르고 별러왔던 문제 하나는 어쨌건 처리를 했다는 게 그렇게 다행스러울 수가 없었다.

돈이 좋긴 좋았다. 문제를 해결해주니까.

그런데도 정희는 이상하게 마음 한구석이 계속 찝찝했다. 뭔가 하나를 빼먹은 것 같았다.

뭐지? 또 뭐가 남았지?

정희는 서른이 결코 많은 나이라고 생각하지 않았다. 하지만 사회에서 여자 나이 서른을 어떻게 바라보는지에 대해서라면 잘 알았다. 내가 아무렇지 않은 건 아무 의미도 없었다. 자꾸 주변에서 수군거리면 신경이 쓰이는 게 인지상정이었고 나이를 생각하면 이제부턴 슬슬 결혼 생각도 해야 했다.

주변을 보면 이르게는 스물일고여덟부터 늦게는 삼십 대 초중반 사이에 하나둘, 결혼할 사람들은 일찌감치 제 짝을 찾아 식을 올리고 아이를 낳았다.

부모님과 동생 준희까지 온 가족이 모두 외출 중인 주말 저녁, 정희는 제 방 안에 콕 박혀 침대 헤드에 등을 기댄 채 앉아 반대편 창가를 멍하니 바라봤다.

감자꽃이 저 혼자 알아서 굴러떨어져 어쩔 수 없이 치워버린 지 벌써 몇 달, 이상하게도 새로운 식물을 다시 키울 마음은 전혀 들지 않았다.

막연히 머릿속에 떠오르는 이런저런 연상과 상념 사이를 줄기차게 오가며 시간을 죽이고 있을 즈음, 핸드폰 진동 소리가 정희를 깨웠다.

볼 것도 없이 또 오 병장이었고, 그제야 자신이 잊고 있던 그것이 무엇이었는지 기억해낸 정희는 마음속으로 천천히 30초를 셌다.

▲

희선 씨는 지금 최 대장의 자취방 앞에까지 왔다.

영화를 보고 같이 그 아래층 푸드코트에 내려가 만둣국과 수육으로 조금 늦은 점심을 먹고, 이제 찻집에 가려고 함께 건물을 빠져나오는데 하필이면 그때 한바탕 소나기가 퍼부었기 때문이다.

"다른 의미는 없어요. 희선 씨, 감기 드실 것 같은데 저희 집으로 가시죠."

"……네."

최 대장에게는 아들이 하나 있는데 아이가 초등학교 3학년이 됐을 때 와이프는 아들을 데리고 캐나다로 떠났다고 한다.

영어, 국제화 시대, 틀에 박힌 한국의 교육과 경쟁에 내몰린 아이들, 학업 비관과 청소년 자살, 가치관 형성, 더 큰 세계, 우물 안 개구리, 세계 시민, 영주권과 시민권, 군대 문제 등 기나긴 대화 끝에 최 대장은 기러기아빠가 됐다.

열 살짜리였던 아들놈이 벌써 대학교 졸업반이라는 게 자기는 믿기지 않는다고, 식사하는 동안 최 대장은 몇 번이나 말했다.

김희선 씨는 그가 가위로 배추김치와 석박지를 한입 크기로 작게 자르는 모습을 보며 속으로 재빨리 햇수를 셈했다.

14년. 자그마치 14년 동안 저 남자는 홀로 독수공방을 해 온 것이다.

"가족들은 일 년에 몇 번이나 보세요?"

"아, 와이프는 재작년에 떠나보냈고 아들은 일 년에 세 번쯤 만나요."

"어머, 저런. 어쩌다가?"

"하하. 그러게요. 나랑 같이 살기 싫었나? 하하. 농입니다. 농."

"어머, 호호. 최 선생님도 참. 그런 말씀이 어딨어요?"

거짓말이었다.

약간의 진실에 상대가 믿고 싶어 하는 간절한 거짓을 아주 조금 섞었을 때 그 말은 말이 아니라, 사람을 홀리는 독(毒)이 된다. 큐피트의 화살촉에 가장 빈번히 묻는 사랑의 독약이 바로 거짓말이었고 해독제는 시간이었다.

최 대장, 아니 최욱환 선생님의 와이프는 두 눈 시뻘겋게 뜨고 지금도 캐나다에 잘 살아계시며 현재 두 사람은 이혼 조정 중이다.

하나뿐인 아들은 중학교 졸업 이후 제대로 얼굴을 보지 못했다. 어쩌다 가끔 국제전화를 걸어도 무뚝뚝하게 몇 마디 하는 둥 마는 둥 하고 끊는 게 다였다. 먼저 연락이 올 때는 돈 달라는 말을 할 때뿐이었고 두 모자는 명절이 돼도 한국에 들어오지 않았다.

이건 뭐 마마보이도 아니고 아들놈은 원래부터 엄마 껌딱지, 아빠는 취급도 안 했다. 와이프가 애한테 대체 무슨 소리를 한 건지 사춘기 무렵부터 아들은 자신에게 줄곧 적대적이었다.

최 대장님 본인도 맨날 딴짓을 하고 다니고, 욱환 씨의 와이프도 캐나다인 보이프렌드가 현지에 있고 애도 이미 다 컸으니 이쯤에서 그만 서류 정리하고 갈라서자는 게 와이프 측의 주장이었다.

누구 맘대로?

진짜 더럽고 치사해서 그래, 갈라서자! 네가 원하는 대로 다 해줄 테니 우리 갈라서고 절대 네버 두 번 다시 보지 말자, 싶다가도 욱환 씨는 자신의 지나간 세월이 너무 야속하고 허망해 어쩔 줄을 몰랐다.

나는 니들한테 뭐니?

이미 늦은 것 같긴 했지만 와이프에게도 아들에게도 욱환 씨는 묻고 싶었다.

처음부터 거짓말을 하려고 했던 건 아니다. 와이프가 죽었다니. 생각도 해본 적 없는 이야기였다. 그런데도 자신의 무의식 깊은 곳에 그런 야릇한 소망이 숨어 있었던 건지 자각할 틈도 없이 생각은 말이 되어 입 밖으로 튀어나왔다.

말이란 게 원래 그런 물건이니까. 마음에 드는 여자 앞에서 말을 조금이라도 더 재밌게, 맛깔나게 하려다 보면 살을 좀 붙이고 떼고 부풀리기 마련이니까, 집에 금송아지 한 마리 있는 걸 백 마리 있다고 뻥 칠 수도 있는 거니까 욱환 씨는 그렇게 자기도 모르게, 와이프를 재작년 캐나다에서 유방암으로 죽은 고인(故人)으로 만들어버렸다.

"손 쓸 틈도 없이 죽었어요. 허 참."

"어머. 저런."

학교 후문 쪽 원룸촌에서 혼자 자취하며 매일 제대로 된 밥 대신 라면을 끓여 먹고 속옷, 양말을 제 손으로 빨아 입으며 14년 동안 기러기아빠 생활을 해온 점, 그리고 2년 전에 상처(喪妻)했다는 점에 희선 씨는 높은 점수를 줄 수밖에 없었다.

"실례합니다……."

"희선 씨 추우시죠? 자꾸 떠시네. 금방 보일러 올릴게요."

욱환 씨가 건네준 수건으로 머리를 말리며 희선 씨는 7평짜리 조그만 원룸 안을 안 보는 척 구석구석 샅샅이 살펴봤다. 남자 혼자 사는 집에 방문하는 게 희선 씨는 생전 처음이었다.

집에 들어서자마자 퀴퀴한 홀애비 냄새가 사방에서 진동을 할 줄 알았는데 최 대장은 남자치고 나름 깔끔한 스타일인 것 같았다.

"유자차예요. 식기 전에 드세요."

“잘 마실게요.”

그리곤 정적이 흘렀다.

희선 씨는 최 대장의 싱글 침대 위에 걸터앉아 있었고 최대장은 그 밑에서 꼭 말 잘 듣는 강아지처럼 희선 씨를 올려다보고 있는 형국이었다.

희선은 유자차를 천천히, 음미하며 마셨다. 그가 성급하게 자기 옆자리에 털썩 앉지 않고 애써 거리를 두는 것도 싫지 않았다.

이제 하겠지. 내가 이 차(茶)를 다 마시면.

벽 있고 지붕 있고 이불 있고 단둘이 있는데 아줌마, 아저씨 둘이 뭐하겠냐.

희선 씨는 앞으로 펼쳐질 사건들을 모르지 않았지만 이렇게 모른 척 내숭을 떠는 것도 어쩐지 좀 재미있었다. 꼭 처녀 시절로 돌아간 것 같았다.

“희선 씨.”

“네?”

“너무 긴장하지 마세요.”

“네? 아니에요. 저 긴장 안 해요.”

“저는요…….”

그리고 한참 뜸 들이던 최 대장은 조심조심 보석을 어루만지는 듯한 손길로 희선의 작은 손을 그 크고 투박한 손으로 살며시 붙잡았다. 방 안은 조용했다. 베란다에 보일러 돌아가는 소리가 다 들렸다. 너무 작은 목소리. 낮은 목소리. 희선은 그다음 그의 입에서 튀어나올 말을 놓치지 않고 제대로 듣기 위해 조마조마하며 침을 삼켰다. 심장 뛰는 소리가 너무 크게 들렸다. 저 사람한테도 이 소리가 들릴까?

"희선 씨랑 **대화하고 싶어요.**"

게임 오버. 희선 씨가 보이프렌드에게 카운터 펀치를 한 방 맞고 넉다운 해 있던 바로 그 시각, 정희는 퇴근 후 오 병장과 잠실로 데이트를 나왔다. 희선 씨와 최 대장이 갔던 바로 그 극장이었다.

그날 오 병장은 정희의 시험을 자기도 모르는 새에 통과해냈고 30초를 끝까지 다 센 정희는 오 병장의 통화를 받아줬다.

"여보세요?"

"어? 받았네? 어? 진짜 정희 누나 맞아요?"

수화기 건너편의 오 병장은 잔뜩 취해 있었다. 평소에는 정희 씨, 정희 씨 하더니 자기 마음대로 '누나'라고 불렀다. 집이 아니라 밖인지 자동차 클랙슨 소리도 간간이 들렸다. 술 취한 목소리를 듣자마자 정희는 전화를 받아준 걸 후회했으나 핸드폰 액정에 뜨는 그의 이름을 봤을 때, 자신이 아직 처녀라는 사실을 기억해냈다.

자신에겐 아직 **숙제**가 남아 있었다.

"네. 무슨 일로 전화하셨나요?"

자기가 생각해도 말투가 너무 딱딱하고 사무적인 것 같았다. 입을 가리고 목 기침도 몇 번 했으나 목소리는 아까랑 별반 차이가 없었다.

사실 오 병장이 한밤중에 전화를 걸어온 건 이번이 처음이 아니었다.

아침에 일어나 핸드폰을 보면 새벽 한 시, 두 시에 찍힌 부재중 전화가 몇 통씩 있을 때도 있었다. 하지만 출근해서 마주쳐도 정희는 어제 왜 전화하신 거냐고 묻지 않았고 변명을 안 하긴 오 병장도 마찬가지, 내내 모르쇠로 일관했다.

아침 출근 직후와 점심시간, 부탁도 안 한 커피 배달을 꼬박꼬박 해주고 살갑게 인사를 건 뒤 오 병장은 평소와 같이 스르르 사라졌다.

더 다가오지도 멀어지지도 않는, 지지부진한 교착 상태가 그렇게 한 달 가까이 이어졌다. 얘가 지금 도대체 나한테 뭘 하는 건가 싶었지만, 그 방면으론 도통 경험이 없었고 정희가 수없이 읽고 분석해온 문학 작품에는 이런 현실적인 20대 남녀 문제에 관한 처세술이 단 한 줄도 나와 있지 않았다.

〈제인 에어〉, 〈오만과 편견〉, 〈설득〉, 〈나목〉, 〈보바리 부인〉, 〈폭풍의 언덕〉…….

대학 시절, 여러 번 읽어본 유명한 로맨스 소설의 제목을 떠올렸으나 이야기 속에 나오는 여자 주인공들과 정희는 사는 시대가 달랐다.

물론 같이 일하는 공단 직원들은 모두 둘 사이를 눈치채고 있었다.

안 그래도 하릴없고 심심하던 찰나, 매일매일 가까이에서 관찰하고 관전하며 수다 떨 수 있는, 두 젊은 남녀의 숨 가쁜 밀고 당기기, 애정 싸움은 주변 관객들에게 퍽 재미난 구경거리였다.

오 병장이 정희 씨를 좋아하는데, 정희 씨가 몹시 튕기며 애를 태운다.

얌전한 고양이 부뚜막에 먼저 올라간다.

연하를 밝힌다.

아주 종 부리듯 한다.

같은 뜬소문들이 또 정희만 모르는 새에 역병처럼 스멀스멀 퍼져나가고 있었다.

사실 그동안 오 병장이 밤늦게 정희에게 전화를 건 건 자취방에서 친구들이랑 다 같이 술 먹고 노가리를 까다가 그 누나가 받는지 안 받는지 보게, 목소리 좀 한번 들어보게 얼른 전화를 걸어보라는 친구들의 성화에 못 이겨 스피커폰으로 전화를 건 거였다.

다행스럽게도 그때마다 정희는 전화를 받지 않았다.

애들 앞이라 아무렇지 않은 척을 하긴 했지만 오 병장은 자존심이 좀 상했다.

그렇다고 이제 와 기브업. 그만둘 수도 없었는데 그동안 정희에게 쏟아부은 돈—프렌차이즈 카페 커피값—과 시간, 노력 등 매몰 비용의 문제가 걸려 있었기 때문이다.

따라서 못 먹어도 고를 외치며 오 병장은 하던 짓을 계속 반복하는 수밖에 없었고 그렇다고 남자답게 적극적으로 다가갈 용기는 또 없었다.

오 병장은 스물세 살이었다.

고교 시절 같은 동네에 있는 여중에 다니는 3학년 여자애랑 두 달가량 문자 메시지를 주고받으며 열렬히 사귀는 기분을 내본 것, 신입생 시절 3학년 선배 누나랑 열흘쯤 사귀다 쪼다 새끼 소리를 듣고 뻥 차인 것, 그리고 같은 과 동기인 조금 못생긴 여자애랑 입대 전 석 달쯤 썸을 타본 게 다였다.

부재중 전화가 찍힌 다음 날, 회사에서 만난 정희가 어제 왜 전화하신 거냐고 기적처럼 먼저 물어봐줬어도 실수로 버튼을 잘못 눌러서 전화가 걸린 것 같다는 바보 같은 변명 밖에는 더 못 했을 거다. 그런데도 친구들 앞에서는 자꾸 센 척을 하게 됐다. 연애를 한 번도 못 해본 고등학교 친구들 사이에선 어쨌든 여자를 사귀어보긴 사귀어본 오 병장이 연애 고수로 통했다.

"이 누나 재밌지? 쉬우면 재미없더라 난."

잠시 후 음성사서함으로 연결된다는 삐— 소리 앞에서 아무렇지 않은 척 기지개를 켜며 오 병장은 그렇게 말했다.

달리 뭐 어쩌겠는가? 친구들이 보고 있는데.

그런데 친구들도 없고 혼자 술이 잔뜩 오른 채로 별 기대도 없이 그냥 한번 걸어본 전화를 정희가 받아준 것이다.

왼손으론 정희에게 전화를 걸며 남은 오른팔로는 집에 갈 택시를 잡고 있던 오 병장은 통화가 연결되자마자 택시 잡는 걸 관뒀다. 문장 사이사이 딸꾹질을 하며 핸드폰을 붙든 채로 앞으로, 앞으로 걷기 시작했다. 취한 와중에도 드는 생각은 하나였다. 이 통화가 끊기면 끝이다. 다시는 기회가 없다. 오 병장은 머리 굴리는 걸 그만두고 본능대로 행동했다. 그러자 술에 잔뜩 취했을 때, 여자와 통화할 기회가 있으면 꼭 하던 버릇이 또 튀어나왔다.

돌아가신 자기 아버지 이야기하기

총 세 번의 연애 경력에서 오 병장이 가장 길게 사귄, 같은 과 동기 여자애도 바로 이 방식으로 가까워지게 된 거였다.

대다수의 여자들은 별로 호감도 없는 남자가 술에 취해 밤늦게 전화를 걸어 질질 짜며 자기 식구들 이야기를 하면 보통 질색을 하며 도망갔지만, 가끔 아주 착한 여자들, 비율로 따지면 다섯 명 중 한 명 정도는 이 방식이 나름 효과를 발휘했다.

죽은 아버지 이야기하기, 자기 큰누나가 시집가서 낳은 귀여운 조카 사진 수십 장씩 보내기, 조카가 재롱떠는 동영상 보내주기, 아버지 돌아가시고 삼 남매를 홀로 키우느라 고생만 하신 어머니, 자기는 어머니랑 식구들한테 정말 잘 해야 하는데 이제껏 해드린 게 하나도 없다는 슬픔과 자책, 기타 등등…….

세상은 넓었다. 그리고 인생은 복잡했다. 다 큰 성인 남자를 가여워하면서 자신의 권력을 재확인하고자 하는 여자들이 있기는 있었다.

연애 경험이 전혀 없는 정희는 오 병장, 오승일의 넋두리를 가만 들으며 자기가 그에 대해 알아가고 있다고, 술김에 취중진담으로 튀어나온 깊은 속내와 속사정을 다 엿들었다고 착각하고 있었다.

요컨대 정희는 다섯 명 중 한 명 꼴로 발견되는 아주 아주 **착한 여자**였다.

그날 이후로 두 사람은 서서히 가까워졌다. 그러다 어느 순간부턴 매일 밤 자기 전 꼬박꼬박 전화 통화를 하는 사이에 이르렀다. 술을 마시지 않아도 오 병장은 전화를 걸어왔고 정희는 무시하지 않고 그의 연락을 받아줬다.

예스!

그리고 통화가 끝나면 뜨끈하게 달아오른 핸드폰의 열기가 아직 남은 오른손으로 오 병장은 열심히, 열심히 수음을 했다.

커피 배달, 인사, 점심시간에 비상구에서 살짝 만나 둘이서 나누는 별 내용 없는 수다, 씻고 잠들기 전 삼십 분에서 한 시간씩 하는 전화 통화가 둘 사이에 정해진 규칙처럼 자리 잡자 제법 자신감을 되찾은 오 병장은 누나는 자기 비밀을 하나 알고 있으니 누나도 누나 비밀을 하나 자기에게 말해달라고 했다.

그게 **공평**한 것 같다고.

처음엔 뭔 소린가 싶었지만 자꾸 듣다 보니 또 그런 것 같기도 했다.

둘이서 대화를 할 때 보통 오 병장이 말했고 정희는 들었다. 근데 계속해서 듣고 또 듣다 보니 정희는 오 병장의 온갖 정보에 대해 다 알게 됐고 오 병장의 친구들, 가족들, 심지어 대학교 교양과목 교수님들까지 다 자기 지인들처럼 느껴졌다. 그게 자꾸 반복되다 보니 어느 순간부터는, 정희에게도 자기 자신에 대해 말하고 싶다는 욕구가 생겼다.

세상 사람들 다 그러고 사니까. 꼭 말하는 질병에 걸린 사람들처럼 끊임없이 서로에게 떠들고 지껄이고 말하면서 사니까.

그러나 정희는 자기의 비밀을 정말로 말해야 할지, 말아야 할지, 말한다면 어디서부터 어디까지 말해야 할지. 그때까지도 무엇 하나 제대로 확신이 서는 게 없었다.

어디 가서 소문을 낼 것 같지는 않지만, 그리고 또 소문을 낸다 하더라도 어차피 곧 계약만료라 별 상관은 없지만 고약스러운 말이 이리저리 옮겨지고 옮아가서 같은 곳에서 근무하는 준희 귀에까지 들어갈 가능성에 대해서도 생각해봐야 했다.

준희가 알면 엄마가 알겠지, 아빠도 알 거고. 그럼 끝이다.

한바탕 또 난리가 나겠지.

생각만으로도 정희는 골치가 아팠다. 연애란 게 원래 이런 걸까?

정희는 오 병장에게 특별한 성적인 이끌림은 느끼지 못했지만, 적어도 이 애가 나쁜 놈은 아닌 것 같다는 쪽으로 자꾸 마음이 기울었다. 왜냐하면 아직 애니까.

정희는 이토록 오승일이를 얕봤다.

그리하여 어느 저녁, 둘은 평소처럼 잠들기 전 통화를 했고 금요일이라 두 사람 다 샤워 후 맥주를 마시고 있었다. 한 캔,

두 캔, 세 캔, 네 캔까지 비웠을 때 정희는 드디어 말했다. 자신의 비밀을.

반쯤은 충동적이었고 또 그 이야기를 어디서부터 어떻게 설명해야 할지도 몰라 정희는 눈에 띄게 허둥댔다. 평소와 다르게 버벅거리기도 하고 했던 말을 또 하기도 했지만 수화기 건너편에 있을 오 병장은 묵묵히 그 이야기를 다 들어줬다.

다른 사람에게 처음으로 그 이야기를 하는 거였다. 이야기가 끝나자 정희는 마음이 조금 벅찼다. 철이 들고 난 후로 이렇게 길게, 누군가에게 자기 이야기를 하는 게 처음인 것 같았다. 거울을 보지 않아도 볼이 벌겋게 달아오른 게 느껴졌다. 황급히 협탁 위에 올려둔 맥주캔을 볼에 가져다 댔지만 다 마셔서 텅 빈 맥주캔의 표면은 미지근했다.

오 병장은 그때까지도 아무 반응이 없었다. 잠든 건가 싶어 핸드폰 가까이 귀를 대보면 그는 분명 지금 깨어 있었다.

"누나. 우리 내일 만날래?"

"……몇 시에?"

▲

자기 누나 박정희 양의 뒤꽁무니를 죽어라 쫓아다니는 남자가 있고, 그 남자가 오 병장이라는 사실도 알고 있었지만 그 무렵, 솔직히 준희는 좀 피곤했다.

밤에는 가게에 나가 일하고, 낮에는 또 산으로 출근하고. 잠도 부족하고 체력도 달렸지만, 어찌 됐든 가을이 무르익어 가며 준희는 호빠 선수로서 완성 단계에 진입해가고 있었다.

몇 달간 열심히 형들을 관찰하고 분석하고 공부한 결과였다.

선수들마다 스타일이 다 달랐는데 준희는 그중에서도 특히 가게 넘버 원, 투, 쓰리—정우 형과 종훈이 형, 병재 형을 중점적으로 관찰했다.

정우 형은 목소리가 좋고 키가 컸다. 옷발도 잘 받았고 얼굴은 적당히 잘 생겼다.

이 짓을 계속하다 보니 준희도 나름 보는 눈이 생겼다.

'적당히'가 포인트랄까?

잘난 놈이든 못난 놈이든 어정쩡한 놈이든 세상 모든 수컷들이 자기가 접근할 수 있는 범위 내에 있는 가장 예쁜 여자에게 들이대는 것과 달리 여자들은 주제 파악이 빨랐다.

돈 내고 가게까지 와서도 너무 잘생긴 선수한테는 부담감을 느끼는지 오히려 그보단 한두 단계 아랫급, '이 정도면 나도 비벼볼 수 있겠다' 싶은 훈훈한 외모의 선수가 더 잘 팔렸고 그게 바로 정우 형이었다.

심지어 정우 형은 다정하고 극진한 연상 남자 친구 스타일이었다.

선수 본인이야 진이 빠지겠지만 지성이면 감천이라고, 손님들은 녹아내렸고 적어도 옆에 같이 앉아 있는 동안에는 손님이 마치 진짜 여자 친구가 된 것 같은 착각을 심어줬다.

마담형한테 들어보니 정우 형은 공사도 꼭 그런 식으로 친다고 했다.

진짜 남자 친구처럼.

"사랑은 위대한 거야."

자기 때문에 사채를 썼다가 지금은 요 앞 셔츠룸에서 일한다는 전 여자 친구들 이야기를 웃으면서 할 땐 어쩔 수 없이 준희의 양 팔뚝에도 소름이 돋았다.

반면 종훈이 형은 능글거리고 장난기가 넘치는 스타일이었다. 친구 같은 남자 친구. 사랑과 우정 사이. 이쪽도 판타지를 팔긴 마찬가지였지만 내용물이 조금 달랐다. 정우 형이 기대고 싶고 어리광을 부리고 싶은 편안한 어른 남자라면 종훈이 형은 오래된 소꿉친구.

호스트바에 와서 소꿉친구 찾는 게 웃기긴 했지만, 이쪽도 여자들이 환장하는 스타일인 건 확실했다.

하지만 사흘간의 집중 관찰 끝에 준희는 결론을 내렸다. 종훈이 형이 뿜어내는 매력은 도저히 따라 할 수 없는 거였다.

여유? 그건 타고나야 했다.

셋 중 가장 키가 작고 나이가 많은 병재 형은 스물여덟 살인데 액면가로는 스물두 살처럼 보였다. 테이블에 들어가면 손님들이 닮았다고 난리치는 아이돌만 여럿이었고 새로 지명하는 손님보다는 거의 단골 장사였다.

귀여운 동안 외모에 가끔가다 강한 부산 사투리로 툭툭 던지는 말 한마디 한마디가 웃긴, 종잡을 수 없는 캐릭터였지만 동성인 준희가 봐도 매력적인 인물이란 건 부정할 수 없었다.

중성적인 외모와 목소리 때문인지 병재 형은 남자나 여자라기보다는 요정 같았다. 그리고 룸에 들어가도 거의 말을 하지 않았다. 대신 자기 옆에 앉은 손님하고만 속닥속닥 귓속말을 했고 반드시 2차를 나갔다.

어쩌다 가끔 말을 할 때는 꼭 손바닥으로 입을 가리고 해서 처음 봤을 때 준희는 혹시 그쪽인가 했다.

아니었다.

근처 룸싸롱으로 선수들 회식 가는 걸 제일 좋아하는 사람이 병재 형이었다.

룸에 들어가서 일할 때는 철저히 숨겼지만 병재 형은 사실 남자다운 마초 스타일이었고 형님, 아우 관계를 유비, 관우, 장비보다 중시했으며 입만 열면 욕이었다. 손님들 앞에서 손바닥으로 입을 가리는 건 그냥 쇼맨십이었다. 캐릭터에 맞춘.

남자와 여자, 어른과 아이의 중간쯤에서 길을 잃은 것 같은 병재 형의 요정 같은 이미지는 처음부터 끝까지 다 가짜였지만 그런 스타일은 수요가 꽤 있는 데에 반해 공급은 거의 없기에 돈이 됐고 돈이 되면 하여튼 그건 진짜였다.

무엇보다 병재 형은 엄청났다.

선수들 거기 크기까지 관찰하려 했던 건 아니었지만 (왜냐면 그건 관찰해도 따라 할 수가 없으니까) 우연히 소변기 앞에 나란히 서 있다가 보게 된 병재 형의 물건을 보고 준희는 단숨에 이 모든 것을 수긍했다.

잘 팔릴 만하구나!

병재 형은 성 중독자였다. 자기는 여자 없인 단 하루도 잘 수 없다고.

같은 가게에 비슷한 스타일의 선수가 덤으로 또 있을 필요는 없었다. 살아남기 위해서 준희는 아예 다른 특기를 개발하거나 형들보다 더 잘해야 했다.

준희는 전자를 택했다.

연상의 다정함, 동갑의 여유, 연하의 귀여움이 아직 잠식하지 못한 블루오션!

"넌 입 열면 깨."

준희를 면접 본, 제일 친한 마담형의 조언에 따라 다른 형들처럼 입을 털어서 손님을 웃겨주지 못할 바엔 아예 숫기가 없고 남자다운, 과묵하고 내성적인 이미지로 밀고 나가기로 했다. 말수를 줄이기로 결심한 것이다!

아아—

돈 벌기가 이렇게 힘들었다.

"슬램덩크 서태웅."

"그게 먹혀요?"

"기집애들 환장해."

가게 앞 24시 감자탕집에서 마담형이 콕 집어준 은호의 차세대 롤모델은 만화 〈슬램덩크〉의 서태웅이었다. 그러고도 불안했는지 헤어질 때 마담형은 다시 한번 강조했다. 은호야…… 형이 진짜 너 생각해서 하는 말인데…….

"넌 좀 닥쳐야 해."

카카오톡 상태 메시지에 늘 '카르페디엠', '욜로' 그것도 아니면 '인생은 속도가 아니라 방향이다' 같은 명언을 올려두길 좋아하는 명언쟁이 재무설계사 형은 오픈 전, 대기실에서 같이 제육을 먹다 한숨을 푹푹 쉬는 준희를 보며 '돈 벌기가 쉽지 않지?' 같은 소리나 해댔다.

쉽지 않긴.

은호는 돈을 잘 벌었다. 야간에 산불 감시조로 배치된 날만 아니면 매일 꼬박꼬박 가게에 출근했으니까. 하루에 기본 서너 테이블은 들어갔고 은호를 보기 위해 이 가게를 찾는 단골도 제법 있었다.

단 하나 문제가 있다면 돈이 모이지 않는다는 것뿐.

참담했다.

돈은 돌고 돌았다. 돈은 잘 버는데 돈이 없었다.

돈이란 게 결국은 돌고 도는 거기 때문에 모이지 않는 걸지도 몰랐다.

돈 돈 돈!

그놈의 돈은 죽어도 준희의 앞에 와서 고여주지를 않았다.

돈을 모으려면 그만큼의 그릇이 돼야 했으나 속이 간장 종지만 한 준희 같은 치에게 돈 같은 요사스러운 물건이 순순히 양 귀짝을 잡혀줄 리가 없었다.

그런데도 준희는 엉뚱한 곳에서 문제의 원인을 찾았다. 답은 공사다!

하지만 퇴근 후 곧바로 2차까지 나가는 건 물리적으로 불가능했다. 그 시간이면 준희는 다시 산에 가야 했으므로.

그놈의 국방의 의무가 번번이 준희를 좌절시켰다.

그날그날 번 T.C값과 손님들이 준 팁을 모아봤자 푼돈이었다. 정말이지 공사 말고는 딴 방법이 없었다. 하지만 공사는 장기전이었고 준희는 시간이 없었다. 젠장!

준희는 멍청했고, 욕심도 많았다. 어디 가서 사기당하기 딱 좋은 스타일이었다. 게다가 벌써 밤일을 한 지도 꽤 돼서 자기도 이 바닥에 대해서 알 만큼은 안다고 자부하고 있었다. 애매하게 아는 건 아예 모르는 것만 못하다고 공자님*께서 그렇게 누누이 말씀하셨는데!

준희는 롤렉스가 가지고 싶었다.

얼빠진 동기 녀석들을 뒤로하고 명동역 호텔을 뛰쳐나와 택시를 잡고 논현동으로 돌아오며 자신에게 한 굳센 맹세는 이미 잊은 지 오래였다. 집에서, 혹은 낮에 출근해서 가끔가다 누나를 마주쳐도 이전과 같은 피 끓는 애달픔은 느껴지지 않았다.

어차피 월급은 또 따로 받으니 손님들한테 받는 팁은 그날 그날 물 쓰듯 마구 쓰고 있었다. 밥 사 먹고 택시 타고 게임 아이템 지르고 옷 사 입고 머리하고. 전에는 가게에 굴러다니는 왁스로 대충 머리를 만졌지만 이젠 무조건 출근 전 미용실에 가서 전문가가 해주는 드라이를 받았다.

준희만 그런 게 아니라 어지간히 팔리는 선수들은 다 그랬고 오늘따라 초이스가 잘 안 되면 중간에도 미용실에 가서 머리를 다시 만지고 돌아왔다.

호스트바 생활이란 버는 것 이상으로 지출이 생길 수밖에

* "아는 것을 안다고 하고 모르는 것을 모른다고 하는 것, 이것이 아는 것이다. 知之爲知知 不知爲不知 是知也" —《논어》〈위정(爲政)〉 중

없는 세계였다.

뭐, 그래도 괜찮았다. 내일 또 출근해서 벌면 되니까.

초반에 테이블에 못 들어가던 시절에는 준희도 남들처럼 버스와 지하철을 갈아타며 마천동에서 논현동까지 출퇴근을 했지만 이젠 걸어서 5분이면 가는 거리도 꼬박꼬박 택시를 탔다.

낮에는 헬스 트레이너를 준비하는 가게 형이 매번 어플로 택시를 호출하는 준희를 보며 스무 살이 넘었는데 어떻게 면허도 없냐며 얼른 면허를 따서 중고차를 한 대 사서 몰고 다니기를 권했다. 중고차?

코웃음이 났다. 저 형, 진심인 걸까?

시계라면 또 모를까 차에는 이제 별로 관심이 가지 않았다. 김선우 그 새끼가 먼저 선수를 쳐서 김이 팍 새버린 것이다. 당장 차를 산다 해도 그 차를 어떻게 가족들 눈에 띄지 않게 몰고 다니며 간수할지도 문제였다. 무엇보다 명색이 자기는 선수인데 자동차를 내 돈 주고 사기는 좀 그랬다.

그런 건 손님이 알아서 사줘야지.

준희는 본능적으로 스폰을 찾고 있었다.

"그럼 아줌마가 낫지. 너 보도 들어가라."

"보도요?"

"응."

"거기 돈 잘 벌어요?"

그리하여 은호는 두 달 만에 가게를 관두고 병재 형이 소개해준 보도 박스 '플라워문'에 들어가게 됐다. 낮에는 산을 타고 밤에는 실장 형이 운전하는 봉고차를 타고 강남 바닥을 돌아다니며 이 가게, 저 가게 원정 초이스를 다니는, 밤 생활 2막이 막을 올린 것이다.

한 가게에서 끝나면 차를 타고, 한 가게에서 끝나면 다시 차를 타고 이동해야 해서 몸은 몹시 고됐지만 형들 말대로 수입은 배로 늘었다. 가게에서 상주할 때는 기껏해야 하루 두세 테이블 들어가던 게 이젠 잘하면 여섯 테이블까지도 볼 수 있었고 한 가게에만 죽치고 앉아 있는 게 아니라 다양하게 여기저기 가보니 시야도 점점 넓어지는 것 같았다.

그런데도 은호는 자꾸만 갈증을 느꼈다.

이게 아닌데. 이게 아닌데.

언제까지 이 짓을 할 수 없다는 건 알았지만 이상하게도 발을 뺄 수가 없었다. 아무래도 돈 때문인 것 같았다. 이만큼 쉽게 돈 버는 일도 없으니까. 은호는 돈을 잘 벌었지만 돈이 없었다. 그리고 큰돈을 번다고 해도 딱히 할 일도 없었다. 근데도 맨날 피곤하다, 죽겠다 소리를 하면서도 자기가 왜 이 일을 관두지 않는지 자기가 생각해도 스스로의 행동이 이해가 되지 않았다.

라미네이트? 누나? 롤렉스? 충무로? 아닌가, 역시 돈 때문인가?

술 먹고 노는 게 재밌어서 그런가?

확실히 낮에 하는 일을 하면 못 만날 인종들을 이 바닥에선 쌔고 쌔게 볼 수 있었다. 씀씀이가 커지는 것도 싫지 않았다. 지하철을 몇 번이나 갈아타며 한두 푼에 빌빌대는 이전의 구질구질한 삶으로 돌아가고 싶진 않았다.

대피소에 앉아 먼 산을 쳐다보며 멍하니 도를 닦는 순간에는 이런저런 생각이 들었지만 찬찬히, 하나하나 짚어가며 그 무수한 생각의 가닥을 가지런히 정리하는 건 불가능했다. 조금만 생각을 하면 곧장 머리가 띵했으니까.

수면 부족 때문인 것 같았다.

그래도 롤렉스는 가지고 싶었다.

지금 준희가 가장 원하는 건 잠, 그리고 롤렉스.

대기실에 앉아 있던 중 파텍필립, 오메가, 롤렉스 어쩌구 하는 형들의 대화에 낀 게 문제였다. 모르면 그냥 모르는 세계인데, 시간이야 핸드폰 화면만 봐도 알 수 있는 건데 선수들이 끼고 다니는 이런저런 시계를 실제로 보고 또 출근해서 듣는 게 있다 보니 준희의 마음속에도 새록새록 견물생심(見物生心)이 피어났다.

명품(名品)의 세계에 눈을 뜬 것이다.

자기도 나름 잘 나가는 선수인데 그럴듯한 시계 하나 없는 건 말이 되지 않는 것 같았다. 형들 말대로 시계는 남자의 **자존심** 아닌가.

준희는 자꾸만 빈 손목이 허전했다. 파텍필립까지는 바라지도 않았다.

조만간 호구 하나 잡아서 시계를 선물 받고 이 바닥 뜨겠다는, 그래서 이 경험을 밑거름 삼아 새로운 삶을 살아보겠다는 야무진 계획도 몇 차례 세웠으나 공사를 치려면 낮에도 밖에서 꾸준히 손님을 만나야 했고 연락도 신경 써야 했다.

손님더러 남한산성으로 오라고 할 순 없는 노릇이었다.

그리스 희곡 속의 데우스 엑스 마키나처럼 기계 장치의 신이 공중에서 떡하니 내려와 넌 조금 기다려라, 너는 저쪽으로 가라, 너는 이렇게 해라, 앞으로 나아갈 방향을 딱 짚어줬으면 좋겠다는 생각까지 들었다.

사실 자기가 진짜 원하는 게 뭔지 준희는 알지 못했다.

그게 바로 준희의 문제였다.

수면 부족에 시달리는 은호는 늘 하던 대로 관성에 기대 매일매일 출근을 했다. 꾸벅꾸벅 졸면서도 낮에는 산을 탔고 밤에는 또 봉고차를 타고 서울 강남 바닥을 돌아다니며 여자들의 술잔에 술을 따랐다.

생각하기를 관뒀다.

▲

물이 든다는 것도 모르는 채로 물이 들었을 땐 이미 늦은 법.

우리들의 김 회장, 창석이는 준희의 미래였다.

과거는 과거로 묻어두고 이쯤에서 다시 산으로 돌아오면 배 회장이 새로 취임한 산이 좋아 2기의 분위기는 아까부터 계속 아슬아슬했다. 박 회장님과 미연이야 이미 다른 세상에 가서 하하하 호호호 주접을 떠느라 눈치채지 못하고 있었지만, 오늘의 희숙이는 정말로 정상이 아니었다.

무슨 의도인지 평소에는 취급도 안 했던 윤 여사 옆에 딱 붙어 **끊임없이** 말을 걸었다. 초반에는 상냥하게 말을 걸던 조 여사는 시간이 지나자 무례한 내용도 서슴없이 물었고 묻고 나서 윤 여사의 대답을 기다리는 법도 없었다.

처음에는 웃으며 같이 말을 받아주던 윤 여사도 시간이 흐를수록 표정이 굳어갔다. 곁에서 그 꼴을 지켜보던 김 회장의 심장은 새까맣게 그을려갔다. 하지만 구사일생, 종혁이 형의 도움을 받아 박재수 그 머저리한테 떠넘기는 식으로 겨우 빠져나온 치명적인 올가미에게 정면으로 맞설 용기는 감히 생기지 않았다.

"형이 어떻게 좀 해봐!"

"내가 왜!"

"형이 대장이잖아!"

듣고 보니 반박할 거리가 없었다. 그렇지. 내가 대장이었지.

조 여사는 이미 맛탱이가 갔고 이 여사는 그 꼴이 보기도 싫은지 이미 구 회장과 둘이 저만치 앞서 산을 오르고 있어서 오늘의 산이 좋아는 재수 없게도 짝이 안 맞았다. 이쁜 미연이는 웬일인지 이미 박재수 그 쪼다가 차지해버렸고 창석이는 윤 여사 옆에 딱 붙어 있으니 빼도 박도 못하게 자신이 저 폭탄을 처리해야 했다.

술에 취한 것도 아닌데 인간이 저럴 수 있다는 게, 배는 그저 놀라울 뿐이었다.

보디가드처럼 여심이 누님의 오른편에서 바짝 붙어가며 사태를 전부 관망하던 창석이는 종혁이 형이 선뜻 나서지를 않자 있는 용기, 없는 용기를 다 끌어모으며 적절한 타이밍을 재고 또 쟀다.

김의 자연스러운 인터셉트로 윤은 겨우 조에게서 풀려났으나 그사이 이십 년은 더 나이를 먹은 것 같았고 그 얼굴을 정면으로 본 창석이는 좀 놀랄 수밖에 없었다.

띠동갑하고도 반 바퀴. 18살의 나이 차는 이렇게 쉽지가 않았다.

배는 이쯤에서 쉬어가자며 회원들을 불러모았고 남한산성 둘레길 공사장 옆 빈 공터에 회장님들은 차곡차곡 신문지를 깔았다. 넓적한 돌들이 군데군데 벤치처럼 놓여 있어서 도시락을 까먹기엔 안성맞춤이었다.

그리고 조 여사의 히스테릭한 높은 웃음소리가 산이 좋아 회원들이 둥그렇게 모여 앉은 고요한 소나무숲 산책길 안에 울려 퍼졌다.

"미친년."

두고 보던 이 여사가 마침내 입을 열었다. 하지만 웃음소리가 너무 커서 조 여사의 귓전에는 닿지 않은 것 같았다. 이것은 다행인가, 불행인가.

'하여튼 여자들은 쓸데없는 걸로 분란을 만들어.'

바야흐로 산이 좋아의 새로운 회장, 배종혁이가 나설 차례였으나 배 대장님은 의협심과는 거리가 먼, 누울 자리를 봐가며 발을 뻗는 신중한 스타일이었다. 타고난 전략가답게 그는 악마 같은 뾰족한 귀를 쫑긋거리며 일단 가만히 있었다.

창석이 역시 이 상황이 두렵기는 마찬가지였으나 아까부터 자꾸만 여심이 누님에게 말을 거는 조 여사를 옆에서 가만히 두고 보니 어? 이거 잘하면 자신에게 전화위복의 기회가 될 수도 있다는 본능적인 예감이 연기처럼 모닥모닥 피어오르며 점점 가슴이 떨렸다.

왜냐고?

그냥.

본능에는 논리가 없는 법. 창석이는 겉으론 난처한 표정을 지으며 속으론 파이팅, 조 여사에게 작은 응원을 보냈다.

조는 그사이 잠시 소강상태에 빠졌는지 귀신같은 긴 머리카락을 아래로 축 늘어뜨리고 고개를 푹 숙인 채 가만히 앉아서 땅바닥을 보고 있었다. 박재수는 본능적으로 자신의 여자, 미연이를 왼팔로 단단히 껴안았다. 구 회장은 겁에 질린 늙은 염소처럼 여사님들이 싸 온 도시락의 방울토마토와 오이를 번갈아 가며 씹으며 불안을 달랬고 올라오는 내내 조에게 시달린 윤 여사는 애써 그쪽을 못 본 척하며 자기가 깔고 앉은 신문지에 손가락으로 뻥뻥 구멍을 뚫었다. 물론 바로 옆에는 창석이가 있었다.

윤 여사도 창석이가 싫진 않았다. 그러나 유감스럽게도 이미 진이 다 빠진 후라 오늘만큼은 남자고 2차고 나발이고 그냥 집에 가서 씻고 강아지 쫑아랑 놀아준 뒤 한숨 자고 싶었다.

재가 왜 저럴까.

그러나 희숙 씨 오늘 대체 왜 그러는 거냐고 대놓고 물을 생각은 추호도 없었다.

늙은이다운 선견지명을 발휘해 윤 여사는 일찌감치 희숙이를 포기했다.

산이 좋아 회원들에겐 62년생 범띠라고 자신을 소개했지만 사실 여심 씨는 59년생 돼지띠, 6학년 2반이었다. 별의별 인간군상들과 지지고 볶고, 속고 속이고. 인생이 선물하는 단맛, 쓴맛, 짠맛, 매운맛을 다 본, 예순두 해를 살아온 삶의 경륜이 말해주고 있었다.

희숙이는 자연재해 같은 거였다. **쿼바디스.** 어차피 그 답은 하느님만이 아실 텐데 내가 먼저 나서서 똥인지 된장인지 찍어 먹어볼 필요는 없지 않은가.

"저 이제 이 모임 안 나올래요."

"언니 칠팔 학번이죠?"

인내심의 한계에 다다른 이 여사가 바닥에 내려놨던 배낭을 다시 주워 메며 자리에서 벌떡 일어섬과 동시에 조 여사가 또 알 수 없는 소리를 해댔다.

적막한 소나무 숲 공터 사이로 청량한 가을바람이 불어왔다. 박재수는 문득 고개를 들어 하늘을 봤다. 울울창창 높은 소나무 가지 사이로 스며든 한 줄기 가을 햇살이 일직선으로 윤 여사의 얼굴을 내리쬈다. 마치 대극장의 핀라이트처럼.

구름 사이에 숨어 있다 반짝 나온 가을 햇볕이 일순간 자신을 비추자 윤 여사는 조금 놀란 표정이었다. 윤은 얼른 오른손으로 손차양을 해 햇볕을 피했다.

"**자기.** 또 무슨 소리야?"

자기는 윤 여사의 말법이었다.

"다 알아요. 저."

"그니깐 뭘?"

"저 친한 언니도 E대 법대 나왔네요. 지금은 변호사구. 저번에 노래방에서 찍은 사진 보여줬는데 언니랑 대학교 2년 후배라네? 언니가 그랬지? E대 나왔다며!"

어느새 희숙이는 말이 반 토막이었다. 술에 취했을 때처럼 울거나 소리를 지르진 않았지만 지금 그녀는 말 한마디, 한마디를 할 때마다 볼이 파르르 떨릴 정도로 흥분한 상태였다.

불과 30초 전 분연히 탈퇴 의사를 밝히며 자리에서 일어났던 이 여사는 순식간에 잊혔다. 계획대로 쌩하니 퇴장하지 못하고 엉거주춤 다시 자리에 앉았고 그 옆에 대머리 독수리 구회장도 왕성하던 저작 운동을 멈췄다.

이게 무슨 소리야? 몰라 나도.

산이 좋아 회원님들은 눈짓, 손짓으로 대화하며 저마다 나름대로 맥락을 뒤쫓고 있었다. 최선을 다해 줄거리를 파악할 것.

그런가 하면 관객의 두 번째 의무는 몰입이었다.

"어머."

미연이는 충격이 심했는지 그만 감탄사를 입 밖으로 내뱉었다. 눈앞에서 펼쳐지는 각본 없는 드라마에 푹 빠져 있던 박재수는 그 소리에 퍼뜩 정신을 차렸다. 그리곤 기사도 정신을 발휘해 더 꽉, 꽉, 자기 여자를 끌어안았다.

가만 보자. 칠팔 학번이면 대체 몇 살이지?

뜻밖에도 배 회장의 원대한 계획을 실현할 명분이 생긴 것 같았다. 칠팔이면 59년생…….

6학년 2반

쉰아홉도 굉장히 거시기했는데 환갑 넘은 분이 끼는 건 정말 좀 아닌 것 같았다. 그놈의 레이디 퍼스트가 발목을 잡아 밀어내지 못하고 있었을 뿐. 이젠 알아서 떨어져 나가줄 것 같았다.

조 여사 이 귀염둥이.

배는 어느새 미치광이 조 여사 편이었다. 이게 웬 떡이냐.

"사과해요! 왜 가만있어? 우릴 다 속였잖아! 내 말이 틀려요?"

배 회장과 창석이의 웬 떡, 조 여사는 미친 여자답게 **사과**에 집착하기 시작했다.

사과한다고 원래 예순두 살인 걸 세 살 팍 깎아서 쉰아홉이라고 거짓말한 게 달라지지도 않을 테고, 왜 그렇게 윤 여사 나이 속인 거에 조 여사가 방방 뛰는지도 모를 영문이었지만 아무렴 지금 그게 중요한 게 아니니까.

그 정도로 조 여사는 불안했다. 불행했다. 당장 눈에 띈 게 여심 씨였을 뿐 윤 여사가 아니어도 상관없었다. 누구든 상관없으니 그냥 내가 정말 미안하다는, 잘못했다는 진실된 사죄의 말 한마디를 듣고 싶어 조는 거의 미칠 지경이었다.

셈이 끝난 배가 산이 좋아의 대장으로서 조 여사를 거들기 위해 닫혀 있던 입술을 뗀 그 순간, 창석이가 소리쳤다.

"진짜 그만 좀 해요!"

"야! 내가 뭘!"

조는 지지 않았다.

배 울림통 아래 저 깊은 곳에서 올라오는 것 같은 성량과 기세에 움찔했으나 창석이는 그사이 입안으로 몇 번 연습까지 한 자신만의 연상녀 공략 필살 대사를 쳤다.

"다 같이 사람 하나 이렇게 궁지에 모는 거 인간적으로 아니지 않아요? 나이가 뭔 상관인데요? 참나, 진짜 어이가 없어서. 여심 씨 일어나요. 갑시다!"

손차양을 한 채로 그대로 돌이 된 윤 여사는 그렇게 스르르 자리에서 일어나 말없이 창석이의 뒤를 따라 산을 내려갔다. 조 여사가 간절히 바랐던 미안하다는 한마디 사과도, 그래서 그런 거라는 구질구질한 자기변명도 일절 없었다.

창석이는 재빨리 윤 여사가 싸 온 도시락통을 탁탁 닫아 누님의 배낭 안에 착착 넣더니 그 배낭까지 자기가 앞뒤로 메고 여심이 누님의 오른손을 낚아채 제가 잡더니 무대에서 사라졌다.

"형님들도 진짜 그러는 거 아닙니다."

연하남의 마지막 대사는 그거였다.

배는 속으로 아이고 저 새끼 또 지랄한다 싶었지만 뭐 어쨌든 윤 여사 그 할망구가 눈앞에서 사라졌으니 그것으로 땡큐라고 생각했다.

설마 이젠 쪽팔려서라도 안 나오겠지.

하나, 산이 좋아 남자 회원들을 오직 자신의 사람들로만 채울 것.

둘, 회원들의 연령대를 확 낮출 것(여자는 70년생 아래로만 가입 가능).

셋, 깜냥 안 되는 최 대장 대신 자신이 대장이 되어 호형호제하는 형 동생들과 같이 아리따운 미녀 회원들을 여럿 거느리며 아름다운 자연 속에서 아싸리 호연지기를 기를 것.

드디어 부자 누님 앞에서 한 건 올린 창석이가 윤 여사와 함께 시야에서 멀어지는 것을 확인하며 배는 자신의 달콤한 계획을 다시 한번 곱씹었다.

무려 스물한 살 어린 아들뻘 되는 남자가 제 어미뻘 되는 늙은 여자 지갑을 한번 털어먹겠다고 저러는 게 우습기도 했지만 먹고산다는 건 그리 간단한 문제가 아니었다.

사기, 도박, 절도, 허영, 기만, 허위…….

배 회장은 이 모든 삶의 방식을 존중했다. 그리고 딱 그만큼 자신도 존중받길 원했다.

소나무 숲길 사이로 시원한 가을바람이 한차례 불어왔다.

윤과 김이 사라졌으니 연극은 그걸로 끝난 거였다. 해는 다시 구름 사이로 들어갔고 배우들이 모두 퇴장한 무대에서 관객들은 여운을 즐기고 있었다.

그중 앞에 앉은 조 여사와 정면으로 눈이 마주친 박재수가 맨 먼저 정신을 차렸다.

"그럼 우리도 이만."

그 말과 함께 정희, 준희 아빠 박재수 씨는 헐레벌떡 미연이를 끼고 산을 내려갔고 배종혁 대장님이 이끄는 산이 좋아 2기의 첫 가을 산행은 그렇게 파토가 났다.

▲

산이 있으면 계곡이 있고 계곡이 있으면 물이 흐른다.

산이 높으면 계곡이 깊고 산이 낮으면 계곡이 얕다.

오르막길이 있으면 내리막길이 있고 오르막보다 내리막이 더 힘들다.

오르막길을 오를 때보다 내리막길을 내려가는 게 더 위험하다.

더 많이 다친다.

그리하여 산은 우리네 인생과도 같다.

뱀이 나오면 **지그재그**로.

하산(下山)

위험을 깨닫지 못하는 자는 두려움조차 모른다. 그 시각, 두려움을 모르는 남자 박재수는 또 하나의 새로운 위험 속으로 걸어 들어가고 있었다. 이성(理性)을 눈멀게 하고 염치와 슬기를 마비시키는, 연애라는 열병(熱病)이 바로 그것이었다.

애들 엄마와의 생활이 5층 베란다에서 1층 화단 바닥으로 추락사한 시큼털털한 도토리묵 같은 거라면 미연이와의 연애는 치면 치는 대로 튀어 오르는 공 같았다. 도토리묵에 맞춰 똑같이 먹을 것에 비유하자면 미연이는 뭐랄까? 말랑말랑, 쫀득쫀득 씹는 맛과 찰기가 살아있는 찹쌀떡 같달까?

찹쌀떡.

찹, 싸알—떡!

피부가 까무잡잡하고 눈꼬리가 길게 빠진 미연이를 바라볼 때마다 이상하게도 박재수 씨는 검은 고양이나 흑표범 대신 자꾸만 흰 찹쌀떡이 떠올랐고 앞에 앉아 있는 여자를 구석구석 앙, 앙, 깨물어주고 싶어 이빨리가 근지러웠다.

물론 미연이는 검은 고양이도 뭣도 아니었다. 흰 찹쌀떡은 더더욱 아니었다.

떡을 잘못 먹어 체하면 약도 없다는, 그래서 누워서 떡을 먹으려 들면 안 된다는 선조들의 오랜 지혜를 박재수 씨는 끝내 기억해내지 못했고 조 여사가 한바탕 난리를 쳤던 그날, 둘은 떡을 쳤다.

순도 100%의 러브

봄 보지는 쇠 저를 녹이고 가을 좆은 쇠판을 뚫는다고 했던가.

도무지 이해할 수 없었던, 여자한테 빠져 마누라랑 사니 마니 회사까지 와서 생난리를 피우던 그 머저리들의 심정을 이젠 박재수 씨도 대충 알 것만 같았다.

무엇보다 그들 중 대다수가 업소에서 일하는 아가씨들과 몰래몰래 만남을 이어가다 와이프한테 딱 걸려 이혼을 당하고 애들을 뺏기고 양쪽 여자한테 다달이 돈을 가져다 바치는 바보짓을 했던 것과 달리, 자신은 돈과는 일절 관계없는, 남자와 여자, 순수하게 오로지 마음과 마음으로 조건 없이 만나는 **진짜** 사랑이란 게 박재수 씨가 지닌 남자로서의 자존심을 한결 든든하게 해주었다.

우린 참 특별해.

“미연이…… 남편은 뭐 하는 사람이야?”

그래서 그날 산에서 내려온 후, 매일같이 하루도 빼놓지 않고 만난 지 딱 일주일쯤 됐을 때 방이동의 한 삼겹살집에서 지글지글 익어가는 불판 위의 고기를 집게로 착착 뒤집으며 박재수 씨는 그렇게 심상히 물을 수 있었던 거다.

“오빠, 나 처녀야.”

“뭐?”

“응? 뭐가 뭐?”

“응?”

“응? 왜?”

“…….”

“아, 내가 말 안 했던가?”

10월 8일 한로(寒露)—제비가 강남땅으로 돌아가고 기러기가 북쪽에서 날아오는, 이슬이 찬 공기를 만나 서리가 된다는 한로는 단풍의 절정, 가을의 끝물. 또한 이날은 구사일생 천우신조 격으로 올가미에서 살아 돌아온 정희, 준희 아빠 박재

수 씨가 밑 없는 우물에 빠진 날이자 우리들의 귀염둥이 조 여사, 희숙이의 마흔일곱 번째 생일날이었다.

박재수 씨가 고기 굽는 연기 속에 잠겨 미연이에게 대꾸할 말을 찾고 있던 그 시각, 이 여사와 조 여사 두 여사님은 기쁜 날을 맞아 축하파티를 위해 단둘이 단란하게 놀 수 있는 천호동의 한 단란주점을 찾았다.

"호스트바아? 어머, 언니!"

"뭐 어때. 별로 비싸지도 않대. 도우미 값은 언니가 낼게."

조 여사가 윤 여사에게 폭탄을 던진 그 날, 두 여사님은 앞서거니 뒤서거니 하며 어색하게 산에서 내려와 백숙집에서 1차, 호프집에서 2차, 노래방에서 3차, 마지막으로 조 여사 혼자 사는 아파트까지 가서 새벽 내내 4차를 달리며 별것도 아닌 걸로 서로 오해하고 미워하며 머리채까지 잡았던 지난날의 앙금을 깨끗이 씻어내고 다시 서로 죽고 못 사는 의자매로 돌아왔다.

둘은 그날 아주 많은 이야기를 했다. 서로 소원했던 지난 두 달간 서로에게 어떤 일이 있었는지에 대해서. 해 뜨면 요가하고 해지면 자고 주말이면 산이 좋아에 나오는, 별반 다를 것 없는 일상을 살아온 이 여사님과 달리 희숙이의 상황은 최악이었다.

남편에게서 서류가 날아온 것이다.

제발 이혼 좀 해달라고, 이젠 나도 남은 인생 사랑하는 사람과 알콩달콩 깨 볶으며 행복하게 살고 싶다는 우스운 애원과 함께 이혼서류를 보내오는 거야 연례행사 같은 일이었지만 이번에는 좀 달랐다. 그러나 그 사실을 꿈에도 눈치채지 못한 희숙이는 그날 아침에도 또 시작이군, 픽 코웃음을 치며 빠른 등기로 날아온 서류 봉투를 태연한 얼굴로 열어보았다.

이혼 조정 신청서 밑에 또 뭐가 있었다. 소파에 앉은 희숙이가 봉투를 거꾸로 들고 탈탈 흔들자 사진 몇 장이 바닥으로 후두둑 떨어졌다.

모텔에서 나란히 나오는 희숙이와 김 회장 사진이 한 장, 모텔로 같이 들어가는 희숙이와 박재수 사진이 또 한 장.

CCTV로 이 상황을 모두 지켜보고 있던 것처럼 때마침 남편에게서 문자가 왔다.

희숙아…… 우리 이제 그만하자. 나 당신한테 정말 이러기 싫어. 우리 정리해도 지금 사는 아파트는 당신 줄 거니까. 근데 당신이 계속 이렇게 나오면 우린 싸워야 해. 난 당신이랑 싸우기 싫고 이 싸움에서 당신은 무조건 불리해. 알지? 제발 우리 그동안 같이 산 정을 생각해서라도 재판까진 가지 말자. 생각 정리하면 연락 줘.

'알지?'

뭘 안단 말인가. 거기까지 읽었을 때 조 여사는 머릿속에서 가느다란 선 한 가닥이, 퓨즈가 나가듯 뚝 끊기는 것을 느꼈다.

남편은 그 후로 매주 조 여사가 사는 마천동 아파트로 꼬박꼬박 등기를 한 통씩 보내 희숙이의 속을 뒤집어놨다. 빼도 박도 못할 모텔 사진은 처음 보낸 그 두 장뿐이었으나 비장의 카드로 숨겨둔 다른 사진, 더 심각한 사진이 또 있을지도 몰랐다.

비겁한 새끼.

남편이 매주 보내오는 사진 속에는 희숙이를 비롯한 산이 좋아 멤버들의 얼굴이 하나도 빠짐없이 담겨 있었다. 그 속에서 그들은 같이 산을 오르고 도시락을 까먹고 막걸리와 소주를 나눠 마셨다. 손을 잡고 허리를 감싸고 어깨를 주물러주고 식당에도 갔다. 술을 마시고 함께 택시를 타고 노래방에도 갔다.

등기를 두 통인가 세 통인가 받았을 때 찾아간 서초동의 한 이혼 전문 변호사 사무실에서 희숙이는 윤 여사의 한 학번 대학 후배를 만났다. 변호사의 사촌 언니라는, 사무실 살림을 도맡아 하는 나이 지긋한 사무장이 E대 영문과 출신이었다.

세상은 좁았다. 손바닥 같았다. 부처님 손바닥 위의 중생들은 자기도 모르는 새에 인연이란 이름의 붉은 실로 서로 얽히고설켜 있었고 조 여사는 우연히 그 사진을 본 사무장을 통해 윤의 진짜 나이를 알게 됐다.

그러거나 말거나 은테안경을 쓴 지루한 표정의 중년의 여자 변호사는 당분간 동호회에는 나가지 말고 집에서 조용히 자숙할 것을 권고했다. 물론 소귀에 경 읽기였다. 윤이 62년 범띠, 쉰아홉이 아니라 59년 돼지띠 예순둘이란 걸 알았을 때 조 여사는 분노로 피가 들끓는 것을 느꼈다.

'늙은 여우 같은 년. 감히 날 속였어? 우릴 전부 속였어?'

"이혼을 안 하려는 특별한 동기라도 있나요? 뭐…… 복수심?"

"네?"

"냉정하게 말씀드릴게요. 질질 끌어봤자 이쪽만 손해예요."

"아니, 안 그러자고 이렇게 변호사님한테 온 거잖아요!"

"진정하세요. 물론 저는 사모님 편입니다. 근데 법은 남자 편이에요. 아시죠? 남편 있는 유부녀가 남편 명의 아파트에서 생활비까지 타 쓰면서 매주 동호회에 나가 한 놈도 아니고 사진으로 증거가 남은 것만 벌써 둘. 혼인 파탄의 귀책사유는 이제 사모님한테도 있어요. 아시죠?"

"……."

"탓하려는 건 아닙니다. 사모님 같으신 분이 오죽하면 그러셨겠어요."

이 바닥에서 닳고 닳은 노련한 변호사는 해야 할 말과 자기 하고 싶은 말을 하나도 빼놓지 않고 전부 다 하면서 사이사이 조 여사 같은 여자들이 꼭 한 번 듣고 싶어하는 말까지 소금처럼 뿌려줬다.

'아시죠?'는 아무래도 이 변호사의 말법인 것 같았다. 그 말을 들을 때마다 조는 눈앞의 변호사가 자기편인지 아닌지 살짝 긴가민가했으나 세상천지에 믿을 사람은 이제 변호사님 한 사람뿐이었고 그의 말 따라 조는 사무장이 안내해준 계좌에 일단 선수금을 입금했다. 산이 좋아에는 또 나갔지만.

"와……."

"그랬었어. 언니랑도 그렇게 되고 그러니까 나 진짜 너무 힘들더라. 어디 말할 데도 없고……. 그냥 죽을 것만 같았어……. 너무…… 너무……."

"그랬구나, 희숙아……. 난 그것도 모르구……. 근데 너 이런 데 와도 되니?"

소파에서 엉덩이를 들썩이며 당장 조의 손을 잡고 이곳을 나갈 것처럼 구는 이 여사를 바라보며 조는 조용히 잔을 들어 양주를 마셨다. 그리곤 담담히 말했다.

"나…… 다 내려놨어. 언니. 이제 한결 편해졌어. 진즉 이럴 걸. 내가 진짜 왜 그랬는지 몰라? 나 좀 이상했지?"

"어? 응……. 아니, 근데 너 진짜 이혼해주게?"

"응."

"그래."

"근데 나 윤여심 걔는 용서가 안 돼. 미친…… 진짜 미친 할머니 아니야?"

"내 말이. 예순둘. 어후…… 징그러. 징그러."

아주 많은 이야기를 나눴다곤 하지만 사실상 지난 몇 주간 두 여사님의 대화는 어디에서 시작하든 늘 한 가지 결론으로 귀결됐다.

윤 여사 미친X. 나쁜 X.

맨 처음 산에서 그 사달을 목격할 때만 해도 괘씸하긴 하지만 그래 봤자 겨우 세 살 속인 거, 원래도 많은 나이였는데 뭐 그런 거 가지고 저렇게 펄펄 뛰나, 이해가 안 됐던 이 여사도 매일 같이 반복되는 음주와 끝없는 조 여사의 하소연에 결국 사고회로가 꼬여버렸다. 세상만사 이제부턴 모든 게 다 윤의 탓이었다. 윤이 한 짓은 죽음으로도 씻을 수 없는 끔찍한 죄악이었고 다른 회원들은 교활한 늙은 뱀 같은 윤의 세치혀에 당한 순진하고 선량한 피해자들이었다.

그런 이야기를 나누며 두 여사님은 가게에서 대기 중인 도우미들을 오륙십 명가량 보았으나 하나같이 같이 마주 앉아 술 마실 흥이 안 나는, 술 깨는 얼굴들이었다.

"여기 애들 진짜 안 되겠네. 얘 희숙아, 우리 그냥 보도 애들 불러서 놀자."

"보도? 그게 뭐야?"

"남자 도우미들 보내주는 거. 기다려봐. 웬만한 강남 호빠

가서 노는 것보다 이런 데서 보도 부르는 게 돈도 덜 들고 애들도 낫고 암튼 더 싸대."

"어머. 언닌 어떻게 그런 걸 다 알아?"

"어머 얘! 나도 처음이야. 네 생일이니까 한 번 노는 거지. 뭐. 우리라고 언제까지 그 배 나온 늙다리들이랑만 놀아야 해? 남자들은 맨날 룸싸롱 가서 젊은 아가씨들이랑 놀잖아."

"맞아. 맞아. 근데 그 새끼들 막 우리한테 공사 치려는 거 아니야?"

"하루 딱 노는 건데 뭐. 나도 오늘 처음이라니까. 전화번호 안 가르쳐주면 되지."

"그러네! 그럼 되겠다! 언니!"

"오늘 네 생일이니까, 우리 어리고 잘생긴 애들 앉혀서 별거 별거 다 시켜보자!"

"어머. 언니도 참! 오늘 **너어무** 재밌겠다!"

그날 나란히 산을 내려온 다른 커플들과 마찬가지로 윤 여사와 창석이는 지난 몇 주간 급속도로 가까워졌다. 물론 박재수와 신 여사와 다르게 둘은 그날 즉시 몸을 섞진 않았다. 그러나 아주 많은 술을 마셨고 마지막엔 같이 노래방에도 갔다.

왁자지껄 여럿이서 우르르 갈 때와 달리 둘은 가장 작은 방에 들어가 한 사람이 노래를 부르면 다른 한 사람은 맥주를 마시며 목을 축이는 식으로 무려 두 시간을 보냈다.

누난 내 여자라니까, 오빠 한번 믿어봐, 샤방샤방……. 창석이의 레파토리는 뻔했지만 윤 여사는 그 뻔함마저 밉지 않았다.

얘 앞에선 뭐든 솔직해도 괜찮을 것 같았다.

윤 여사의 마음의 문이 물렁해진 틈을 타 정해진 수순처럼 창석이는 김광석—유재하 메들리를 시작했다. 점점 더 멀어져 간다…… 머물러 있는 청춘인 줄 알았는데…….

창석이는 노래를 아주 기가 막히게 불렀다. 윤 여사는 창석이의 노래에 귀 기울이다 문득 눈물을 흘렸다. 어쩜 이렇게 가사가 꼭 내 마음 같을까. 젊었을 때 윤이 가장 좋아한 가수가 바로 김광석이었다. 문득 뒤돌아 보니 그 가수가 부른 노래 속 나이의 갑절에 해당하는 세월을 지나와버렸다.

계절은 다시 돌아오지만 떠나간 내 사랑은 어디에?

창석이는 옆자리에 앉은 윤이 우는 것을 다 알면서도 못 본 척, 담담히 노래를 끝마쳤다. '혹시 가수이신가요?' 하는 과장된 기계음이 스피커에서 흘러 나왔고 옆방인지 앞방인지에서 젊은 여자들이 샤우팅 하듯 부르는 닥쳐! 닥쳐! 닥치고 내 말 들어 말달리자, 하는 시끄러운 노랫소리가 웅웅 벽의 진동을 타고 고스란히 전해져왔다. 고요한 그 방 안에서 둘은 잠시 아무 말도 없었다.

짝짝짝.

윤 여사는 앞에 놓인 티슈로 코를 흥 풀더니 연극적으로 짝짝 박수를 쳤다.

"자기…… 노래 진짜 잘한다. 어디서 배운 거야?"

"아…… 실은 김광석이 제 육촌 형이에요."

"어머, 정말?"

우느라 눈이 좀 부은 윤 여사는 코맹맹이 소리로 되물었다. 광석이, 창석이. 설마?

"농. 담."

"……풋."

"어? 웃는다?"

어이가 없으면서도 여심 씨는 픽하니 웃을 수밖에 없었다. 아 뭐야아…… 진짜…… 나는 깜빡 속았네……. 어느새 여심 씨는 말꼬리를 길게 늘이며 눈앞의 남자에게 애교 아닌 애교를 부리고 있었다. 술 때문이었을까?

"누님."

갑자기 한껏 진지해진 창석이가 눈을 맞춰오며 낮게 깔린 목소리로 말했다.

우물 같은 눈. 깊은 강물 같은 눈.

입보다 훨씬 더 많은 말을 하는 것 같은 깊은 눈동자에 빠져 옴짝달싹하지 못한 채 사랑의 포로가 된 여심 씨는 그저 눈앞의 남자를 바라만 보았다.

"웃어요. 웃으니까 예뻐요."

허나 여우와 여우는 사귈 수 없는 법.

다음 날 점심, 또 만난 두 사람은 가타부타 말도 없이 곧장 모텔로 직진해 몸을 섞었고 그 후로도 매일 같이 만나 밥을 먹고 술을 먹고 방을 잡았으나 그런 창석이에게서 여심 씨는 본능적으로 심한 불안을 느꼈다.

사랑이기를, 이번만은 부디 사랑이기를 수없이 바라고 또 빌었으나 조또 아니라는 걸, 애초에 사랑이란 놈은 있지도 않다는 걸, 예순두 살의 여심 씨는 경험으로 깨우쳐 알고 있었다.

그런데도 웃을 때마다 반달로 접히며 그 크고 깊은 눈이 몽땅 사라지는 걸 볼 때마다 윤 여사는 사랑을, 그것도 가슴 벅찬 사랑을 느꼈다.

어느새 윤은 창석이를 사랑하고 있었다.

그러나 오만과 순진은 한 쌍이었고 윤 여사는 겸손한 여자였다. 어미 뻘 되는 나 같은 늙은 여자에게 너는 대체 왜 그럴까? 설마 너도 사랑일까? 아니…… 아니…….

그럴 리가 있나.

원하는 바를 얻었을 땐 상대에게 그에 걸맞는 보상을 해줘야만 뒤탈이 없는 법이었다. 윤 여사가 알기로 사랑이란 놈은 세상천지에 값을 매길 수 없는 비싼 물건이었다. 윤이 창석이에게 사랑을 바라면 창석이는 윤에게서 윤이 지닌 모든 값진 것을 하나도 빼놓지 않고 전부 가져가려 할 게 분명했다. 그가 가져가겠다면 윤은 순순히 간이고 쓸개고 모두 다 내주는 수밖에 없었다.

그럼 그다음엔? 윤은 재벌이 아니었다. 지금 이 감정이라면 창석이에게 주는 건 무엇도 아깝지 않았지만 더 이상 윤이 그에게 해줄 수 있는 게 없는 순간이 오면 그때 창석이는 어떻게 나올까?

기브 앤 테이크. 그냥 상대방이 바라는 대로 용돈 좀 찔러주고 차도 새로 하나 뽑아주고 모른 척 계속해서 만남을 이어갈 수도 있었지만 어처구니없게도 윤은 어느새 스물한 살이나 어린 창석이에게서 **진짜** 사랑을 원하고 있었다.

드르렁드르렁 코까지 골며 세상모르고 잠든 창석이의 옆얼굴을 조심스레 손바닥으로 쓸어본 윤은 그 손바닥으로 자기 얼굴을 가린 채 조심스레 창석이에게서 등을 돌렸다. 그리곤 소리 없이 숨죽여 울었다.

아아—

나는 진실로, 진실로 너를 사랑했노라.

여심 씨는 물거품이 되기 전 마지막으로 왕자님의 침실에 몰래 침입해 도둑키스를 남긴 동화 속의 인어공주처럼 방을 나가기 전 잠든 창석이의 반듯한 이마에 조심스레 입을 맞췄다.

며칠 안 되는 불꽃 같은 짧은 사랑. 붉은 인연. 단심(丹心).

이 마음이, 이 병(病)이 더 깊어지기 전에 윤은 자신의 마음속에서 창석이를 영영 끊어 내기로 결심했다. 하지만 어떻게?

이이제이(以夷制夷). 남자를 잊는 데는 그저 남자가 약(藥)이었다.

박재수 씨도 그즈음 분위기가 좀 싸하다는 걸 느끼긴 느꼈다. 불안과 초조라면 희숙이 때 이미 평생 겪을 걸 다 겪어봤다. 미안하지만 이제 더는 여자 따위에 발목 잡히기 싫었다. 위급 시 꼬리 자르고 도망치는 현명한 도마뱀처럼 박재수 씨도 언제든 상황이 최악으로 치달으면 손가락 한 짝 정도는 옜다 떼어줄 용의도 있었다.

순진한 우리 박 회장님.

산이 좋아에 나오는 다른 아지매들과 달리 자신은 유부남, 미연이는 처녀라는 사실이 그에게도 역시나 크나큰 부담으로 다가왔지만, 미연이의 허스키한 목소리를 듣기만 하면 파블로프의 개처럼 딸랑딸랑 불알이 먼저 반응을 하는 걸 어쩌란 말이냐.

아아—

박재수 씨도 어쩔 수 없는 사내였다.

금지된 사랑.

그런가 하면 위험한 여자, 박재수 씨의 내연녀 미연이는 카섹스를 좋아했다.

일단 신 여사가 원하면 정희, 준희 아빠 박 회장님은 지금 이게 맞나, 괜찮은 건가, 긴가민가하면서도 그녀가 원하는 대로 질질 끌려가는 수밖엔 없었다. 왜냐면 다른 여자들과 달리 미연이는 돈이나 백, 귀금속 같은 값나가는 걸 바라지 않았기 때문이다. 돈이라곤 쥐뿔도 없는 박재수 씨에게 미연이는 딱 알맞은 연애 상대였다.

대신 미연이가 원하는 건 딱 하나였다. 사실 박재수 씨는 그때까지 미연이가 자기에게 대체 뭘 원하는지도 몰랐지만, 일단 미연이의 속마음은 이러했다.

'그의 가정에 나란 흔적을 남기고 싶다!'

와이프가 애들 데리고 친정에 가서 집이 잠깐 빈틈을 타 그

집 안방에서 대놓고 떡을 치는 게 가장 베스트였다. 그게 안 된다면 아쉬운 대로 가족들이 함께 쓰는 차에서 일을 치르는 것도 좋았다. 처음에는 꼬리가 밟힐까 쉬쉬하며 꺼리던 남자들도 나중에는 은근히 반기며 즐기는 눈치라 따지고 보면 사실상 윈윈이었다.

백미러에 단란한 가족사진이라도 하나 걸려 있으면 금상첨화, 더 신이 났고 그것도 아니면 '엄마 아빠 사랑해요!' 같은 글씨가 박힌 어디 수학여행 가서 애들이 사 온 듯한 떡갈나무 액자라도 하나 차 안에 있으면 더 흥이 났다.

대체 왜 그런지 정작 그 이유는 신 여사 본인도 알 수 없었다.

와이프 냄새가 물씬 나는, 와이프 취향으로 구석구석 다듬어진 나이 지긋한 중년 사내에게만 몸과 마음이 동하는 건 신 여사의 오래된 습관이었다.

여고 시절 거의 아버지뻘 되는 문학 선생을 좋아한 게, 그래서 만삭으로 배가 튀어나온 그 집 와이프에게 스승과의 혼외정사를 들켜 교무실 한복판에서 머리채를 꺼들린 게 시작이라면 시작이었다.

자신과 비슷한 나이대의 남자애들은 남자로 보이지도 않았다. 미연이는 적어도 반백 년은 산, 아버지뻘 되는 나이의 남자들하고만 연애를 걸었다.

그러나 평생 스물두 살 아니면 스물다섯일 것만 같았던 신 여사도 남들처럼 한 해 두 해 나이를 먹어갔고 아버지뻘 되는 나이의 남자들은 삼촌뻘, 오빠뻘 하는 식으로 점점 자신과 나이가 엇비슷해져 갔다.

미연이는 산이 좋아에 나오는 회원 중 가장 많은 연애를 해 보았다. 물론 연애와 사랑은 다른 거지만 구차하게 그런 걸 하나하나 따지는 시기도 오래전에 지나왔다.

여자들과 달리 남자들은 뒤처리가 깔끔하지 못했다. 용의주도한 남자, 여우 같은 남자는 손에 꼽았다. 애들이 학교 가서 오늘 친구들과 무슨 일이 있었으면 제 엄마한테 쪼르르 가서 미주알고주알 일러바치듯이 사내들이란 밖에 여자가 생기면 어떤 식으로든 꼭 집에 가서 지 와이프한테 티를 냈다.

애들 아빠이자 자기 남자의 딴짓에 대한 여자들의 직감은 가히 동물적이었다.

기념일도 아닌데 뜬금없이 장미꽃 한 송이를 사다 바치거나 집사람더러 당신 오늘 입은 그 옷 참 잘 어울린다고 칭찬하는 식으로 자신의 외도에 대한 불안과 죄책감을 남자들은 슬슬 다독이는 것 같았다. 그야말로 유아적이었다. 그래도 간신히 유아기는 벗어난 조금 성숙한 남자들조차 애인이 선물해준 과감한 빨간색 삼각팬티를 집에 그대로 입고 들어가 베란다 빨래통에 처박는 식의 무신경으로 곧잘 자기 무덤을 팠다.

다들 너무나 엇비슷했기에 나중엔 이 오빠와 저 오빠를 구분하는 것조차 어려웠다. 미연이가 보기에 남자란 결국 술 같은 거였다. 소주, 맥주, 막걸리, 와인, 양주……. 이름도 가격도 맛도 향도 도수도 다 달랐지만 그래 봤자 마시면 헬렐레 취하는 술. 마실 때 조금 기분이 좋아지고 시름을 잊을 수도 있지만, 다음 날엔 기분 나쁜 뒤끝—숙취—을 남기는 술. 겉포장지만 다르지, 그래 봤자 내용물은 그게 그거였다.

와이프하곤 그저 정으로 사는 거라고 했지만 세상에 정만큼 더러운 게 또 없었다. 연애 초반엔 제 살이라도 베어 먹일 것처럼 전전긍긍하던 남자들도 시간이 지나면 다시 아내와 아이들이 기다리고 있는 집으로 돌아갔다.

가끔, 아주 가끔은 와이프와 이혼하고 오겠다고 설레발 치고는 진짜로 얼마 후 집사람과 이혼하고 미연이에게 와서 우리 결혼하자는 남자들도 더러 있었지만 결단코 그건 미연이가 바라는 상황이 아니었다.

신 여사는 남편을 원하지 않았다. 어영부영하다 결혼할 시기를 놓치고 혼자가 된 다른 노처녀들과 달리 미연이는 남자를 너무, 잘 안다는 게 문제라면 문제였다.

기껏 결혼까지 했는데 내 남편이 밖에 나가 그러고 다닌다면 정말이지 못 견딜 것 같았다. 원래 바람기가 있는 남자든 아니든 그런 건 아무 상관이 없었다. 돌부처 같은 뻣뻣한 샌님들조차 와이프가 임신한 열 달 동안에는 업소든 바람이든 꼭 또 다른 배출구를 찾는다는 게 지난 연애를 통한 미연이 나름의 결론이었다.

여자가 여자로서 가장 취약한 시기에 반대로 그 남편들은 가장 잘 놀고 다닌다는 게 좋든 싫든 간에 세상살이의 진실이었고 남자를 만나면 만날수록 알면 알수록 미연이는 점점 더 결혼이 싫어졌다.

다행인지 불행인지 와이프란 여자들은 하나같이 극도로 인내심이 강했다. 남편이 밖에 나가 저지르고 오는 한두 번의 혼외정사야 알아도 모른 척, 바가지 몇 번 긁고 다시 애들 아빠로, 돈 벌어오는 기계로 집 안에 받아들여줬다. 근데 겨우 외도 한두 번 한 걸 들켰다고 와이프한테 단칼에 이혼당하고 오는 남자들을 무엇하러?

남이 탐내지 않는 애인이, 그래 난 별맛도 없으니 잘됐네, 너나 실컷 먹어라, 옜다 던져주는 애인이 대체 무슨 소용이란 말인가.

미연이의 연애 걸기는 따라서 한 남자와 길어야 일 년을 넘기지 못할 때가 많았다. 유부남 유부녀가 만나 금지된 사랑에 빠지면 한 파트너와 7, 8년을 가는 경우도 왕왕 있었지만, 미연이는 처녀였고 그건 미연이의 아킬레스건이었다.

처음에는 어리다고, 봉 잡았다고 친구들한테 자랑까지 하며 좋아하던 남자들조차 혹시 미연이가 자신과 결혼을 바라는 게 아닐까, 이혼하고 오라는 게 아닐까, 지레 혼자 겁을 먹고 뒤로 빼곤 했다.

그러나 남자란 주머니가 든든하면 어떤 식으로 반드시 딴짓을 궁리하기 마련이기에 연애 걸 남자가 부족했던 적은 단 한 번도 없었다. 주머니가 가벼운 남자들조차 시간이 널널하면 반드시 딴짓을 궁리했고 여자의 딴짓이 무궁무진한 것과 달리 남자의 딴짓이란 그저 여자, 여자, 여자. 여자 말곤 없었다.

신 여사는 이목구비가 반듯반듯한 고전미인상과는 거리가 멀었지만, 그조차 별문제 되지 않았다. 어차피 자기 와이프보다 예쁜 여자와 바람 나는 남자는 세상에 없었으므로.

"너 나한테 대체 뭘 원하는 거야! 너도 날 사랑한다며? 우리 사랑했잖아!"

대뜸 와이프와 이혼하고 와서 미연이에게 청혼한 어떤 반푼이는 이렇게 되물었다. 그때 여상 졸업 후 작은 무역회사에 경리로 취직해 다니던 스물세 살의 어린 미연이는 뭐라고 대답했던가.

그땐 사랑인 줄 알았는데 지금 보니까 아니네. 오빠. 다시 와이프한테 가서 잘 빌어봐.

"걸레 같은 년! 지 애비뻘 되는 남자하고. 네 부모는 너 이러고 다니는 거 아니?"

찻집에서 만난 어린 내연녀 앞에서 난 집에서 애나 보는 다른 무식한 여편네들과는 달라, 우아한 척 무척이나 고상을 떨던 사모님들조차 '**그러게 남편 간수 좀 잘 하시지 그러셨어요?**'라는 응대에는 쪽을 못 썼다.

어쩜 이렇게 세상 남자들은 하나같이 전부 다 남자 같고 세상 여자들은 하나같이 전부 다 여자 같을까?

사모님한테 머리채를 마음껏 꺼들려주는 와중에도 미연이는 그 작고 귀여운 머리통으로 이런 우스운 생각을 했다. 남편이 밖에 나가 딴짓을 하고 왔을 때 조용히 제 남편만 조지는 여편네는 미연이가 알기로 적어도 이 남한 땅엔 없었다. 아무 데서나 훽훽 바지를 벗는 엉덩이 가벼운 남편 놈한텐 뭐라 한 마디 제대로 따지지도 못하면서 미연이의 회사 앞까지 물어물어 찾아와 만만한 어린 내연녀만 조지기 일쑤였다.

"자기 자신을 귀하게 여기세요."

딱 한 번, 안 그런 여편네를 본 적이 있었다.

자기 딸이 중학교 1학년이라는 말을 한 그 여자는 당신이 지금 만나고 있는 그 늙은 남자는 절대 좋은 남자가 아니라고 했다. 그 남자가 진짜 좋은 남자였다면 당신한테 당신에게 어울리는 비슷한 나이대의 다른 남자를 소개해줬을 거라고. 당신의 행복만을 바랐을 거라고도 했다.

남자 여자 만나서 똑같이 불륜을 저질러도 세상 사람들은 남자의 바람은 한때의 풍류로, 지나가는 바람으로 너그러이 여겨주지만, 여자의 바람은 구제 못할 화냥끼로 보고 아무 관련 없는 사람들조차 나서서 너도나도 처벌하려 드는 법이라고 했다.

다 아는 이야기였는데 그걸 남의 입으로, 그것도 사모님한테 직접 들으니 기분이 참 묘했다.

"아버님이 일찍 돌아가셨다면서요?"

그리고 사모님은 자기 남편한테 들은 건지 어디서 들은 건지 모를 이야기로 미연이의 여린 가슴을 벅벅 할퀴었다.

"어렸을 때 아버지한테 못 받은 정을 늙은 여우 같은 남자들한테 바라지 마세요. 남자는 그저 남자지, 그 남자들이 미연 씨 아빠가 되어줄 순 없어요."

그때 그 여자는 지금쯤 어떤 할머니가 되어 있을까?

그 여자 남편의 얼굴이나 이름, 나이, 직업 같은 건 하나도 기억이 안 났는데 그 여자가 한 말만은 어제 들은 것처럼 언제나 또렷이 기억났다.

산이 좋아에 배 회장을 꽂아주고 간 정 회장과 대학병원 앞 주차장 구석에 차를 세워놓고 섹스를 하면서도 미연이는 그 여자의 말을 떠올렸다. **자기 자신을 귀하게 여기세요.** 백미러에는 정 회장과 정 회장 와이프가 나이아가라 폭포 앞에서 선글라스를 낀 채 브이를 하고 있는 다정한 부부 사진이 걸려 있었고 두 사람이 움직일 때마다(안 움직이고 떡을 칠 순 없으니까) 활짝 웃고 있는 두 중년 부부의 얼굴이 미연이의 긴 머리칼과 어깨에 다가와 파도처럼 부딪히기를 반복했다.

정 회장은 자기 와이프에게 아주아주 극진한 남편이었다. 난소암 3기 진단을 받은 애들 엄마를 위해 물 좋고 공기 좋은 강원도로 이사, 와이프가 세상을 뜨기 전 7개월 동안 껌딱지처럼 그 옆에 달라붙어 간병을 하며 이 세상에 두 번 다시 없을 순애보를 보여줬다.

와이프한테 잘하고 처가댁에 곰살맞게 구는 남자일수록 밖에 나가서 바람도 화끈하게 피웠다. 여자라고 해서 다를 건 없었다. 집에서 살림 잘하고 애들 잘 키우는 여우 같은 여자일수록 사이사이 시간을 쪼개 불장난도 잘했고 뒤처리도 깔끔했다.

막 절정에 오르기 직전 정 회장의 핸드폰이 울렸다. 중환자실 수간호사였다.

아내분이 방금 하늘나라로 떠나셨으니 남편분 지금 당장 중환자실로 오시라고.

미연이의 안에 제 것을 그대로 넣은 채 애인의 벌거벗은 등을 껴안고 이 시대의 마지막 로맨티스트, 정 회장님은 질금질금 눈물을 흘렸다.

"정숙아…… 정숙아……."

마른 대추처럼 바짝 쪼그라든 그는 죽은 와이프의 이름을 아이처럼 중얼거렸다.

정 회장님은 집에서 와이프한테 잘하는 만큼 밖에서 만난 미연이한테도 참 잘했다. 찌질하게 데이트에 돈을 아끼지 않았고 섹스도 (그 나이치곤) 나쁘지 않았다. 선물도, 이벤트도 센스 있게 참 잘 챙기는, 한마디로 여자를 좀 아는 눈치 빠른 사내였다.

그러나 그런 그도 와이프가 아프단 이야기를 듣자마자 뒤도 돌아보지 않고 어린 애인이 있는 서울을 떠났다. 도망가면 쫓아가는 수밖엔 없었다.

세상에 널린 게 남자라는 말은 이럴 땐 별 소용이 없었다. 그래서 뭐 어쩌란 말인가. 내 남자, 내 사랑, 우리 정 회장님은 이 세상에 그이 단 한 사람뿐인걸.

다급해진 미연이는 평일에는 콜센터에 나가 목이 쉬도록 전화를 받았다. 도로 한가운데에서 차가 퍼져 열이 잔뜩 오른 운전자의 욕지거리를 직통으로 얻어먹으며 돈을 벌었고 주말에는 산이 좋아나 다른 동호회에 나가는 대신 새벽같이 일어나 지하철을 갈아타고 고속터미널역으로 향했다. 고속버스를 타고 다시 수십 개의 터널을 지나 정 회장과 그의 아내가 누워 있는 원주의 한 대학병원으로 향했다.

지난 7개월간 주말이면 미연이는 대학병원 1층 대기실 종일 죽치고 앉아 있었다. 사이사이 틈날 때마다 1층에 내려온 정 회장의 얼굴을 잠깐씩 보는 것만으로도 족했다.

'드디어 나에게도 진짜 사랑이 찾아온 건가?'

오늘내일하는 정 회장의 와이프를 위해 건강원에 가 제 돈 주고 비싼 흑염소 즙을 짜올 때만 해도 그런 얼토당토않은 감상에 젖기도 했지만, 수간호사의 말 따라 이제 그의 와이프는 죽었고 따라서 정 회장은 유부남도 뭣도 아니었다.

아내 없는 남편들은 주인 없는 폐가처럼 빠르게 퇴락해갔다. 예나 지금이나 미연이의 취향은 반질반질 길이 든, 남의 손을 탄, 남의 살림으로 가득 찬, 남의 집 안방이지 거미줄 친, 비 새고 쥐 나오는 폐가는 도무지 그녀의 취향이 아니었다.

그리고 미연이는 지금 자기 눈앞에 앉아 있는 집 없는 남자, 홈리스 박재수 씨를 본다.

기러기아빠 최 대장님도, 와이프한테 이혼당한 지 벌써 몇 년이나 된 배 회장도 이 정돈 아니었는데.

아무리 코를 박고 킁킁대도, 눈알이 빠지도록 열심히 관찰해도 박재수 씨한테선 도무지 와이프 냄새가, 아내의 손길이 조금도 느껴지질 않았다.

그렇다고 노총각은 아닌 것 같고 오래전부터 부부싸움조차 하지 않는 부부, 서로가 서로에게 사람도 아닌 사물. 그것도 거실 베란다 구석탱이 그늘진 곳에 방치된, 늘 그 자리에 가만히 놓여 있어 이사 갈 때가 되어 이삿짐을 쌀 때가 돼야 겨우 그 존재를 알아차릴, 먼지 쌓인 오래된 가구 같은 사이인 듯했다.

사십삼 년 평생 이런 남자는 미연이도 처음이었다.

신 여사의 엑스 보이프렌드, 정 회장이 주인 잃고 쓸쓸히 방치된 폐가라면 박 회장은 애초에 사람이 들어가 살 수 없는 터, 흉가(凶家)였다.

나뭇가지엔 새 한 마리 날아와 앉지 않고 부엌엔 쥐새끼 한 마리 들락거리지 않는, 귀신 말곤 아무것도 얼씬거리지 않는 불길한 땅. 마당엔 풀 한 포기 돋아나지 않고 낮에도 볕이 들지 않는 흉가. 그게 정 회장과의 가슴 아픈 이별 후 자기가 다시 한번 연애를 걸어보려 했던 사내의 진짜 정체였고 이렇게 차근차근 결론을 내리자 문득 미연이는 부르르 몸에 한기가 돌았다.

자기 자신을 귀하게 여기세요.

'내가 눈이 삐었었나?'

맥주에 곁다리로 나오는 노가리를 질겅질겅 씹으며 신 여사는 눈앞의 남자에 대해 빠르게 흥미가 식어가는 것을 느꼈다.

▲

그리고 그 무렵 희선 씨는 최 대장에게서 종이학 천 마리를 선물로 받았다. 아멘.

여자 친구의 반응을 잔뜩 기대하고 있는 철딱서니 없는 늙은 애인 앞에서 죽은 개를 선물 받은 듯한 표정을 짓지 않기 위해 정희, 준희 엄마 우리들의 김 여사님은 부단히 노력해야 했고 지난 계절의 마음공부가 아주 헛짓은 아니었는지 그럭저럭 표정관리에 성공했다.

남편의 외도 사실을 알아차리고 부들부들 떨며 허겁지겁 산을 내려오던 순진한 김희선 씨는 이제 없었다. 어느 날 문득 곰곰이 생각해보니 살아가는 데 있어 순진함은 정말 아무런 도움도 되지 않는 것 같았다. 텔레비전에 나오는 다른 여자들처럼 연애질에 미쳐 가정을 내팽개치겠다는 것도 아니었다. 희선 씨는 목숨을 걸어서라도 자신의 하나뿐인 가정을 지킬 생각이었다. 그러나 거기엔 문제가 하나 있었다.

소중한 가정은 너무나도 안전했다. 희선 씨는 다시 한번 **위험**해지고 싶었다.

내부에서 들끓는 희선 씨의 이런 욕망과는 일절 상관없이 현실에서의 불장난은 그러나 몹시도 시시했다.

신랑감이라면 또 모를까, 애인으로서 학교 선생은 최악인 것 같았다.

희선 씨의 보이프렌드는 매달 들어오는 월급이 딱 정해져 있었는데 그나마 쥐꼬리인 그 월급에서 최 대장의 한 달 최저 생계비를 제외한 금액이 몽땅 미국인지 캐나다인지에서 유학한다는 아들놈 교육비로 나갔다.

그리하여 백반집, 삼겹살집, 냉면집, 순댓국, 부대찌개, 기사식당…….

인당 만 원이 안 되는 값싼 식당에 들어가 든든하게 한 끼 밥을 챙겨 먹고 동네 공원을 한 바퀴 산책한 뒤 편의점에 가서 네 캔에 만원 행사 중인 맥주 몇 캔에 씹을 거리를 좀 사서 최 대장의 자취방으로 돌아오는 게 두 사람이 지난 한 달간 돌아다닌 데이트 코스의 거의 전부였다.

식당에서 곧장 구질구질한 자취방으로 돌아오지 말고 어디 교외에 나가 드라이브도 좀 하고 꼭 사지는 않더라도 이것저것 예쁘고 쓸모없는 물건, 이를테면 목걸이나 귀걸이, 머리핀 뭐 그런 것도 같이 구경하고 분위기 좋은 찻집도 가고 그러다가 다정하게 팔짱을 끼고 어디 모텔이라도 들어가면 연애하는 기분이 물씬 날 텐데 최 대장은 연애에 있어 몹시도 돈을 아꼈고 가끔은 계산대 앞에서 그가 계산도 하기 전에 급한 전화가 와서 뽀르르 나가서 전화를 받느라 희선 씨가 대신 밥값을 내기도 했다.

한 마디로 좀, 궁상맞았다.

근데 그게 정말 돈이 없어서 어쩔 수 없이 그러는 건지 아니면 자기에게 성의가 없어서 일부러 돈을 아끼려고 수를 쓰는 건지 희선 씨는 가면 갈수록 알쏭달쏭했고 이딴 걸 진지하게 고민하고 있는 자신의 처지가 너무나도 한심하고 서러웠다.

언감생심 살아생전에 호텔은 바라지도 않았다.

희선 씨는 그저 모텔이면 족했다.

끼익 끼익 움직일 때마다 귀신 손톱으로 칠판 긁는 소리가 나는 좁아터진 자취방 싱글 침대 위에서 일을 치른 후 세탁기에 골백번은 더 들어갔다 나왔다 했을 꾀죄죄한 낡은 수건으로 제 밑을 닦을 때면 희선 씨는 지루함을 넘어서서 자기 안에서 문득문득 치솟는 시뻘건 분노를 느꼈다.

그건 애들 아빠 박재수 씨에게서도 느껴보지 못한, 생전 처음 경험하는 감정이었다.

염치도 없고 차도 없고 돈도 없는 늙은 애인. 염전 중의 상염전 짠돌이 최욱환 씨의 바가지를 한바탕 벅벅 긁어주고 싶어 희선 씨는 속으로만 붉으락푸르락했는데 거기에 한술 더 떠 욱환 씨는 무식하기까지 했다.

과연 학교 선생이 맞긴 맞는지, 이딴 게 학교 선생이면 애들은 학교에 나가 대체 뭘 배우는 건지 싶을 정도로.

대학을 못 다녀본 게 한이라 뒤늦게나마 방통대에 입학해

신문방송학을 전공한 희선 씨에게 있어 그것은 어찌 보면 돈이 없는 것보다 더 심각한 결격 사유였다.

그는 문자를 칠 때 자주 맞춤법을 틀렸고 (우리 맛난 순두부찌게 먹으러가요 희선씨) 신문도 정치, 사회, 문화, 경제란 다 뛰어넘고 맨 뒤에 연예, 스포츠 기사만 열독했으며 어렸을 때 남들 다 읽는 삼국지도 한 번 안 읽은 건지 그는 계륵(鷄肋)이 무슨 뜻인지도 몰랐다. 영화에 대한 취향도, 지식도 부족해 자취방에서 일을 치른 후 같이 OCN으로 공짜 영화를 볼 때면 '은유'라는 것 자체를 이해하지 못할 때가 많아 희선 씨를 뜨악하게 만들곤 했다.

한마디로 그는 대화가 안 통하는 남자였다.

다 떠먹여주는, 은유랄 것도 없는 상업영화의 스토리도 따라가지 못해 그만 흥미를 잃고 드르렁 드르렁 먼저 코를 골며 자빠져 자는 그의 옆에서 희선 씨는 최 대장과의 첫 번째 데이트를 떠올렸다. 돈은 별로 못 벌지만 그래도 대화가 잘 통하는 착하고 상식적인 남자,라는 게 그에 대한 희선 씨의 첫 인상이었다.

같이 영화관에도 가고 첫 만남에 몰래 준비해온 꽃 한 송이를 여자에게 선물하고, 식당에 가서는 먹기 좋게 김치를 한입 크기로 잘라주던 다정하고 세심하던 그 소년 같은 남자는 대체 어디로 간 걸까?

최소한 박재수는 여자에게 계산을 미루지는 않았었다.

희선 씨는 그제야 처음으로 제 남편 박재수와 애인 최욱환을 동일 선상에 놓고 비교해보았다.

막하막하(莫下莫下). 둘 중 누가 더 나은 놈인지는 잘 모르겠고 둘 다 줘도 안 먹을 한심한 치들이란 것, 오직 그거 하나만이 밤하늘에 표표히 빛나는 별처럼 확실했다.

소리 없이 쌓이는, 서리같이 시퍼런 애인의 불만을 드디어 눈치챘는지 그 주 주말에 최 대장은 희선 씨를 데리고 처음으로 동네 호프집엘 갔다. 생맥주 값 그거 솔직히 얼마 되지도 않는 금액이었지만 그래도 일전과 비교하면 대단한 발전이었다.

불륜 커플답게 두 사람은 남들 눈에 띄지 않는, 조명이 나가서 아무도 앉지 않는 가장 어두운 구석 자리로 가서 잽싸게 엉덩이를 내려놨다.

"희선 씨…… 제가 학교 선생이라 밖에서 통 만나질 못해 답답하셨죠?"

비겁하게도 그 순간 그는 자기가 학교 선생이란 걸 방패막이로 내세웠다. 순간 뒷골이 당기며 열이 쓱 치받았지만, 그의 입에서 나올 다음 말이 궁금해 희선 씨는 일단 한 번 참아줬다.

옛말에 참을 인 세 번이면 살인을 면한다 하지 않던가.

"어머! 아니요오, 전혀요오. 답답하긴요."

강한 부정은 강한 긍정이었다.

"호호. 아니긴 뭘."

그리고 애인의 볼을 박력 있게 손가락으로 꼬집은 그는 볼이 찌그러진 희선 씨를 귀엽게 흘겨보며 다음과 같이 당당히 선포했다.

"다음 주에 우리 **좋은 데** 가요. 제가 제 생일 기념으로 아주 **단단히** 준비했어요."

"어머! 대장님 생일이세요? 언제요?"

"27일요. 23일이 토요일이니까 우리 그날 봐요. 저도 그날 좀 기대해도 될까요?"

"어머 대장님도 참. 기대하지 마세요. 호호호. 저 부담스러워요."

살아생전 호텔이 언감생심 꿈까진 아닌 것 같다고, 이젠 좀 연애하는 맛이 날 것 같다고 하숙집 딸 희선 씨는 겉으론 요조숙녀인 양 얌전을 떨며 속으로 쾌재를 불렀다. 그리고 경솔하게 성질이 나면 나는 대로 바가지부터 벅벅 긁어 남자의 자존심을 건들지 않은, 하해(河海)와 같은 자신의 인내심에도 높은 점수를 주고 싶었다.

'그럼 그렇지. 지가 나한테 돈을 안 쓰고 배겨?'

▲

모친과 부친께서 각각 이렇게 열심히 헛물을 켜고 있는 동안 이 집안의 장녀 박정희 양은 자궁적출 수술 부작용에 시달리고 있었다.

의사가 처방한 대로 꼬박꼬박 호르몬제를 복용했지만, 수술 후 급격한 호르몬 변화로 인한 호르몬 쇼크를 피해갈 순 없었다.

물론 이런 부작용을 전부 알고도 스스로 내린 결정이었다. 그러나 땀을 뻘뻘 흘리느라 쉬이 잠들지 못하는 밤이면 정희는 어쩐지 사기를 당했다는 느낌을 지울 수 없었다.

밤에 잠을 푹 자지 못하니 사람이 쉽게 예민해졌다. 얼굴엔 홍조가 늘었고 체온 조절이 잘 되지 않아 갑자기 덥다가 갑자기 춥기를 시도 때도 없이 반복했다.

세상만사 네 일, 내 일 할 것 없이 전부 다 남의 일처럼 굴던, 무덤덤한 정희는 이제 없었다. 자기가 생각해도 스스로가 괴물처럼 느껴질 정도로 짜증과 신경질이 늘었다. 정희의 기분은 하루에도 열두 번씩 오락가락, 롤러코스터를 탔는데 그런 이유 없는 짜증과 억지, 분풀이를 묵묵히 다 받아주는 건 물론 그녀의 남자 친구, 오 병장, 오승일이었다.

그렇게 아슬아슬하게 지내던 두 사람은 영화를 보기 위해 주말 한낮, 평소처럼 극장을 찾았다. 그리고 티켓을 발권하기 위해 사람들 뒤에 줄 서 있던 와중 정희에게도 질끔, 요실금이 찾아왔다.

쇼크를 먹은 정희는 가타부타 오 병장에게는 아무런 말도 없이 당장 집에 가봐야 한다는 말 한마디만 남기고 혼자 집으로 돌아왔다. 그리고 마침내 **냉전**이 시작됐다. 오 병장은 그렇게 정희가 집으로 혼자 간 후에도 그녀에게 연락하지 않았다. 당연히 먼저 저쪽에서 연락이 오겠거니 기다리던 정희 역시 하루, 이틀 시간이 지날수록 속이 새까맣게 타들어가는 것을 느꼈다.

자기도 모르는 사이 어느새 정희는 자신의 기분과 감정의 키를 남자 친구, 오 병장에게 맡기고 있었다. 정희는 오 병장이 필요했다. 지금 당장! 그러나 남자 친구에겐 왜 그날 자신이 그럴 수밖에 없었는지, 입이 찢어져도 말할 수 없었다.

요실금이라니. 내가 요실금이라니!

오 병장은 정희가 가족들 몰래 자궁적출술을 받았다는 것, 오직 그 사실 하나만을 알고 있을 뿐 다른 사정에 대해서는 잘 몰랐다. 하지만 어찌 됐든 간에 정희와 정희의 담당의를 제외하면 그 사실을 아는 사람은 이 세상에 오 병장 한 사람뿐이었다.

말 잘 듣는 강아지처럼 정희의 뒤를 쫄래쫄래 좇아다니며 다 맞춰주고 져주던 오 병장은 뽀르르 혼자 집으로 가버리는 여자 친구의 뒷모습을 바라보며 마침내 두 사람에게도 **밀당**을 해야 할 시기가 왔다고 판단했다.

그리고 그는 포복한 군인처럼 끈기 있게 기다렸다. 하루, 이틀, 사흘, 나흘. 출근 후 어쩌다가 산에서 정희를 마주쳐도 못 본 척 딴청을 피우며 계속해서 그녀의 애를 태웠다. 언제까지 식당, 영화, 카페로 이어지는 뻔한 데이트를 이어갈 순 없었다. 얄팍한 주머니 사정도 문제라면 문제였다. 그래 봤자 님을 봐도 뽕을 못 따는데! 떡도 못 치는데! 만나면 만날수록 돈만 물 새듯 나갔다. 아무리 생각해도 정희 누나와의 연애는 **가성비**가 너무 구렸다.

벌써 한 달이나 넘게 만났는데 고삐리도 아닌 누나가 왜 자꾸 수녀님처럼 구는지, 자기를 그냥 지갑으로 보고 갖고 노는 건지 오 병장은 알쏭달쏭하기까지 했다.

설마…… 꽃뱀?

이번 기회에 하늘 높은 줄 모르고 치솟는 여자의 기를 확 꺾고 남자답게 그녀를 침대로 데려가 눕히는 게 오승일이 나름의 목표라면 목표였다.

"그러게 씨발 왜 그렇게 비싸게 굴었어, 누나? 아다도 아니면서?"

오 병장은 휴대폰 액정에 뜬 정희가 남긴 부재중 전화 표시를 보며 혼자 중얼거렸다. 곰곰이 생각해보니 이거 생각하면 할수록 열이 받았다.

아무래도 이번 기회에 단단히 혼을 좀 내줘야 할 것 같았다.

누가 위고 누가 아래인지.

누가 하늘이고 누가 땅인지!

그리고 여기 스스로 땅이 되길 자처하는 한 여자가 있다.

희숙이의 마흔일곱 번째 생일날 이 여사와 조 여사, 두 여사님은 보도 애들을 불러 각각 한 사람씩 초이스를 했다. 육체파인 혜진 씨는 키 크고 몸통이 두꺼운, 슬쩍 스캔해봤을 때 그중 아랫도리가 제일 든든해 보이는 돌쇠 같은 녀석을 골랐다면 낭만파 희숙 씨는 사연 있어 보이는 말 없고 숫기 없는 잘생긴 놈을 골라 옆에 앉혔다.

"어머 희숙아. 얘 그, 그 탤런트 걔 닮지 않았니?"

"어머! 그러네! 그러네! 언닌 진짜 눈썰미도 좋다! 그…… 이름이 뭐더라?"

"김선우요 누님."

말없이, 깊은 우물 같은 눈을 아래로 깔고 그저 손님들의 대화를 듣고만 있는 사연남을 대신해 싹싹하고 비위좋은 돌쇠가 누님들의 궁금증을 풀어줬다. 가랑이 사이로 기라 하면 당장 멍멍— 개 짖는 소리까지 내며 기쁘게 가랑이 사이로 길 것 같은 귀여운 연하남과 어쩐지 여자의 모성애를 한껏 자극하는, 키는 좀 작지만 프로필은 어지간한 연예인 빰치는 과묵남. 둘은 그야말로 환상의 복식조였다.

"있지, 누나, 누나! 지인짜 미안한데요오, 내 친구가 오늘 테이블에 한 번도 못 들어가서, 걔 이 방에 한 번만 깍두기로 넣어주면 안 될까? 응? 응?"

"그래, 불러."

남자들에게 오빠 소리가 그러하듯 여자들에게 있어 누나 소리 역시 그녀들의 닫힌 지갑을 여는 마법의 단어였다. 덩치에 안 맞게 혀짧은 소리까지 내는 근육질 연하남의 애교에 혜진 씨는 부처님보다 더 자비롭게 웃으며 그의 소청을 윤허해 줬다.

열심히 딸랑거리는 돌쇠하곤 다르게 숫기 없는 사연남, 김선우 닮은꼴은 희숙 씨 옆에 착 달라붙어 가만히 앉아만 있었다. 그는 노래도 하지 않았고 탬버린도 치지 않았다. 가끔가다 손님과 귓속말이나 하며 양주나 마셨고 그는 별말 하지 않는 것 같은데도 희숙 씨의 눈은 이미 하트로 뿅 가 있었다.

못생긴 놈은 꼴값하고 잘생긴 놈은 얼굴값 한다더니, 나중엔 대체 누가 도우미이고 누가 손님인지도 구분이 안 될 지경이었다.

무언가 딱히 액션을 취하지 않는, 밤의 고양이처럼 고요하고 내성적인 그를 대신해 조 여사가 직접 잔에 얼음을 떨어뜨리고 그의 빈 술잔을 채워줬다.

빈속에 술만 먹으면 속 상하는 법이라며 직접 포크로 과일을 콕 찍어 그의 입 앞까지 안주도 대령했다.

사과, 배, 포도, 복숭아, 멜론 다 싫다며 말없이 고개만 절레절레 짓는 연하남 때문에 희숙 씨의 속은 새까맣게 타들어갔다.

"그럼 뭐? 응? 우리 애기 뭐 줄까? 누나한테도 좀 알려주세요오."

그리고 그 말이 끝나기도 전에 과묵남은 희숙 씨에게 달려들었다. 보는 사람이 민망해서 눈을 질끈 감을 만큼 육감적인, 길고 긴 키스였다.

아— 어린 게 좋긴 좋구나. 마약을 하면 꼭 이런 기분일까?

그러나 그런 딴생각도 잠시, 희숙 씨는 잠시 입술을 뗀 은호의 깊은 눈동자와 바로 정면으로 눈이 마주치자, 순간 시공간이 전부 얼어붙은 것만 같았다.

제길 난 왜 이렇게 추하게 늙었을까?

남자의 깊은 눈동자를 거울삼아 희숙 씨는 비로소 자기 자신을 **보았다.**

그리고 마치 이 세상에 은호와 자신 오직 둘만 남은 것 같은 기분에 휩싸였다.

화장실 갈 때를 제외하면 여간해선 소파에서 궁댕이를 떼지 않는 과묵남을 대신해 돌쇠와 돌쇠가 불러들인 깍두기 녀석이 테이블 앞에 나가 신나게 분위기를 띄웠다.

희숙 씨는 희숙 씨 나름대로 또 혜진 씨는 혜진 씨 나름대로 신명나게 잘 놀았다.

이 바닥에서 닳고 닳은 마담도 놀랄 만큼 둘 다 아주 진상도 그런 진상이 없었다.

"시발년 입술 다 뜯겼네."

"와씨…… 그 아줌마 거의 뭐 낙지던데? 올드보이냐? 그래도 그 누난 돈은 좀 있는 것 같더라. 난 시발 팁 좀 받았다가 오늘 내 좆 거기서 빠지는 줄 알았다."

"몰라…… 시발…… 간 좀 더 봐야지."

영업이 다 끝났음에도 불구 나 오늘 집에 안 갈래를 외치는 두 여사님을 먼저 택시 태워 자택으로 귀가시키고 실장 형이 운전하는 차를 타고 논현동으로 돌아오며 준희와 준희 친구 영준이는 그런 대화를 나눴다. 평소와 별반 다를 것 없는, 노상 하던 이야기였다. 야 이번엔 공사 좀 될 것 같아? 롤렉스 받는다며? 몰라 시발 내가 그걸 어떻게 알아. 야, 근데 난 그 누나 좀 쎄하다. 그치? 니가 봐도 그치? 아이 시발.

"냄새 진짜…… 존나게 독하네."

준희는 중얼거리며 창문을 내렸다.

지오다노에서 2만 9천 원인가 주고 산 진회색 차이나칼라 셔츠에 배인 독한 여자 향수 냄새 때문에 머리가 아플 지경이었다. 준희의 어깨와 셔츠 가슴팍에는 조 여사의 얼굴 화장이 마치 본을 뜬 것처럼 그대로 묻어, 얼룩덜룩 더러웠다. 나중에 술이 좀 들어가자 희숙 씨는 자기 남편 이야기를 하며 질질 짜기까지 했다.

술집에 와서 우는 아줌마야 뭐 흔했다. 문제가 있다면 희숙 씨는 하나만 하지 않고 **가지가지** 하는 스타일이란 거였다. 감정 기복이 영준이가 풀매수한 코인 그래프 빰칠 만큼 널 뛰는 게 아마 요새 다이어트약이라도 먹는 모양이라고, 준희는 그래, 그것까지도 다 이해했다. 근데 그렇게 울면서도 조 여사는 오늘 처음 만난 스물다섯 살 연하의 준희를 꼬박꼬박 자기야, 라고 부르기를 주저하지 않았다.

"**자기**, **자기**는 내 어디가 좋아?"

물론 준희, 아니 은호도 반드시 자기야, 라고 대답해야만 했다. 안 그러면? 조는 붉은 매니큐어가 칠해진 잘 정리된 예쁜 손톱으로 은호의 양 젖꼭지를 사정없이 꼬집었다. 살살 애무하는 수준이 아니라, 떨어져 나갈 만큼.

마찬가지로 선수의 공사를 사나이의 순정으로 착각, 석 달째 혼자 북 치고 장구 치고 여자친구 행세에 엄마 노릇까지 다 하려 드는 집착 심한 진상 아줌마에게 시달리고 있는 영준이는 차가 매봉터널을 지날 즈음, 피곤한 얼굴로 말없이 창밖을 바라보는 친구 준희에게 한 가지 거부할 수 없는 제안을 했다.

야 그럼 그 아줌마가 집착하면 우리 서로 떼주자. 시발 나도 요새 미치겠어.

"콜?"

"콜!"

붉은 피를 토하듯 단풍이 절정에 이르고 국화가 활짝 피어나는 10월 23일 상강(霜降). 첫서리가 내리고 추수가 끝나는, 가을의 마지막 절기에 해당하는 이 날은 공교롭게도 토요일이었다.

주말 한낮. 원래 같으면 부친 박재수 씨는 거실 소파 위에, 모친 김희선 씨는 마트에, 애들은 각각 제 방 안에 콩깍지 속의 콩처럼 콕 박혀 각자 할 일을 하고 있을 시간이었지만 그날 서울시 송파구 마천동 주공아파트 101동 1004호는 주인 없는 빈집처럼 썰렁하기만 했다.

오전 8시. 바람막이에 청바지 차림을 한 박재수 씨가 연막용 낚시가방을 한쪽 어깨에 걸쳐 메곤 안방 쪽 눈치를 슬쩍 보더니 신발장에서 흙 묻은 등산화를 꺼내 식구들 중 가장 먼저 집을 나섰다.

미연이와의 본격적인 만남 이후 두 사람은 당연히 산이 좋아에는 나가지 않고 서로에게만 온전히 집중하기로 **암묵적인** 합의를 봤다.

난장판으로 끝난 지난번 정기산행 직후 윤 여사와 김 회장, 이 여사와 조 여사, 신 여사, 박 회장 순으로 차례차례 다들 말없이 라인 채팅방을 나갔기에 재수 씨는 당연히 산이 좋아가 그냥 그렇게 흐지부지 해체된 건 줄로만 알고 있었다.

"울 애기, 뭐 먹고 싶은 거 없어? 이번 주말엔 우리 어디 갈까?"

히죽히죽 바보처럼 웃으며 박재수 씨는 평소처럼 애인에게 문자를 날렸다.

콜센터 일이 바쁜 건지 뭔지 근래에는 미연이와 연락이 빨리빨리 잘되지 않아 신경이 좀 쓰였다. 근데 그날은 문자를 보내자마자 미연이에게서 곧장 전화가 왔다.

안방 침대에 등을 기대고 누워 있던 박재수 씨는 거실 바닥에서 요가 매트를 깔고 이상한 자세로 물구나무를 서고 있는 마누라를 피해 베란다로 나갔다. 그리곤 거실과 직통으로 연결되는 베란다 문을 꽉꽉 닫은 뒤, 한껏 소리 죽여 전화를 받았다.

"어떡하죠? 저 **그날**이라…… 이번 주말엔 그냥 집에서 쉬려고요. 미안해, 오빠."

"그날? 아……."

그날이란 단어를 너무 오랜만에 들어본 박재수 씨는 몇 초간 잠시 멍했으나 그래 아프면 집에서 쉬어야지, 괜찮아, 괜찮아, 다음에 보자, 아니다 내가 그럼 주말에서 죽 사서 미연이 집에 갈까? 하는 식으로 제법 남자 친구답게 대응했다.

물론 미연이는 거절했고 통화를 끊기 전 그럼 주말에 박 회장님은 뭐 하실 거냐고 귀엽게, 남자 친구의 주말 스케줄을 물었다.

아이고. 설마 내가 저 두고 딴짓할까 봐?

무려 자기보다 열세 살 어린, 게다가 아직도 그게 끝나지 않은 진짜배기 여자. 여자 중의 여자 미연이의 머릿속이 부처님 손바닥 보듯 빤히 다 들여다보인다는 사실이 박재수 씨는 너무나도 사랑스러웠다.

"나도 미연이처럼 그냥 집에서 쉬려고. 응응. 그래. 나도 사랑해."

그런가 하면 같은 시각, 졸지에 첫 산행에서 회원들을 몽땅 잃은 산이 좋아 2대 회장 배종혁 씨는 말도 없이 채팅방을 나간 회원들을 다시 구슬려 불러들이기 위해 한 명 한 명 친히 연락을 돌리고 있었다.

조 여사……는 빼고. 배는 남녀 가릴 것 없이 회원들 모두에게 살뜰히 연락을 돌렸다. 회원들이 없다면 회장직도 말짱 헛거였으니까.

“안 돼. 형. 나 여심이 누님한테 진심이야.”

“그러니까 같이 나와서 놀라고. 머릿수만 채워.”

“싫어. 그리고 이 누나 은근 팜므파탈이다? 오는 남자 안 가린다니까? 내가 보기엔 껍데기만 여자고 알맹이는 그냥 남자인 거 같아. 그니까 돈을 그렇게 잘 벌지.”

“그래 넌 오지 마. 이 새끼야. 이 천하에 의리라곤 어? 조또 없는 새끼.”

“미안미안. 아 진짜 내가 공사 제대로 치면 다음에 어? 좋은 데서 형한테 술 한번 살게.”

그러나 철석같이 믿었던 동생, 창석이는 스스로 불참을 선언했고 창석이와 전화를 끊자마자 혹시나, 하며 연락을 돌린 윤 여사님은 웃기게도 그날 시간이 되니 나가겠다고 했다.

6학년 2반? 배는 지금 그런 걸 가릴 처지가 아니었다.

“그럼 창석이까지 해서 하나, 둘, 셋…… 다섯, 오케이.”

김 회장, 구 회장, 윤 여사, 이 여사 거기에 배 자신까지 도합 다섯. 근데 이러니까 남녀 2:3으로 짝이 맞지 않았다. 짝이 안 맞는다니! 배의 사전에 그건 있을 수 없는 일이었다.

일전에 보니 박재수 그 쪼다와 이쁜 미연이 사이의 공기가 몹시도 야시꾸리한 게 마음에 들지 않았지만 밑져야 본전이라는 식으로 배는 미연이에게도 연락을 했다.

여섯.

아! 하느님 감사합니다!

여자라는 생물은 가랑이를 벌리면 마음의 문도 활짝 열린다는 게 배의 지론이었다. 지난봄 춘삼월이었던가, 아마 그때 딱 한 번이긴 하지만 어찌 됐든 간에 미연이를 한 번 안아본 배 회장은 미연이와 다시 만나기만을 손꼽아 기다렸다. 다시 만나기만 한다면, 딱 한 번만 더 기회가 주어진다면, 그땐 정말 잘해볼 자신이 있었다.

미연이도 나온다고 하고 남녀 3:3으로 짝까지 딱 흡족하게 맞았으나 이렇게 하나, 둘, 셋 모아놓고 보니 새삼 너무나도 조촐했다.

산이 좋아가 이대로 역사 속으로 사라져버리느냐 아니면 다시 한번 날개를 활짝 펼치고 새롭게 비상하느냐를 가르는 중요한 기점이니만큼 아무래도 한 사람이라도 더 나오는 게 회원들의 사기를 위해 나을 것 같았다.

그래서 배는 마지막으로 쪼다 새끼한테 전화를 걸었다. 뚜르르르. 아 형님. 접니다. 종혁이.

일곱.

창석이랑 윤 여사는 식 안 올린 부부나 마찬가지니까 제외하고 자신과 미연이가 짝, 그리고 남은 이 여사는 구 회장이던 박 회장이던 아무 놈이랑 짝. 그렇게 하면 참 알맞고 보기도 좋을 것 같다고 배는 머릿속으로 대충 셈을 끝냈다. 하느님이 보우하사 어쩜 숫자도 딱 **럭키세븐**이었다.

오전 10시. 박재수 씨 뒤를 이어 김희선 씨가 식구들 중 두 번째로 집을 나섰다. 물론 사유는 데이트였다. 이제껏 가족들 눈치 안 보고 최 대장과 만남을 이어오긴 했지만 꼬리가 길면 밟히는 법. 희선 씨가 생각하기에 요근래 자기는 꼬리가 아홉은 되는, 여우 중에서도 불여우였기 때문에 더욱더 조심할 필요가 있었다.

최 대장의 생일은 10월 27일 수요일, 평일이라 만나고 싶어도 만날 수가 없었다. 최가 이번 데이트는 단단히 준비하겠다, 약속까지 했으니 자기도 가만히 앉아만 있을 수 없었다. 그리하여 희선 씨는 지난 어버이날 정희가 준 백화점 상품권 중 남은 것에 자기 돈 조금을 보태 애인에게 줄 첫 번째 생일 선물을 마련했다.

속옷은 너무 속 보이는 것 같고, 체육 선생이니 넥타이 맬 일도 별로 없을 것 같고, 운동장에서 뛰는 게 일인 양반인데 땀내 섞인 향수 냄새는 내가 싫고…….

이런저런 고심 끝에 희선 씨는 남잔 지갑이 그럴듯해야 돈을 잘 버는 법이라는 허무맹랑한 미신에 한 번쯤 속아보기로 했다.

애인이 지지리 돈 못 버는 것도 치가 떨리게 싫었지만, 그 이전에 어디 길바닥 한가운데에 반나절 떨어뜨려 놔도 아무도 안 주워갈 만큼 내 남자 지갑이 후줄근하다는 사실이 계속 마음에 걸렸기 때문이다.

모친 김희선 씨께서 한쪽 손엔 싸구려 핸드백을, 남은 한 손엔 세련된 명품 브랜드 마크가 음각 처리된 자그마한 쇼핑백을 들고 출타하신 지 얼마 안 된 오전 11시. 이 집안의 하나뿐인 귀한 아들 박준희 군 역시 이성교제를 위해 현관문을 나섰다.

물론 준희는 그걸 돈 받고 하는 전문 사랑꾼이기에 앞서 진짜 사랑놀음 중이신 양친과는 종류가 좀 달랐지만, 대충 겉모습만 보면 아무튼 그랬다는 것이다.

조 여사와 처음 만난 지 이제 겨우 보름쯤 됐을까?

준희, 아니 은호는 다른 진상 아줌마들과 뭐 별다를 거 있겠냐는 식으로 그녀를 쉽게 본 걸 뼈가 시리도록 후회하고 있었다.

애초에 은호는 한 가게에 상주해 있는 호스트바 선수가 아니라 봉고차를 타고 매일 밤 이 가게 저 가게 하루에도 몇 차례씩 원정을 다니는 보도 선수였다. 그런데, 첫날 은호의 개인 연락처 대신 보도 박스 실장형 명함을 받아간 희숙이는 **매일매일** 은호와 처음 만난 그 술집, 그 룸에 들어가서 술을 시킨 뒤 준희를 불렀다.

이렇게 간절하게 찾아주는 단골이 둘만 더 있었다면 보도를 뛰는 대신 그냥 계속 가게에 상주해 있는 게 더 나을 정도였다.

애당초 준희가 가게에서 보도로 소속을 옮긴 건 호구 하나 잡아서 공사치고 이 바닥 뜨겠다는 원대한 포부 때문이었지만 막상 그게 눈앞의 현실이 되자 부담스러웠다.

애인 행세, 어미 노릇 다 넘어서서 희숙 씨는 준희의 '구원자'가 되기를 자처했기 때문이다. 구원함으로써 구원받고자 하는, 지옥불 같이 시뻘건 욕망이 어린 준희의 눈에도 빤히 들여다보였다.

다른 선수들 하는 대로 준희는 어쩌다가 이런 일을 하게 됐냐는 희숙 씨의 뻔한 질문에 조금 뜸 들이는 척을 하다가 실은 어머니가 좀 편찮으셔서, 수술비랑 병원비 때문에 빨리 돈 벌 일을 찾다가 여기까지 왔다는 식으로 이빨을 털었다.

"아버지는?"

그 질문에 준희는 고개를 조금 숙이고 슬픈 눈으로, 말없이 고개를 저었다.

듣는 이가 제멋대로 제 입맛에 맞춰 상상할 틈을 남겨두는 것이 구라를 터는 데 있어 가장 중요하다는 걸, 이젠 준희도 알 만큼 알았다.

이제 와 생각해보면 젠장, 아마도 그날이 기점이었던 듯하다. 준희는 조 여사가 끌고 가는 관계의 속도에 정신이 혼미할 지경이었다. 다른 형들 보면 아무리 손님이 선수한테 빽이 가도 이렇게 매일매일 출석 도장을 찍는 경우는 잘 없었다. 매일매일 출석 도장을 찍더라도 관계가 무르익고 발전하는 데에는 그에 합당한 속도와 나름의 단계가 있는 법이었다.

초반에는 선수가 손님에게 전전긍긍하는 것 같다(이 시기에는 식사비용도 모텔비용도 선수가 부담한다).

속아 넘어간 손님이 큰 걸 하나 해주면 그때부터 순식간에 갑을 관계가 뒤바뀐다.

입금 후 초반에야 연락을 좀 받아주지만 그조차 점점 뜸해지고 그럴듯한 핑계를 댄 뒤 선수는 도망친다.

그러나 조 여사에겐 그 공식이 통하질 않았다. 공식대로라면 첫 만남에서 이별까지 적어도 석 달은 걸려야 하는데 준희는 지난 2주가 2년은 되는 것 같았다.

이 누나가 자기의 어디에 꽂힌 건지도 아리송했다.

대체 뭘까? 이 누나 대체 뭘까?

"형. 근데 그 손님한테 시계 받으면…… 손목 하나 잘라줘야 할 것 같아요."

같이 일하는 동생은 시도 때도 없이 울리는 준희의 핸드폰을 보더니 지나가듯 그런 말을 했다. 근데 그 말을 듣자 언젠가부터 '시발 나도 몰라'가 입버릇이 된 준희는 마침내 자신에게도 선택을 내려야 할 때가 찾아왔다는 것을 깨달았다. 최악의 결정은 언제나 아무 결정도 내리지 않는 것. 제발 이번만은 최악을 면하고 싶었다.

'영준아…… 미안하다…….'

은호는 자신의 앞날에 무슨 일이 벌어질지, 아무것도 예감하지 못한 채 그저 코인 창에 얼굴을 박고 있는 영준이를 흘낏 바라봤다.

"야, 너 그 돼지 아줌마 번호 나한테 보내. 나 진짜 더러워서 못 살겠다."

"오케이. 너도 그럼 그 낙지 누나 번호 찍어."

이별에는 늘 명분이 필요했다. 사랑을 갈구하는 외로운 아줌마들에게는 더 강한 명분이 필요했다. 따라서 이런 경우 '손님이 먼저 다른 선수와 바람 났다'는 식으로 판을 짜는 게 가장 효과적이었다. 동시에 두 사내가 날 갈구한다는 건 여자가 지닌 허영 중에서도 가장 값비싼 허영이었으므로.

그날 준희가 받은 대본은 은호와 돼지 아줌마가 같이 모텔로 들어가면 영준이가 와서 현장을 덮치는 장면이었다.

어려울 건 하나도 없었다.

▲

이 시대의 명배우, 어둠의 청춘스타 박준희 군이 그날 저녁 예정된 카메라 없는 촬영을 위해 외출한 뒤 마지막으로 이 집안의 장녀 박정희 양 역시 데이트를 위해 오후 1시경 현관문을 나섰다.

디데이.

평소처럼 밥 먹고 영화 보고 차 마시고…… 그리고 다른 커플들처럼 마침내 그것도 하기로 결심한 것이다.

다음 주에 만나면 주말에 '그걸' 하자고 지난주쯤 정희가 넌지시 뜻을 비치자 도도한 오 병장은 다시금 이전의 말 잘 듣는 똥개 모드로 손바닥 뒤집듯 태도를 바꿨다.

혹시 누나가 그새 마음이 바뀌어 안 하겠다고 할까 봐, 겁이 났던 거다.

"근데 누나. 그냥 이번 주말에 하면 안 되는 거야?"

"아…… 나 이번 주에 그…… 그날이야."

"응? 무슨 소리야? 누나 수술했잖아?"

자궁적출 수술을 받아도 난소가 있으면 남들보다 폐경이 몇 년 빨라질 뿐 생리는 그대로 한다고 정희는 몇 번이나 설명했으나 오 병장은 이해하지 못하는 눈치였다.

"알았어. 알았어. 그럼 다음 주?"

"응."

"히히."

그렇게 틱틱거리더니 이젠 또 좋다고 하늘로 날아갈 것처럼 희희낙락하는 남자 친구의 옆얼굴을 보니 어쩐지 정희는 하기도 전에 벌써부터 그 짓이 지겨워졌다.

아아—

대체 그게 뭐길래?

요실금 사건 이후 의사와의 상담 끝에 호르몬제 양을 배로 늘린 정희는 다시 이전의 정희로 돌아왔다. 국립공원관리공단 계약 기간은 이번 달 말일까지였다. 미친년 널뛰듯 오르락내리락, 지난 몇 달간 죽도록 자신을 괴롭힌 감정의 파도에서 마침내 내려온 정희는 참으로 오랜만에 자신의 상황을 **거리**를 두고 지켜봤다.

3인칭 관찰자 시점

만약 지금 자신의 인생을 동물의 왕국 제작진이 저 멀리 수

풀 속에 숨어 카메라로 몰래 찍고 있다면 지금 이 장면 위에 남자 성우는 대체 어떤 내레이션을 넣을까.

자연에서 수컷은 사냥을, 암컷은 출산을 담당했다. 따지고 보면 정희는 이제 출산이 불가능한 몸이긴 했지만 그렇다고 해서 자신이 하루아침에 수컷이 되는 건 또 아니었다.

어떤 수컷과 짝짓기를 할 것인가.

피도 눈물도 없는 약육강식의 세계에서 임신 기간 동안 사냥을 할 수 없는 암컷의 생존을 결정하는 건 그 선택 한 가지뿐이었다. 그 단 한 번의 선택이 암컷의 운명을 송두리째 뒤바꿔놨다.

더 생각해볼 것도 없이 오승일이는 짝짓기 상대로 알맞은 수컷이 아니었다. 짝짓기는커녕 애당초 그런 덜 떨어지는 수컷들은 무리의 암컷들에게 가까이 다가갈 수도 없었다. 서열 높은 무리 안의 다른 수컷들이 접근을 금지했기 때문이다.

그러나 불행인지 다행인지 여기는 아프리카 세렝게티 초원이 아닌 서울, 그중에서도 서울시 동남쪽 끝자락 남한산성.

정희는 이달 말 국립공원관리공단 계약만료와 동시에 파주로 이사, 알음알음 선배가 연결해준 파주의 한 중견 출판사에 경력직으로 입사할 계획이었다.

자연의 불문율을 어기고 어리석게도 무리 안의 하찮은 수컷과 가까이 지내는 암컷은, 잘난 암컷이든 못난 암컷이든 곧

원래 무리에서 방출돼 초원에서 홀로 쓸쓸히 생을 마감했다. 별 볼 일 없는 수컷과 짝짓기를 할 바에야 출산을 포기하고 죽을 때까지 홀로 자기 자신의 생존만을 도모하는 게 백 배는 더 현명했다.

디데이.

동물이 아니라 인간, 암컷이 아니라 여자인 정희는 짝짓기 한 번에 그렇게 큰 의미를 부여할 까닭이 없었다. 문명의 혜택을 듬뿍 입은 인간에겐 피임기구와 중절 시술이라는 예방책과 비상구가 따로 마련되어 있었다.

서른이 되기 전 마지막 남은 숙제를 해치우려는 그날이 우리가 헤어지는 날인지도 모르고 천진난만, 아기처럼 행복해하는 오 병장의 모습에 물론 정희는 간간이 옅은 죄책감을 느꼈다. 그래서 잘해줬다. 짜증도 부리지 않고 신경질도 내지 않았다. 둘은 딱히 진지한 관계도, 깊은 사이도 아니었지만 몇 달간 이어온 만남을 단칼에 끊어내기로 일단 마음을 먹자 그때부터 정희는 어린 그에게, 그것도 군인 신분인 그에게 뭘 받거나 얻어먹는 게 전부 다 더러운 빚으로 느껴졌다.

정희는 오 병장이 계산을 하기 전에 재빨리 먼저 선수를 쳤다. 며칠 후면 영영 안 볼 사람. 이제 그의 주머니에서 나온 돈으로 산 거라면 껌 한 통 얻어먹고 싶지 않았다. 사람과 사람

사이, 만남과 이별에 있어 끈적끈적한 거라면 질색을 하는 정희의 오래된 결벽증이 또 한 번 도진 것이다.

물론 오 병장은 그걸 다 반대로 해석했다.

누나가 하루아침에 태도가 싹 변한 걸 보니, 게다가 데이트 비용까지 턱턱 내는 걸 보니 인터넷에서 하는 말이 다 틀린 말은 아닌 것 같았다. 아니, 이제 보니 아무래도 연인관계에서 밀당은 선택이 아니라 필수인 것 같았다.

그래도 첫날인데 모텔비까지 반반하자 할 수 있나.

누울 자리 보고 발 뻗는다고 요새 정희 누나 하는 걸 보면 반반이 아니라 잘하면 누나가 다 내줄 것도 같았지만 아직은 다 된 게 아니니 방심은 절대 금물이었다.

돈이 좀 아깝긴 했지만, 뭐 이정도야 초기 투자비용이라고, 나중에 다 다시 회수할 수 있다고 자신하며 오 병장은 10월 27일 토요일, 남한산성 근처 개업한 지 1년이 채 안 된, 리뷰가 가장 많은 신장 무인 모텔에 가장 비싸고 전망 좋은 방을 예약했다.

천장과 벽이 온통 거울인, 욕실에 스파 욕조까지 딸린 그 방은 평일 대실 2만 원. 숙박 4만 원. 그러나 그날은 주말이라 4시간 대실에 5만 원이나 했고 주저 없이, **남자답게** 오 병장이 다 긁었다.

▲

"야! 적반하장도 유분수가 있지! 집에서 쉰다며? 그날이라며? 미연이 너 산에 사니? 너 산에 살아? 너 산적이야?"

산 할아버지가 쌓았다는 남한산성의 명물, 등산로 초입의 산 할아버지 다리 앞에서 다른 회원들과 같이 하하호호 담소를 나누고 있는 미연이를 보자마자 박 회장님의 마음속은 금세 이렇게 소란스러워졌다. 그러나 자기 역시 오늘 하루 집에서 푹 쉬겠다고 하곤 말없이 나왔기에 뭐라 할 수가 없었다.

난 진짜 그냥 사람들 만나러 나온 건데. 아줌마들 만나러 나온 게 아닌데.

그러나 그 말을 미연이가 믿어줄지는 미지수였다.

성질 같아서야 당장 가서 남자답게 귀싸대기를 한 대 올려붙이고 정신 차리라고 호통도 좀 친 뒤 놀라서 질질 짜는 미연이의 그 여린 손목을 붙잡고 휙 어딘가로 가버리고 싶었지만 그러기엔 오늘따라 이 산에 보는 눈이 너무 많았다. 그리고 자기가 그렇게 나갔을 때 미연이가 어떻게 나올지도 장담할 수 없었다. 미연이와 자신이 사귀는 사이, 사랑하는 사이라는 건 해가 동쪽에서 떠서 서쪽으로 지는 것처럼 분명한 사실이었지만 자기는 가정이 있는 유부남이었고 미연이는 미혼, 싱글이었다.

전혀 예상치 못한 광경 앞에 혼란스러워하는 박재수 씨를 흘낏 바라본 미연이는 멍청한 그 얼굴을 보자 푸하하 웃음이 터질 것 같았다. 가까스로 웃음을 참은 신은 다른 회장님들에게 그러하듯 슬쩍 고개를 숙여 가볍게 눈인사를 했다.

피차일반. 도긴개긴.

꼴에 주제에 박재수가 자기한테 거짓말까지 하고 몰래 모임에 나올 건 예상치 못했지만 상관없었다. 안 그래도 페이드아웃하듯 서서히, 그에게서 멀어지려 했으므로 이쪽으로 터벅터벅 걸어오는 앙상하게 마른 팔다리에 배만 여덟 달 된 임부처럼 나온 E.T 같은 체형의 늙은 중년 남자를 보자 미연이는 속으로 쾌재를 불렀다.

가족들과 같이 쓰는 차에서 와이프 몰래 애인과 떡 좀 몇 번 쳤다고 간장 종지만 한 그의 속이 어딜 가겠는가.

애당초 연애에 있어 박재수는 신 여사의 적수가 되지 못했다.

한편, 산이 좋아의 화려한 재기를 꿈꾸는 2대 회장 배종혁 씨는 자기가 짜둔 판이 시작도 하기 전에 어그러져감을 벌써 눈치채고 있었다. 일단 럭키세븐이 아니었다. 일전에 그 난리를 친 윤 여사는 또 왔지만, 윤이 오면 바늘에 실 가듯 당연히 따라와야 할 창석이 녀석이 통 안 보였던 거다.

"윤 여사님. 혹시 창석이 어디 아픈가요?"

"네? 글쎄요…… 그건 저도 모르죠?"

정말이지 나는 아무것도 모른다는 백치처럼 흰, 결백한 얼굴이었다. 게다가 거기엔 '내가 그걸 어떻게 알아? 앤 왜 나한테 그런 걸 물어보지?' 하는 의아함까지 더러 섞여 있어 질문한 사람을 민망하게 했다.

윤과 눈이 마주친 배는 시선을 피하며 큼큼, 헛기침했다. 됐어. 3:3. 짝도 딱 맞고 좋네, 뭐. 부정은 절대 긍정을 이길 수 없는 법이라는 오래된 격언을 되새기며 배 회장은 가급적 좋게좋게, 일단은 판이 돌아가는 꼴을 멀리서 지켜보기로 했다.

같은 시각, 진작에 산이 좋아 따위는 탈퇴한 김희선 씨와 최 대장님은 최 대장이 공부해 온 코스에 따라 차근차근 데이트를 즐기고 있었다. 물론 즐긴 건 최 대장 한 사람뿐이고 김 여사님이야 가면 갈수록 김이 좀 새는 기분이었지만 그래도 최대한 실망한 티를 내지 않기 위해 이를 꽉 깨물고 나름 맞춰주고 있었다.

최 대장이 준비해온 코스란 이랬다. 먼저 극장에 가서 영화를 보고 그 밑에 식당에 내려가 초밥을 먹고 카페에 가서 팥빙수에 쌍화차를 마신 뒤 손잡고 공원 산책.

극장에서 손잡고 영화를 본 뒤 엘리베이터를 타고 곧장 연결된 백화점 식당가로 내려올 때만 해도 희선 씨는 오래간만에 회를 먹을 생각에 기분이 좋아 콧노래가 나왔다. 그러나 인당 만삼천 원짜리 런치 세트 초밥을, 대학생쯤 될 것 같은 어린 애들과 같이 줄 서서 기다리다 먹어야 하는 상황이 오자 머드팩을 한 것처럼 딱딱하게 굳어가는 제 입가를 숨기기 어려웠다.

초밥은 맛이 없었다. 대화는 지루했다. 남자는 다 애 아니면 개라던데 아무래도 지금 내 앞에 있는 이 남자는 애인 것 같다고, 김희선 씨는 속으로 쓰게 웃었다.

그리고 두 사람은 회전 초밥처럼 빙글빙글 석촌호수를 몇 바퀴 돌았다.

이 남자가 애라면 중학생 정도인지, 초등학생 정도인지, 그것도 아니면 유치원생이나 다름없는지 시험을 해봐야겠다 마음을 먹은 희선 씨는 다리가 아프다고 앓는 시늉을 했다. 잠깐 난감해하던 최 대장은 시계를 보더니 다리가 아프다면 마침 잘 됐다며, 이제 시간이 됐으니 얼른 건너편에 가서 버스를 타자고 했다.

"또 어디 나가요?"

택시 타면 어디 덧나냐고 소리소리 지르고 싶었지만 희선 씨는 너무 맛없는 초밥과 너무 지루한 대화에 이미 전의를 상실한 후였다.

'맛은 차라리 기사식당이 나아…….'

그 생각까지 들자 이젠 정말 데이트고 나발이고, 그냥 집에 가버리고 싶었다.

"기대하세요. 희선 씨. 원래 **나훈아**도 맨 마지막에 나오잖아요."

이미 와버린 이별인데 슬퍼도 울지 말아요

산에는 대충 올라가는 시늉만 한 뒤 금방 하산한 산이 좋아 2.5기 회원들은 텔레비전에도 여러 번 나왔다는 유명 막국수 집에서 간단히 1차, 방이동의 전집으로 자리를 옮겨 2차, 다시 그 뒤 먹자골목의 대형 룸이 완비된 노래방에서 3차 하는 식으로 밀린 회포를 풀었다.

신 여사는 낮에 산에서부터 배 회장도, 박재수도 아닌 대머리 독수리 구 회장의 곁에 딱 달라붙어 있었고 그렇게 둘이 짝꿍이 되자 남은 건 윤 여사와 이 여사, 박재수와 배 회장뿐이었다.

배는 오래전에 자길 업신여기는 식으로 타격을 준 이 여사 혜진이도 치가 떨리게 싫었지만, 6학년 2반 윤여심 할머니는 그보다 백 배는 더 끔찍했다. 회장이고 나발이고 산이 좋아에 대한 거대한 청사진은 일단 옆으로 미뤄놓은 채 당장 눈앞의 현실을 잊기 위해 허겁지겁 술을 마시는 수밖엔 없었다.

물론 윤은 박재수 곁에 딱 달라붙어 있었다. 배와 구는 이미 먹어봤는데 맛이 없다고 땅땅 판명이 난 걸 다시 입에 주워 넣을 까닭이 그녀에겐 없었다. 아무리 사랑에 죽네 사네 생난리를 쳐도 밖에 나가 오늘 처음 만난 낯선 이성 세 명하고 술을 먹고 몸을 섞고 나면 그건 다 별거 아니니까.

사랑은 얼어 죽을 놈의 사랑?

윤은 창석이도 오늘 모임에 나왔다면 더 확실히 끊어낼 수 있었을 텐데 하며 조금 입맛을 다셨다. 하지만 상관없었다. 사내들은 입이 싸니까 어차피 곧 알게 되겠지.

그런가 하면 피차 잊고 싶은 게 많기는 박재수 씨도 마찬가지였다. 오늘은 새로운 회장 종혁이가 취임식 겸 해서 전부 다 계산한다 했으니 박은 마음 놓고 음식을 시키고 술을 마셨다. 무시로, 땡벌, 고향역, 잡초, 울긴 왜 울어. 맥주로 사이사이 목을 축이면서 기깔나게 노래도 불렀다. 원래 이런 데 다 같이 오면 1절만 부르고 내려놓는 게 매너였지만 오늘은 희숙이도 없겠다, 마이크를 탐내는 사람이 아무도 없어서 룸 안은 박재수 씨의 콘서트장이나 다름없었다.

아무것도 모르고 (모르고) 사랑했어요 당신을

사랑이 이렇게 아픈 줄도 모르고 당신을 사랑했어요

어쩜 이렇게 가사가 꼭 내 마음 같을까.

박재수 씨의 나훈아 리싸이틀은 구 회장과 딱 붙어 있는 잔인한 여자, 미연이에게 보내는 사랑의 연가이기도 했다.

물론 박 회장의 발광에 대해 미연이는 코딱지만큼도 신경 쓰지 않았다.

'죽 쒀서 개 주네.'

윤 여사는 쪼다 박재수 옆에서 열심히 탬버린을 치고 술을 따라줬다. 아무도 듣지 않는 그의 노래를 귀 기울여 듣는 척하며 와와 환호하고 한 곡이 끝날 때마다 짝짝 과장되게 박수도 쳤다. 창석이에 비하면 이건 돼지 멱따는 소리도 안 된다는 생각이 문득 들었지만 그럴수록 윤은 고개를 휘휘 저었다. 그런 생각이 들 때마다 윤은 일부러 더 다정하게 굴었다.

서른 곡쯤 불렀을까. 목이 다 쉰 박재수가 비척비척 무대에서 내려오자 윤이 또 그를 챙겼다. 언제 갔는지 신 여사와 구 회장은 보이지 않았고 그 틈을 타 배 회장은 얼른 밖에 나가 계산을 했다.

더러운 년. 지조 없는 년. 서방 모르는 년.

노래가 흘러나오지 않는 대형룸 안은 작은 말소리도 웅웅 울리며 크게 들렸다. 배는 이 여사님 탈 택시를 얼른 잡아야겠다며 계산을 마치자마자 후다닥 도망쳤다.

박재수의 곁에 남은 건 이제 윤 여사 한 사람뿐이었다. 그 밖엔 아무도, 아무것도 없었다. 노래도 끊겼고 술은 동났으며 사랑도 끝. 정말 끝.

절망한 박을 윤이 다독였다. 그제야 박은 자기 앞에 있는 윤을 보았다. 윤은 뭘 좀 아는 여자였다. 박이 처음으로 자신을 제대로 보자, 기회를 놓치지 않고 윤 역시 아무 대꾸 없이 그의 앞에 쪼그려 앉아 물끄러미 시선을 맞췄다.

눈에는 눈, 이에는 이.

부친께서 함무바리 법전 196조 조항을 몸소 실천하기 위해 술에 떡이 된 몸뚱어리를 이끌고 윤 여사와 함께 빈방을 찾아 방이동 모텔 거리를 헤매고 있던 그 시각, 친구 영준이의 그녀, 돼지 아줌마와 종일 데이트를 한 준희 역시 지친 몸을 이끌고 마지막 클라이맥스, 대단원을 향해 한 발 한 발 나아가고 있었다.

점심에 만나 같이 밥 먹고 영화 보고 쇼핑하고 서점과 카페에도 갔다. 그렇게 낮부터 밤까지 죽 붙어 다니며 데이트를 하다가 밤에 방을 잡으면 영준이가 짜잔 등장해 현장을 덮치는 시나리오였다.

희숙이 누나 하나만으로도 미치겠는데 영준이의 돼지 아줌마는 희숙이 누나하고는 또 다른 결의 진상이었다. 일단 덩치가 매우 커서 곁에 서면 위압감이 들었고 감정 기복이 널을 뛰는 스타일은 아니었지만, 기분이 상했을 때 조용히 굳은 표정을 지으면 절로 열중쉬어 자세가 됐다.

석촌호수 뒤쪽으로 아스라이 붉은 해가 지자 기온이 뚝 떨어졌다. 호빠 남친과 그 남친의 친구까지 자신을 연모한다는 믿기지 않는 사실에 잔뜩 도취된 돼지 아줌마는 발레리나들이 신을 것 같은 베이지색 플랫 슈즈에 몹시도 얇은, 연보라색 꽃무늬 프릴 원피스 한 장만 덜렁 입고 나와 준희를 뜨악하게 만들었다. 아마 고등학생이라는 자기 딸 옷을 몰래 입고 나온 듯했다. 저녁이 되어 날씨가 좀 쌀쌀해지자 추운지 그녀는 자기 팔뚝을 끌어안았다.

그걸 물끄러미 바라본 준희는 울며 겨자 먹기로 자기가 입고 온 카디건을 벗어 그녀에게 입혀줬다. 누가 봐도 엄마뻘 되는 여자가 나이에 맞지 않는 옷을 입고 아들뻘 되는 어린 남자애와 팔짱을 끼고 돌아다니니 안보는 척, 지나가는 사람들이 둘을 힐끗댔다. 애써 그 시선들을 못 본 척하며 준희는 더 꽉 손깍지를 꼈고 그녀의 머리칼을 손으로 살살 빗어 넘겨

줬다.

대본이 그랬으니까.

입시 때부터 준희는 캐릭터 연구 하나만큼은 누구보다 철저했다.

돼지 아줌마와 같이 있을 때면 한시도 방심하지 않고 눈에서 꿀이 떨어지는, 막 사랑에 빠진 다정한 연하 남자 친구 시늉을 해댔지만 잠깐 그녀가 화장실에 가거나 자기가 화장실에 간 틈이면 핸드폰으로 영준이에게 재깍재깍 상황 보고를 했다.

지금 어디로 이동 중인지, 현재 자신의 처지가 얼마나 끔찍한지, 너는 대체 이걸 경찰이나 가까운 군부대에 신고도 안 하고 어떻게 석 달이나 견딘 건지 등등 손가락에 불이 나도록 카톡을 두들겼다.

그렇게라도 하지 않으면 견딜 수가 없었으므로.

「좀만 참아 나도 니 누나랑 담주에 똑같이 해야 함 그거」

준희가 그랬던 것과 마찬가지로 영준이 역시 요 며칠 열심히, 열심히 희숙 씨에게 접근해 한껏 로맨스를 연출하며 그녀를 꼬시고 있었다. 놀랍게도 새로운 남자 친구가 생기자 희숙 씨는 곧장 연락이 뜸해졌고 그와 반대로 만날 때마다 씀씀이는 배로 헤퍼졌다.

딴짓에 대한 죄책감을 돈으로 해소하는 모양이었다. **병신.**

웃겼다. 하지만 그 돈 좋아하는 준희조차 조 여사가 주는 돈은 받기 싫었다.

세상에 공짜는 없는 법이었으니까.

「어디」

「다옴」

「빨리와나너ㅁ ㅜ무서워시발」

모르는 사람이 보면 연쇄 살인마에게 목숨을 위협당하고 있는 건가 싶을 정도로 간절한 문자를 친구 영준이에게 급히 날리며 준희, 아니 은호는 돼지 아줌마와 팔짱을 낀 채 다정하게 방이동의 한 무인모텔로 걸어 들어갔다. 카디건을 뺏겨 안에는 얇은 흰색 무지 티셔츠 한 장만 입은 준희는 아까부터 이마에 열이 오르는 것 같았다. 콜록콜록 계속 잔기침을 해대는 준희에게 미안해하던 돼지 누나는 내가 진짜 절대 다른 뜻이 있는 건 아니라며, 잠깐 어디 들어가서 쉬지 않겠냐고 먼저 제안했다.

"아니 왜 이걸 네가 내? 내가 오자고 한 건데!"

"에취! 응. 왜냐하면 누나…… 훌쩍, 이건…… 내 찬스거든."

"찬스?"

"내가 더 오고 싶었거든. 히히."

"어머! 은호 너 정말!"

다 와 간다.

영준이가 타이밍을 똑바로 맞추지 못해 이 누나와 단둘이 방에 입장하는 초유의 불상사를 겪게 될까 봐 겁을 좀 집어먹은 준희는 그러나 겉으론 애써 귀엽게 웃으며 끝까지 자신이 맡은 배역에 몰입했다.

누나가 감격하는 것과 상관없이 오늘 준희가 낸 데이트 비용 일체와 모텔값은 몽땅 영준이 놈에게 청구할 생각이었다. 다음 주 영준이가 희숙 씨와 만나 쓸 데이트 비용은 반대로 전부 준희의 주머니에서 나갈 테니 따지고 보면 사실상 쌤쌤이었다.

"에취! 에취!"

엘리베이터에 올라타자 본색을 드러낸 돼지 누나는 춥지 않냐며 자기 품에 준희를 가득 끌어안았다. 여자 가슴이 등에 닿으면 아무리 나이 많은 아줌마라도 기분이 야시시해질 법한데 물컹하는 그 살이 준희는 그저 불쾌할 뿐이었다.

집에 가서 얼른 씻고 약 먹고 자야지…….

그러나 이런 준희의 속을 아는지 모르는지 돼지 누나는 단둘이 벽과 천장이 있는 좁은 공간 안에 갇히자 찌르르 삘을 받았는지 연방 기침을 콜록거리는 준희를 향해 악어처럼 아가리를 벌리고 달려들었다.

"안 돼! 안 돼!"

"왜?"

가까이에서 본 누나의 흰자위에는 시뻘겋게 핏줄이 터져 있었다.

"누나 감기 옮아. 에이취! 뽀뽀는…… 우리, 에취! 우리, 하지 말자. 에취!"

그리고 스르르 엘리베이터 문이 열렸다. 둘 다 너무 긴장한 탓인지 아니면 둘 다 속으론 딴 꿍꿍이를 차고 있기 때문인지 그만 층수를 누르는 것을 잊은 것이다.

영준인가? 제발! 영준아! 제발!

그러나 엘리베이터에 올라탄 건 기다리던 영준이가 아닌, 부친 박재수 씨였다.

'그럼 그렇지 내 주제에 호텔은 무슨.'

주말 한낮, 이십 대 초반 대학생 커플들 사이에 섞여 맛대

가리 없는 초밥을 먹고 돈 안 드는 산책을 한 뒤 잠실역 앞에서 택시도 아닌 버스를 잡아탄 김희선 씨와 최 대장님은 강물을 거슬러 오르는 연어 떼처럼 다시 마천동으로 돌아왔다.

같이 영화 보고 밥 먹은 그 건물 76층부터 101층까지가 몽땅 다 호텔이요, 꼭 번지르르 샹들리에가 천장에 달린 5성급 호텔이 아니어도 그 주변에 흔하게 널린 게 쾌적한 비즈니스 호텔인데도 최 대장은 굳이 굳이 꼭 거기로 가야 한다고, 이미 예약까지 다 했다고 우겼다.

'그럼 택시라도 타지.'

그 말이 목구멍까지 차올랐지만 희선 씨는 지금 배가 고팠다. 그리고 피곤했다. 성질 같아서야 버스 차창을 열고 그가 보는 앞에서 그에게 줄 명품 지갑을 창밖으로 휙 던져버리고 싶었다.

창피해.

희선 씨가 준비한 선물은 이 남자에게 어울리지 않았다. 줘도 그 가치를 알까? 저 짠돌이가 이게 얼마짜린지는 알까? 얼마짜린지 알면 어디 팔아버리는 건 아닐까? 팔아서 그 돈으로 또 삼겹살 같은 거나 처먹겠지.

근데 난 대체 이 남자에게 뭘 더 기대하고 있는가?

자고로 여자를 생각에 잠기게 만드는 남자란 다, 쓸데없는 수컷이다.

"짜잔!"

종점에서 내리는 사람은 하나같이 주말을 맞아 산을 찾은 등산객들이었다. 울긋불긋 화려한 원색의 등산복을 차려입은 그들 사이에 평상복 차림의 희선 씨와 욱환 씨는 쌀에 낀 겨처럼 금방 눈에 띄었다.

짜잔! 그리고 다시 원점이었다. 욱환 씨가 예약한 그놈의 나훈아, 어쩌구는 호텔이 아니라 모텔이었고 그것도 올봄, 혜진 씨를 따라 산이 좋아에 처음 나온 희선 씨가 창석이와 함께 갔던 천장에 거울 달린 거기였다.

"하하하……."

나는 그때로부터 얼마나 멀리 와 있는가?

"좋죠? 역시 희선 씨 마음에 꼭 들 줄 알았습니다, 전. 좋죠? 제가 잘 골랐죠?"

얄궂은 운명의 장난질 앞에 두 손 두 발 다 들고 항복, 이제나 좀 그만 괴롭혀라 아이처럼 엉엉 울고 싶은 희선 씨는 차오르는 통곡 대신 헛웃음을 터뜨렸다.

그래, 오늘 너 어디까지 가나 보자.

"자, 이제 들어갈까요?"

솜이 다 빠진 솜인형처럼 추욱 늘어진 희선 씨는 비척비척 걸어 최 대장과 함께 엘리베이터를 탔다. 이젠 표정 관리도 하지 않았다. 어쨌든 안에 들어가면 침대가 있고 이불이 있고 다 있을 테니, 최 대장이고 나발이고 그냥 한숨 좀 자고 싶었다.

엘리베이터가 꼭대기 층에 도착하고 문이 열릴 때까지 욱환 씨는 그놈의 입을 쉬지를 않았다. 아무래도 희선 씨의 반응이 자기가 기대한 것에 비해 미적지근했던 거다. 그래서 자기가 어떻게 이곳을 알아냈고 젊은 애들 하듯 쿠폰 같은 걸 먹여서 정가보다 얼마나 더 싸게 방을 예약했는지도 미주알고주알 모두 말했다.

"호텔 같은 방이에요."

그럼 그냥 호텔을 잡질 그랬니.

호박에 줄 긋는다고 수박 되나. 그래 봤자 모텔은 모텔 아닌가.

희선 씨와 최 대장을 태운 엘리베이터가 6층에 도착하고 두 사람이 내리려는 찰나, 윗도리를 반쯤 헐벗은 젊은 여자 하나가 피를 흘리며 엘리베이터에 올라탔다.

"어머!"

놀란 욱환 씨와 희선 씨는 일단 엘리베이터에서 내렸다. 그 여자가 방금 뛰쳐나왔을 객실에서부터 엘리베이터 바로 앞까지, 자취를 좇듯 핏방울이 뚝뚝 떨어져 있었다.

희선 씨와 욱환 씨는 그 여자가 뛰쳐나왔을 그 방문을 노려봤다. 방문은 굳게 닫혀 있었다. 6층에 있는 열댓 개 넘는 방 중 하필이면 희선 씨와 욱환 씨가 들어갈 방의 바로 옆방이란 게 좀 찜찜하긴 했다.

엘리베이터 안으로 뛰어들어올 때 스치듯 본 그 여자의 얼굴은 귀신을 본 사람처럼 희게 질려있었다. 피가 터진 곳은 아무래도 그녀의 코 같았다. 6층 복도 카페트 바닥에 떨어진 그 많은 피가 다 그 여자의 코피였던 거다.

닫힘 버튼을 연타하는 그 여자가 고개를 살짝 들자 산발이 된 긴 머리카락 사이로 부은 얼굴이 보였다. 그리고 희선 씨는 그 젊은 여자와 눈이 마주쳤다.

▲

그날 정희는 모친과 모친의 보이프렌드보다 삼십 분 먼저 같은 장소에 도착했다. 얄궂은 운명은 두 부자(父子)를 만나선 안 될 장소에서 만나게 하고 그 집 모녀(母女)마저 비슷한 함정 속에 빠트렸지만, 가끔은 이처럼 관대한 면을 보여 인간이 제 품에서 희망이란 놈을 완전히 놓아 버리지는 않게끔 했다.

인간이 희망을 품지 않으면 그때부턴 운명의 장난질도 재미없어지니까.

애니 웨이. 영화 보고 밥 먹고 카페 가고. 거사를 치르기 전 정해진 스텝을 밟듯 늘 하던 데이트를 그날 낮에 다 해치운 두 사람은 오 병장이 무려 2주 전 예약하고 결제까지 마친 모텔 앞에 도착했다.

"공기가 좋네."

자기 집과 퍽 가까운 위치라는 게 정희는 좀 불만이었지만 어차피 오늘을 끝으로 더 안 볼 애한테 싫은 소리를 할 필요는 없었다.

"그치? 누나? 그래서 내가 일부러 여기로 했어. 여기 평도 엄청 좋다?"

데이트 코스와 이동 거리를 생각하면 극장과 가까운 방이동 먹자골목에 있는 모텔촌에 방을 잡는 게 합당했지만 스파 기능이 있는 풀 욕조에 천장에 거울까지 달린 방은 너무도 비쌌다. 오 병장은 소비에 있어 가성비를 가장 중시했다. 버스를 타고 좀 이동하더라도 마천동에 있는 모텔에 가는 게 나았다.

"난 누나 집 갈 때 편하라고."

"아 진짜? 몰랐네. 고마워."

자기가 생각해도 방금 생각해낸 핑계가 기가 막혔다. 돈도 아끼고 누나 위해주는 척도 하고 일석이조였다.

"너 먼저 씻어."

"응!"

그리고 오 병장이 먼저 들어가 씻고 정희도 씻었다. 원래 정희는 씻는 데 시간이 몹시 오래 걸렸지만, 막상 모텔방 안까지 들어오고 보니 얼른 해치우고 집에 가고 싶었다. 휘리릭 대충 몸에 물만 묻히는 수준으로 씻고 나온 정희는 오 병장이 등을 기대고 앉아 있는 침대 앞으로 슬금슬금 다가섰다.

그리고 다들 아는 흔한 일들로 십 분쯤 시간이 지나갔다.

"누나 이제 할게."

"응."

아무 느낌이 없었다. 지루해진 정희는 자기 위에서 생난리를 피우는 오승일이 대신 천장 거울에 비친 방 안 가구와 카펫 바닥 무늬 등 풍경을 물끄러미 바라봤고 불감증 역시 이 수술의 대표적인 부작용임을 기억해냈다.

근데 자기가 원래 불감증이었던 건지, 수술을 받아서 그 부작용으로 불감증이 된 건지는 화타가 살아 돌아와도 영원히 알 수 없을 터.

"야, 너 뭐 해? **그거** 해야지."

"응?"

"그거. 아니, 야, 너 피임 안 해?"

"어?"

그리고 우리들의 오 병장은 말갛게 아기처럼 웃으며 수줍게 말했다.

"왜? 누난 **안전**하잖아. 그냥 하면 안 돼?"

자자 우리 하던 거나 마저 합시다아. 그렇게 중얼거리며 오 병장은 다시 정희의 몸 위로 등을 숙였다. 그와 동시에 정희는 동물의 왕국 속에 등장하는 기린처럼 오른발을 크게 휘둘러 오 병장의 그곳을 걷어찼다.

억, 소리도 내지 못하고 배를 둥글게 만 채 침대 위에 모로 쓰러진 오 병장 위에 이번엔 정희가 올라탔다. 정희는 두 손으로 오 병장의 목을 졸랐다. 얼마나 오래, 그 위에서 그러고 있었는지는 알 수 없었다. 교실과 달리 여긴 달려와 말리는 사람도 없었다. 정희 아래 깔린 오 병장의 관자놀이에 눈에 띄게 핏줄이 불거졌다. 그러나 정희가 아무리 온 힘을 다해 목을 졸라도 상대는 남자였다. 오 병장은 목을 졸리는 와중에도 누운 상태 그대로 오른발을 들어 올려 정희의 얼굴을 걷어찼다. 눈에는 눈. 이에는 이.

정통으로 코를 얻어맞은 정희는 쌍코피를 질질 흘렸다.

"와, 너…… 이…… 씨발년……."

가쁘게 숨을 몰아쉬느라 켁켁대는 와중에도 오병장은 기어코 그 말 한마디를 했다.

그러나 몹시도 놀랐는지 알몸의 오 병장은 흰색 시트로 덮인 킹사이즈 물침대 위에 대자로 뻗은 그 자세 그대로 어느샌가 질질 노란 오줌을 흘리고 있었다. 처음에는 쭈뼛대며 찔끔새고 말던 게 나중에는 쉼 없이, 쉼 없이 흘러 나왔다.

발길질에 얻어맞아 침대 아래 바닥으로 나가떨어진 정희는 침대 옆 협탁을 짚고 일어서다가 바짝 쪼그라든 오 병장의 그곳을 처음 제대로 **보았다.**

그리고 둘 중 정희가 먼저 정신을 차렸다. 속옷만 대충 꿰어 입고 바지와 위에 니트는 입는 둥 마는 둥 하며 정희는 황급히 그 방을 나섰다.

정신을 차렸을 땐 이미 버스를 타고 있었다.

▲

11월 7일 일요일, 입동(立冬).

그날은 정희가 아침 일찍 1톤짜리 용달 트럭에 얼마 안 되는 제 짐을 모두 싣고 마천동을 떠나 파주로 이사 간 날이자, 참으로 오래간만에 박씨 일가 사람들이 외출하지 않고 착하게 다들 집에 모여 있던 날이다.

마음 같아서야 희선 씨는 딸이 이사 간 자취방에 따라가서 구석구석 청소도 해주고 살림도 풀어주고 싶은 마음이 굴뚝 같았으나 정희는 언제 이사 가겠다는 언질도 없이 그냥 책과 옷가지만 덜렁 챙겨 혼자 알아서 이사를 가버렸고 대충 폼을 보아하니 식구들 중 누가 따라오는 것도 귀찮으면 귀찮지, 반갑진 않은 눈치였다.

그날 새벽 정희가 짐만 챙겨 쏙 빠져나간 정희의 빈방에 희선 씨는 똑똑, 습관처럼 노크를 한 뒤 들어가 보았다. 필요 없는 책과 짐은 미리미리 다 내다 버리고 필요한 건 모두 챙겨 청소까지 싹 마친 뒤 떠난 빈방은 큰 가구들만 덜렁 남아 쓸쓸하고 허전했다.

"감자도 가져갔네?"

가운데가 푹 꺼진 오래된 싱글 침대 위에 엉덩이를 걸치고 불편하게 앉아 있던 희선 씨는 그 많던 책이 다 사라진 빈 책장을 바라보다 마침내 창가마저 이전과 다르다는 사실을 알아차렸다.

이유는 모르겠지만 못생기고 쓸데없는 그 감자는 꼭꼭 챙겨가고 그 밖에 이 애미와 관련된 건 몽땅 다 버리고 간 것만 같아 희선 씨는 괜스레 마음이 허우룩했다.

서로 그날 그 일에 대해선 단 한 차례도 입에 담지 않았다.

그날 피를 흘리며 뛰쳐나가는 딸을 모른 체하고 남자 친구 욱환 씨와 방에 들어온 뒤 희선 씨는 최 대장이 말한 **나훈아**의 정체를 드디어 알게 됐다.

반쯤 얼이 빠진, 사태가 어떻게 돌아가는지 생각해봤을 때 머릿속에 떠오르는 것마다 너무 끔찍해 심장이 떨리는 희선 씨를 침대에 앉혀놓고 대뜸 그 앞에 무릎을 꿇은 욱환 씨는 바지 주머니에서 네모난 작은 상자를 하나 꺼냈다.

그걸 본 희선 씨는 막힌 댐이 터지듯 줄줄 눈물을 흘렸다.

"아…… 이럴 줄 알았으면 진작 해드릴걸요. 희선 씨…… 희선아, 사랑합니다."

다이아도 아니었다. 진주도 아니었다. 루비도 사파이어도 24k도 18k도 다 아니었다.

최 대장이 희선 씨에게 그 생난리를 피우며 선물한 건 너무나도 얇은, 어금니에 넣고 깨물면 찌그러질 것처럼 가냘픈 은으로 된 실반지였다. 딸 문제로 머리 한쪽이 완전히 뒤엉켜 있는 와중에도 그 순간 희선 씨는 퍼뜩 깨달았다.

지금 내 앞에 있는 남자가 개인지 애인지……. 그건 나도 모르겠고 아무튼 나는 김희선이었다. 캐리도 사만다도 뭣도 아니었다.

나는 그냥 김희선이었다.

흑흑대는 통곡을 멈추지 못한 채 욱환 씨가 이끄는 대로 그의 가슴팍에 안긴 김희선 씨는 울음이 조금 진정된 뒤 아직까지도 사랑한다고, 이 세상에서 당신을 제일로 사랑한다고 거듭 귓가에 대고 속살거리는 최 대장에게 다음과 같이 말했다.

"우리 이제 그만 만나요. 아들이 알아차렸어요."

그리고 희선 씨는 즉시 그 방을 나왔다.

최는 뒤따라오지 않았다.

현실은 영화와 달랐다. 영화 속에서야 여자 주인공이 뛰쳐나가면 남자 주인공도 허겁지겁 자리를 박차고 그녀를 좇아

나가지만, 현실에선 아무리 많은 여자들이 자꾸자꾸 방을 뛰쳐나가도 남자들은 그저 때 되면 오겠지, 저 오고 싶으면 오겠지, 장승처럼 멍하니 그 자리에 서 있을 뿐이다.

택시를 타고 집으로 돌아오는 길에 달리는 차창 밖으로 희선 씨는 최 대장이 준 은 실반지를 던져버렸다. 그리고 백화점 남성관에서 산, 소가죽으로 만든 남성용 닥스 장지갑은 택시 뒷좌석에 그대로 놓고 내렸다.

정희가 이사 가기 며칠 전에는 마트 창고에서 와인 상자를 옮기다가 허리를 삐끗했다. 동네 한의원에 침을 맞으러 간 희선 씨는 거기 한의사더러 매트리스를 너무 물렁한 걸 쓰면 오히려 척추 건강에 좋지 않다는 잔소리를 얻어들었다.

"그럼 차라리 맨바닥이 더 낫나요?"

"뭐, 망가진 매트리스보다야 맨바닥이 훨 낫죠. 자, 이제 돌아누우세요."

정희가 이사를 간 후, 가운데가 푹 꺼진 정희의 낡은 침대 위에 앉아 있다가 문득 그 말이 떠오른 희선 씨는 쉬는 날 모처럼 둘 다 집에 붙어 있는 부자(父子)를 시켜 너무 오래전에 못쓰게 된, 안방 침대 프레임과 매트리스를 밖에 내놓게 했다.

"매트리스도 딱지 붙여야 하나?"

"경비실 가서 한번 물어봐."

두 부자 역시 그날 이후로 그 사건에 대해선 서로 일언반구도 없었다. 자기 또래쯤으로 보이는 중년 여자와 다정하게 팔짱을 끼고 있는 제 아들에게 감히 박재수 씨는 뭐라 할 수 없었고 그건 준희도 마찬가지였다. 모친이 아닌 다른 여자, 그것도 아줌마보다는 할머니에 더 가까운 것 같은 늙은 여자와 함께 모텔로 걸어들어오는 아버지를 아들은 차마 아는 체할 수 없었다.

박재수 씨가 지금 다니는 회사에 입사했을 때 사원 혜택으로 반값에 구매한 부부 침대 매트리스는 매트리스 커버까지 벗겨놓고 보니 이제껏 이 위에서 잠을 잔 게 용하다 싶을 정도로 망가져 있었다. 준희가 경비실에 가서 스티커를 사 오길 기다리며 재수 씨는 쓰레기장 앞에서 뻑뻑 담배를 피웠다.

아들아. 가만히 있으면 중간은 간다.

질질 삼선 쓰레빠를 끌고 이쪽으로 오는, 어느새 다 커버린 아들놈을 물끄러미 바라보던 재수 씨는 문득 제 부친께서 자신에게 남긴 그 말을 가훈처럼 아들에게 물려주고 싶었다. 그러나 막상 입을 떼려고 보니 그 말은 너무나도 유치하고 치졸했으며 또한 비겁했다.

피임 잘해라.

물론 그것도 애비가 주말 한낮, 아들한테 대뜸 할 소리가 아니긴 마찬가지였다. 아들이 저쪽에서 이쪽까지 걸어오는 동안 속으로 이 말, 저 말 다 중얼거려본 재수 씨는 마침내 자기에게는 아들에게 해줄 만한 말이, 남길 만한 말이, 할 말이 하나도 없다는 사실을 깨달았고 구태여 뭘 꼭 입 밖으로 말하려 했던 자기 자신이 너무나도 치사스럽게 느껴졌다.

몰래 아들을 지켜보던 재수 씨는 그러나 아들도 고개를 들어 자기 쪽을 보는 듯하자 딴청을 피우며 급히 시선을 돌렸다.

두 발자국 즈음 거리를 두고 집으로 돌아간 두 사람은 희선 씨가 시켜놓은 짜장면에 탕수육을 아침 겸 점심으로 먹었고 저녁에는 희선 씨가 마트에 나갔기 때문에 각자 알아서 챙겨 먹었다.

모친 김희선 씨는 킹사이즈 침대가 빠진 공간만큼 넓어진 안방에서, 부친 박재수 씨는 준희 방 바로 옆, 정희의 빈방에서 따로 생활하기 시작했고 시간이 좀 더 흘러 꽃피는 춘삼월이 됐을 땐 세 사람 모두 이 집안을 감싼 강 밑바닥처럼 깊은 고요와 정적에 대해 완전히 익숙해졌다.

침묵할 때조차 우리는 늘 말하고 있었으므로.

작가 인터뷰

김지서 작가의 첫 소설 『요산요수』는 서사와 상징성이 뛰어난 작품이다. 생의 어느 지점에 의도치 않게 산(山)에 꽉 붙잡혀 그곳을 떠나지도, 또 맹렬하게 오르지도 못하는 한 가족. 그들이 선택한 방법은 결국 하산(下山), 파탄이었다.
가족 구성원들의 일탈과 파멸을 다루면서도 이야기 내내 위트를 잃지 않는 이 소설은 읽는 이들로 하여금 '심상치 않은 작가'라는 감상을 쏟게 한다. 국내에 이토록 적나라하고 구미가 당기는 가정소설이 있었는가? 하지만 『요산요수』는 놀랍게도 김지서 작가의 첫 작품이다.
김지서의 이야기가 궁금하지 않을 수 없다.

Q.『요산요수』가 첫 작품이라는 게 정말 인상 깊다. 이 소설을 집필한 시기 혹은 계기는?

대학교 2학년 때 전공으로 시나리오 창작 강의를 들었는데 그 과목은 시험을 안 보는 대신 학기 말에 단편 시나리오나 단편소설을 한 편 제출해야 했다. 마감은 점점 목을 죄어오고 시나리오로 쓸만한 글감을 찾다가 우연히 신문기사에서 본 산악회 불륜을 단편으로 다루면 재밌지 않을까, 싶어서 구상하게 됐다. 근데 아이디어는 아이디어일 뿐 막상 노트북 앞에 앉아서 본격적으로 쓰려고 하니 그 주제를 제대로 다룰만한 깜냥이 안돼서 포기했다.

『요산요수』라는 제목과 '산악회 불륜'이라는 큰 틀만 갖고 몇 년을 묵혀두다가 4학년 2학기였던 작년 봄에 할 일이 너무 없어서 어느 날 갑자기 심심풀이로 쓰기 시작했다. 3월에서 4월 사이에 전체 분량의 90%를 썼는데 마지막 하산 부분에 이르자 돌연 재미가 없어져서 쓰는 걸 딱 그만뒀다. 그래도 써놓은 게 아까워서 개인 블로그에 올렸는데 당연히 반응이 없었고 반응이 없으니까 나중엔 블로그에 올려둔 것도 잊어버렸다. 그러다 취직이 돼서 직장에 다니기 시작했는데 회사 일이 엄청 힘들었던 주의 주말에 충동적으로 소설 〈요산요수〉 미완성본을 출판사 수십 곳에 투고했다.

21살에 구상했고 25살에 쓰기 시작했는데 26살이 돼서야 겨우 완결을 낼 수 있었다. 계약을 안 했다면 아마 지금도 끝맺지 못했을 것이다.

Q. 소설 속 인물들이 마치 실존 인물을 그대로 옮겨온 게 아닐까 싶을 정도로 섬세하고 구체적이다. 우리 주위 어딘가에 존

재하고 있을 것 같은 느낌이다. 그중 특히 딸 정희의 삶이 기억에 남는데, 정희는 현대 청년들이 대면하고 있는 실질적인 문제들을 껴안고 있는 인물이다. 등장인물을 설정하는 데 특별히 신경을 쓴 부분이 있다면?

남의 망한 인생 이야기, 남의 망한 사랑 이야기는 돈 주고 사 볼 만한 가치가 있다고 생각한다. 재밌으니까. 박완서 작가님도 남의 불행을 고명으로 삼아야 자기 행복과 안위가 더 고소하고 맛나다고 하시지 않았는가.

근데 일단 그 남의 망한 인생 이야기에 독자들을 몰입시키려면 그들의 불행이나 파탄이 특별하거나 특수한 것이 아니라 평범하고 보편적인 것이어야 했다. 독자들이 인물들에게 공감대를 가질 수 있도록 각각의 등장인물들이 가능한 한 그 세대, 그 성별, 그 나이의 전형성을 대변할 수 있도록 설정했다.

가령, 어른들이 시키는 대로 열심히 공부해서 인서울 4년제 대학에 들어갔고 졸업 후 사회에 나왔으나 자리 잡지 못하고 이리저리 옮겨 다니며 계약직으로 소모되는 정희는 내가 생각하는 이삼십 대 사회 초년생들의 전형이다. 정희가 겪는 불행이 특이할진 몰라도 특별하진 않다.

반면 자기가 뭘 원하는지 정확하게 알지 못한 채 그때그때 감정에 휘둘려 후회할 짓을 매번 반복하는 준희는 내가 생각하는 이십 대 초반의 전형이고 준희 역시 주변에서 흔하게 찾아

볼 수 있는 어린 남자애다.

그러나 동시에 이 전형적인 인물들의 관계에 묘한 아이러니가 있으면 더 웃길 것 같았다. 연영과에 다니는 얼굴이 좀 반반한 남동생은 식구들 몰래 밤마다 호스트바에 출근하는데 그 누나는 연애 경험, 성 경험이 전무하고 (소설이 끝날 때까지 정희는 성 경험이 없다) 근데 또 가족들 몰래 휴가 기간에 자궁 적출 수술을 받고…… 이 모든 사실을 그들의 부모는 모른다. 그런데 이야기 속의 인물들은 모르는 걸 독자들은 알고 있다면, 그 정보의 간극(間隙) 때문에라도 맨 마지막 페이지까지 독자들이 소설을 읽게끔 유도할 수 있을 것 같았다.

Q. 소설을 아우르는 가장 큰 주제는 산(山)이다. 일반적으로 산이란 체력을 보충하고 새로움을 환기하는 생명의 공간이란 인식이 있는 데 반해 소설 속 산은 발을 헛디뎌 추락할 수도 있고, 길을 잘못 들면 헤어나오지 못할 심연으로 빠질 수도 있는 공간으로 묘사된다. 작가님에게 산이란 어떤 의미인가?

어렸을 때 가족들끼리 노래방에 가면 외할머니, 어머니가 술을 드시고 꼭 부르던 노래가 있다. 양희은 〈한계령〉. 뜻은 잘 몰랐지만 '저 산이 내게' 하면서 시작하는 그 노래가 어린 마음에도 굉장히 슬펐다. 한국의 아름다운 산 영상을 배경으로 어두운 노래방 안에서 미러볼 조명을 받으며 그 노래를 부르는 사람들은 하나같이 어깨 위에 돌 짐을 잔뜩 짊어 메고 있는 것 같았고 그 노래를 부르는 순간에는 마이크를 잡은 사람이 나의 할머니나 엄마가 아니라 그냥 한 인간, 그것도 당장이라도 산안개 뒤로 홀쩍 사라져버릴 인간 같아서 슬프고 낯설었다.

처음 이 소설을 구상할 때만 해도 주말마다 산을 찾는 욕구불만의 중년 남녀를 희화화하고자 하는 욕망이 없지 않았다. 끝없이 헛발질하며 걸음걸음마다 스텝이 엉키는 미련한 인생들. 그러나 계속해서 한 인간에 대해서 생각하다 보면 (설사 내가 이름과 생년월일, 직업과 서사를 부여하고 만들어낸 소설 속 등장인물에 불과하더라도) 그가 왜 그 순간에 그렇게 행동하고 말할 수밖에 없었는지에 대해 나름의 이해가 생긴다. 계속해서 누군가를 생각하다 보면 결국 그를 연민하게 되고 연민하게 되면 더는 그를 판단하지 않게 된다.

작고 어두운 노래방 모니터 화면 속에 16분할로 나오던 그 산이 최초로 내 안에 연민의 씨앗을 심어준 것 같다.

Q. '뱀이 나오면 지그재그로'라는 문장이 강렬하다. 인생을 살면서 장애물이나 구덩이를 맞닥뜨리게 되면 그것에 정면으로 맞서기보단 요령껏 구불구불하게 지나가면 된다는 삶의 지론이 느껴진다. 이는 작가님이 추구하는 삶의 태도가 반영된 것일지?

한때 시중에 나와 있는 소설작법서, 시나리오 작법서를 열심히 찾아 읽었는데 작법서에 꼭 나오는 이야기 중 하나가 '인물에게 강한 목표(동기 혹은 욕망)를 부여하라'는 일종의 정언명령이다. 그땐 그냥 그런갑다, 하고 넘어갔는데 시간이 좀 지나고 보니까 로버트 맥기 씨가 한 그 말이 순 헛소리라는 생각이 들었다.

왜냐면 내가 보기엔 일단 자기가 뭘 원하는지 정확하게 알고 있는 사람이 거의 없고, 자기가 뭘 원하는지 알고 있다 쳐도 실제로 원하던 A를 손에 쥔 후에는 막상 내가 욕망하던 A와 실제 A 사이에 영 거리가 있다는 사실에 자주 뜨악해지는 게 인생 같았으니까.

'사람들은 무언가를 적극적으로 추구하기보다는 그날그날 하루하루를 수습하며 최악의 사태를 대충 피해 가는 식으로 삶을 운용하는데 그마저도 생각처럼 잘되진 않는다.'

이게 스물다섯 살의 내가 내린 나름의 결론이었다.

'욕망—행동—장애물—성취 혹은 실패'의 서사가 아니라 헛발질, 비틀거림, 우연, 함정으로 이루어진 내가 생각하는 인생의 한 꼴을 소설을 통해서 보여주고 싶었고 얼렁뚱땅 흘러가는 그런 인생에서는 뱀이 나오면 지그재그로 갈 수밖엔 없을 것이다.

무사히 뱀을 피해갈지는 미지수지만.

Q. 다른 독자들보다 조금 더 빨리 『요산요수』의 마지막 장을 덮어본 사람으로서, 마지막이 결코 마지막으로 느껴지지 않았다. 작가님의 세계가 어딘가에서 계속 이어지고 있을 거란 감상에는 개인적인 아쉬움도 섞여 있는 듯하다. 작가님의 차기작에 대해 궁금해지지 않을 수 없는데, 다음에 써보고 싶은 주제나 글이 있다면?

회사야 때려치우면 되고 애인이야 헤어지면 되고 친구는 절교하면 그만이지만 이놈의 가족은 징글징글, 꼴도 보기 싫은데 안 보면 또 걱정되고 사람을 아주 피 말리는 끔찍한 인간관계다. 게다가 콩 심은 데 콩 나고 팥 심은 데 팥 나는 법이라 갈등이 생기지 않을 수가 없고 좁아터진 집구석에 옹기종기 모여 있으면 꼭 사방이 거울로 된 거울의 방에 갇힌 것 같아 사람을 반쯤 돌아버리게 만든다. 누구 하나 기운 빠져서 관짝에 들어가기 전까지는 그 갈등이 봉합될 리가 없다.

그러니 당연히 재미있다.

나는 일단 내가 재밌으려고 소설을 쓰기 때문에 가족 소설을 몇 편 더 써보고 싶다.

『요산요수』가 물에 뜬 기름 같은 어색한 가족 이야기였으니 다음에 쓰는 가족 소설은 서로 찰싹 달라붙어 있어서 징그러운 한국의 모던패밀리 이야기를 쓰고 싶다. '친구 같은 딸, 어린 애인 같은 아들, 큰아들 같은 남편, 엄마 같은 와이프, 애

같은 노인, 세상 다산 애늙은이' 등의 단어로 대표되는 한국의 일그러진 K-모던패밀리 이야기를 그 집에서 키우는 멍멍이의 시점에서 한 편 써보고 싶고 그걸 다 쓰면 그다음엔 클로짓 게이와 결혼한 자기 언니 이야기를 몰래 홈비디오로 찍어서 영화제에 출품하려는 정신 나간 여동생 이야기도 한 편 쓰고 싶다. 후자는 세 모녀 이야기가 될 텐데 세 명의 여성이 각기 다른 방향으로 조금씩 정신머리가 뒤틀려 있고 그 뒤틀림에서 오묘한 유전의 신비를 발견할 수 있을 것 같아 좀 기대된다.

근데 실제로 쓸지는 모르겠다.